# A IRMÃ DE FREUD

Goce Smilevski

# A IRMÃ DE FREUD

Prêmio da União Europeia para a Literatura

Tradução

Marcello Lino

BERTRAND BRASIL

Rio de Janeiro | 2013

A Editora Bertrand Brasil gentilmente agradece à Editora Companhia das Letras pela cedência do poema "Somente Louco! Somente Poeta!", de Friedrich Nietzsche, publicado, nesta edição, nas páginas 223-24.

Título original: *Sestrata na Zigmund Frojd*

Capa: Rafael Nobre | Babilonia Cultura Editorial
Imagem de capa: Stephen Carroll Photography | Getty Images

Editoração: FA Studio

Texto revisado segundo o novo
Acordo Ortográfico da Língua Portuguesa

2013
Impresso no Brasil
Printed in Brazil

Cip-Brasil. Catalogação na fonte
Sindicato Nacional dos Editores de Livros, RJ

S645i Smilevski, Goce, 1975-
A irmã de Freud/ Goce Smilevski; tradução Marcello Lino. – 1. ed. – Rio de Janeiro: Bertrand Brasil, 2013.
336 p.; 23 cm

Tradução do italiano de: La sorella di Freud
ISBN 978-85-286-1728-3

1. Freud, Adolphine, 1862-1942 – Ficção. 2. Ficção histórica. I. Lino, Marcello. II. Título. III. Série.

CDD: 809.3
13-03781 CDU: 82-311.6(09)

Todos os direitos reservados pela:
EDITORA BERTRAND BRASIL LTDA.
Rua Argentina, 171 — 2º andar — São Cristóvão
20921-380 — Rio de Janeiro — RJ
Tel.: (0xx21) 2585-2070 — Fax: (0xx21) 2585-2087



Atendimento e venda direta ao leitor:
mdireto@record.com.br ou (0xx21) 2585-2002

# PRIMEIRA PARTE

Uma velha senhora jazia em um quarto escuro e, com os olhos entreabertos, retornava às lembranças da juventude. Reencontrou três delas: quando muitas coisas no mundo ainda não tinham um nome para ela, um rapaz deu-lhe um objeto pontiagudo e disse "faca"; quando ainda acreditava nas fábulas, uma voz sussurrou-lhe a respeito do pássaro que, com o bico, lacerava o próprio peito e arrancava o coração; quando o tato dizia-lhe mais do que as palavras, uma mão aproximou-se do seu rosto e, com uma maçã, acariciou-o. Aquele rapaz das lembranças, que a acaricia com uma maçã, conta fábulas e lhe dá a faca, é seu irmão Sigmund. A velhinha perdida em lembranças sou eu, Adolfine Freud.

— Adolfine — ouviu-se na escuridão do quarto. — Está dormindo?

— Estou acordada — respondi. Ao meu lado, na cama, estava deitada minha irmã Pauline.

— Que horas são?

— Deve ser meia-noite, mais ou menos.

Minha irmã acordava toda noite e, com as mesmas palavras, começava a contar a mesma história:

— Este é o fim da Europa.

— O fim da Europa já chegou várias vezes.

— Vão nos matar como cães.

— Eu sei.

— E não está com medo?

Fiquei em silêncio.

— Foi o que também aconteceu em Berlim em 1933 — continuou Pauline. Não a interrompi enquanto ela contava coisas que já havia me contado muitas vezes: — Quando o Partido Nacional-Socialista e Adolf Hitler chegaram ao poder, os jovens começaram a marchar pelas ruas. Assim como estão marchando aqui, agora. Nos edifícios, tremulavam os estandartes com a cruz de pontas recurvas. Da mesma maneira que estão tremulando aqui. Dos rádios e alto-falantes nas praças e nos parques, ouvia-se a voz do Führer. Assim como agora se ouve aqui. Prenunciava uma nova Alemanha, uma Alemanha melhor, uma Alemanha pura.

Era 1938; três anos antes, minhas irmãs Pauline e Marie haviam deixado Berlim e voltado para a casa em que viveram antes de se casarem. Pauline era quase completamente cega, e sempre devia haver alguém ao seu lado. Dormia na cama em que nossos pais haviam dormido e, ao seu lado, eu e Marie nos revezávamos porque Pauline acordava todas as noites, e quem estivesse com ela no quarto, Marie ou eu, não conseguia mais dormir.

— A mesma coisa vai acontecer aqui — continuava a minha irmã. — Você sabe como era lá?

— Sei — respondi sonolenta. — Você me disse.

— Eu disse. Pessoas uniformizadas entravam à noite nas casas dos judeus, quebravam tudo e os obrigavam a sair. Quem não pensava como o Führer e não tinha medo de dizer diante de todos o que pensava desaparecia imediatamente sem deixar rastros. Dizia-se que os opositores dos ideais sobre os quais deveria ser fundada a nova Alemanha eram levados para os campos de concentração e obrigados a fazer trabalhos forçados. Lá, eram torturados e mortos. Vai acontecer a mesma coisa aqui, acredite.

Eu acreditava, mas fiquei em silêncio porque cada palavra que eu dissesse faria com que falasse ainda mais. Algumas semanas antes, as tropas alemãs haviam marchado sobre a Áustria e instaurado um novo regime. Intuindo o perigo, nosso irmão Alexander fugiu com a família para a Suíça. No dia seguinte, foram fechadas as fronteiras, e quem quisesse deixar a Áustria podia se dirigir ao recém-aberto centro para a emissão dos vistos de saída. Milhares de pessoas deram entrada no pedido, mas só algumas receberam a permissão para deixar o país.

— Se eles não nos permitem sair livremente do país é porque têm um plano para nós — disse Pauline. Continuei calada. — Primeiro, vão nos capturar e, depois, vão nos usar para tapar os buracos.

Alguns dias antes, no quarto da nossa irmã Rosa, entraram homens uniformizados e mostraram um documento no qual estava escrito que requisitariam o quarto e todos os objetos que continha.

— Agora, nas camas em que dormiam os meus filhos, dormem oficiais — disse Rosa na manhã em que eles vieram para a casa onde morávamos eu, Pauline e Marie. Ela chegou com algumas fotografias e roupas. E, assim, nós, as quatro irmãs, nos vimos morando juntas como antigamente, na mesma casa.

— Está me ouvindo? Vão nos usar para tapar os buracos — repetiu Pauline em voz alta.

— Toda noite você diz a mesma coisa — rebati.

— E você continua não fazendo nada.

— E o que eu poderia fazer?

— Poderia procurar Sigmund e convencê-lo a arranjar vistos de saída para nós quatro.

— E, depois, para onde iremos?

— Para Nova York — respondeu Pauline. A filha dela morava em Nova York. — Você sabe que Beatrice cuidará de nós.

Quando acordamos no dia seguinte, já era de manhã; dei o braço a Pauline e saímos para passear. Enquanto caminhávamos na calçada, vi caminhões passando na rua. Pararam, alguns soldados saltaram e nos empurraram para dentro de um dos veículos. Estava lotado de gente assustada.

— Estão nos levando para morrer — disse minha irmã.

— Não, estamos indo para o parque, para nos divertirmos com vocês — disse rindo um dos soldados que nos ouviu dentro do caminhão.

Os veículos circulavam pelo bairro hebraico onde vivíamos e só ocasionalmente paravam para carregar mais pessoas. No final, levaram-nos realmente para o parque, para o Prater. Empurraram-nos para fora do caminhão e fizeram-nos correr, pular, agachar e levantar, mas éramos quase todos velhos e alquebrados. Quando caíamos por causa do cansaço, os soldados nos chutavam. Segurei a mão de Pauline o tempo todo.

— Poupem pelo menos a minha irmã. Ela é cega — informei aos soldados.

— Cega? — perguntaram e começaram a rir. — Mas é uma boa ocasião para nos divertirmos mais ainda!

Fizeram-na caminhar sozinha, com as mãos atadas nas costas, de modo que não pudesse estendê-las para a frente, e Pauline caminhou até bater em uma árvore e cair encolhida no chão. Fui até ela, curvei-me, limpei a terra do seu rosto e o sangue que escorria da sua testa. Os soldados começaram a rir com o doce som da despreocupação, com o amargo som do sofrimento alheio. Depois, levaram-nos para a extremidade do parque, puseram-nos em fila e apontaram os fuzis para nós.

— Virem-se! — ordenaram.

Viramos de costas para os fuzis.

— E agora... corram para casa se quiserem salvar a própria vida! — gritou um dos soldados, e centenas de pernas velhas puseram-se a correr; corremos, caímos, nos levantamos e corremos novamente, e, atrás de nós, ouvíamos as risadas dos soldados, cheias do doce som da despreocupação, do amargo som do sofrimento alheio.

Rosa, Pauline, Marie e eu passamos aquela noite em silêncio. Pauline tremia, talvez não tanto por temer pela própria vida quanto pela ideia de que não voltaria mais a ver a coisa de que mais gostava, concebida pelo seu próprio ventre. Os filhos de Rosa e Marie haviam morrido, e a única marca da família que eu criara era uma mancha de sangue desbotada na parede ao lado da minha cama. Dizem que vai embora deste mundo com sofrimento quem deixa herdeiros — a morte os divide: de um lado, quem deu vida, do outro, quem a recebeu. Pauline estava sentada em um canto do quarto e tremia, prevendo essa separação.

No dia seguinte, fui até a casa de Sigmund. Era manhã de sexta-feira, o momento da limpeza ritual dos objetos antigos no seu escritório. Eu queria contar o que eu e Pauline havíamos passado na manhã anterior, mas ele me mostrou um recorte de jornal.

— Veja o que escreveu Thomas Mann — disse.

— Marie e Pauline estão cada vez mais assustadas — retorqui.

— Assustadas... por quê? — perguntou, deixando o recorte de jornal sobre a mesa.

— Dizem que aqui também acontecerá o que elas viram em Berlim.

— O que elas viram em Berlim...

Pegou da mesa um daqueles objetos antigos, um macaco de pedra, e começou a limpar a estatueta com uma escovinha.

— Aqui não vai acontecer nada disso.

— Já está acontecendo. Esses animais entram nas casas do nosso bairro, matam todos que encontram. Centenas de pessoas se suicidaram na semana passada porque não conseguira suportar a tensão. Loucos entraram na casa de órfãos judeus, quebraram as janelas e obrigaram as crianças a correr sobre os estilhaços de vidro.

— Obrigaram as crianças a correr sobre os estilhaços de vidro... — repetiu Sigmund enquanto passava a escovinha no corpo de pedra do macaquinho. — Isso não vai durar.

— Se não vai durar, então por que todos que conseguem obter o visto fogem do país? Você já cruzou na rua com aqueles que estão fugindo? Abandonam as casas, vão embora para sempre... Põem as coisas mais importantes em um saco e vão embora para salvar a própria vida. Dizem que aqui também serão criados campos da morte. Você tem amigos influentes aqui e no exterior que podem nos ajudar a obter vistos de saída para quem você quiser. Peça-os novamente para toda a família. Metade dos habitantes de Viena pediu esses vistos, mas não conseguiu obtê-los. Use os seus contatos para nos tirar daqui.

Sigmund apoiou o macaquinho sobre a mesa, pegou uma estatueta da Virgem Maria e começou a tirar o pó do seu corpo nu.

— Está me ouvindo? — perguntei com voz irritada e cansada.

Meu irmão me olhou e perguntou:

— E para onde vocês iriam afinal?

— Para a casa da filha de Pauline.

— E o que a filha de Pauline vai fazer com quatro velhotas em Nova York?

— Então, tente pedir um visto de saída somente para Pauline.

Ele olhava o corpo nu da Virgem Maria, e eu não tinha certeza de que ele estava escutando as minhas palavras.

— Está me escutando? Ninguém precisa de mim, de Rosa nem de Marie. Mas Pauline precisa ficar com a filha. Assim como a filha precisa ficar com a mãe. Gostaria de vê-la a salvo. Ela telefona todos os dias suplicando para que o convençamos a obter o visto de saída para ela. Está me ouvindo, Sigmund?

Ele apoiou a Virgem Maria sobre a mesa.

— Quer que eu leia apenas umas palavras do texto de Mann? Chama-se *Irmão Hitler* — disse, pegando o recorte da mesa e começando a lê-lo: "Quanto deve odiar a psicanálise um homem como ele! Tenho a obscura suspeita de que a fúria com a qual ele conduziu a marcha sobre uma certa capital se dirigia, na verdade, contra o velho psicanalista que lá morava, o seu verdadeiro inimigo — contra o filósofo e desmascarador da neurose, contra o grande desencantador, que entendia e explicava até o gênio."

— De tudo o que você leu para mim, somente uma coisa está certa: "velho psicanalista". E digo isso sem ironia. Quanto ao fato de você ser o maior inimigo de Adolf Hitler, que seja dito ou não com ironia, soa como uma bobagem banal. Você sabe que a ocupação da Áustria é apenas o início de uma grande marcha que Hitler projetou para conquistar o mundo. E também para, dessa maneira, eliminar do mundo qualquer pessoa que não seja de raça ariana. Todo mundo sabe disso: você, Mann e até eu, uma pobre velhinha.

— Você não precisa se preocupar. As ambições de Hitler não são concretizáveis. Em poucos dias, França e Grã-Bretanha o obrigarão a sair da Áustria e, depois, ele cairá até na Alemanha. Lá, serão os próprios alemães a derrotá-lo; o apoio que estão lhe dando agora é apenas um ofuscamento temporário do intelecto.

— Mas esse ofuscamento perdura há anos.

— Exatamente, perdura há anos. Mas vai acabar. Os alemães agora estão sendo guiados por forças obscuras, mas, em algum lugar, brilha a luz de um espírito que serviu de alicerce também para mim. A loucura desse povo não pode continuar para sempre.

— Continuará por muito tempo — discordei.

Desde jovem, meu irmão era fascinado pelo espírito alemão e, já naquela época, iniciou-nos, suas irmãs, naquele amor. Fez com que acreditássemos que a língua alemã era a única capaz de exprimir plenamente os raciocínios mais agudos do pensamento humano, transmitiu-nos o seu amor pela arte germânica, ensinou-nos a ter orgulho do fato de os judeus que viviam em solo austríaco, apesar do seu sangue hebraico, pertencerem à cultura alemã. E, naquele momento, fazia vários anos que ele via o espírito alemão desmoronar e os seus frutos mais importantes serem pisoteados pelos próprios alemães. Sigmund repetia continuamente, como se quisesse convencer a si mesmo, que aquela loucura duraria pouco e que o espírito alemão renasceria novamente.

A partir daquele dia, toda vez que ligávamos para Sigmund, respondiam que ele não se encontrava em casa, que estava ocupado com pacientes ou que não se sentia bem e não podia atender. Perguntávamos se ele havia conseguido levar os pedidos de visto, e sua filha, Anna, sua mulher, Martha, e a irmã dela, Mina, diziam que não sabiam de nada. Um mês havia se passado desde a última vez que o tínhamos visto. Em 6 de maio, dia em que completou 82 anos, decidi ir visitá-lo com Pauline. Compramos uma lembrancinha, um livro que achávamos que poderia agradá-lo, e partimos rumo ao número 19 da Berggasse.

Anna abriu a porta.

— Estamos ocupados... — disse, abrindo espaço entre a porta e si mesma para nos deixar entrar.

— Ocupados?

— Estamos preparando os pacotes. Ontem e anteontem enviamos uma dúzia de pacotes grandes. Ainda temos de decidir quais presentes que deram ao papai levaremos conosco.

— Estão indo embora? — perguntei.

— Não imediatamente, mas queremos estar prontos o quanto antes.

O escritório do meu irmão estava cheio de suvenires, livros, caixas pequenas e grandes, velharias, todas coisas que, a uma certa altura, ele recebeu de presente de alguém e guardou. Sigmund estava sentado em uma grande poltrona vermelha no meio do cômodo e olhava os objetos espalhados sobre o chão. Virou-se para nós, fez apenas um sinal com a cabeça e olhou novamente para a bagunça. Eu disse que tínhamos passado para lhe desejar feliz aniversário. Ele nos agradeceu e apoiou o nosso presente sobre uma mesa ao seu lado.

— Como você pode ver, estamos indo embora. Para Londres — disse.

— Eu poderia ter ajudado a preparar os pacotes — observei.

Anna disse que me entregaria as coisas a serem descartadas para eu colocar na caixa dos objetos que não serviam enquanto ela arrumava o que seria levado embora nas caixas a serem enviadas a Londres por correio. Pauline estava imóvel junto da parede.

— E aquela cigarreira? — perguntou Anna, virando-se para o pai e mostrando uma caixa de prata com pedrinhas verdes engastadas.

— Aquele é um presente da sua mãe. Vamos levá-lo.

Dizendo sentir-se cansada, pois estava trabalhando desde cedo e queria repousar um pouco, foi para a sala de jantar para esticar as pernas e tomar um pouco d'água.

— Então, conseguiu os vistos de saída da Áustria? — perguntei ao meu irmão.

— Sim, consegui — respondeu.

— Você dizia que não havia necessidade de fugir.

— De fato, não estamos fugindo, é apenas uma partida temporária.

— E quando vão embora?

— Eu, Martha e Anna, no início de junho.

— E nós? — perguntei. Meu irmão ficou em silêncio. — Quando eu, Pauline, Marie e Rosa vamos partir?

— Vocês não irão.

— Não?

— Não é necessário — afirmou. — Não é porque corri atrás de um visto que estou indo embora, mas porque alguns amigos diplomatas ingleses e franceses insistiram para que me dessem o visto de saída.

— E...?

Talvez fosse pura invenção aquela história de diplomatas estrangeiros que insistiam para que deixassem que as crianças, Sigmund e a mulher partissem, e que ele nada podia fazer para salvar outras pessoas. Talvez fosse tudo invenção, mas não era do seu feitio.

— Permitiram que eu fizesse uma lista de entes queridos que poderiam ir embora da Áustria comigo — disse ele.

— E, em momento algum, você pensou em incluir os nossos nomes.

— Em momento algum. Trata-se de uma situação temporária. Voltaremos logo.

— Mesmo que vocês voltem, nós não estaremos mais aqui — retruquei. Ele ficou em silêncio. — Não tenho o direito de perguntar, mas quem são esses entes queridos que você deve salvar?

— É verdade, quem está na lista? — questionou Pauline.

Meu irmão poderia ter nos enganado dizendo que havia incluído apenas os nomes dos filhos, o próprio, o da mulher, ou seja, os entes queridos que os serviços haviam indicado como parentes que podiam ser colocados na lista e que teriam sido salvos. Poderia ter nos enganado, mas não era do seu feitio. Puxou um pedaço de papel e disse:

— Aqui está a lista.

Li os nomes escritos na folha.

— Leia para mim também — pediu Pauline.

Li em voz alta. Na lista, estavam meu irmão, sua mulher com os filhos, a cunhada de Sigmund, as duas assistentes, o médico pessoal do meu irmão com a sua família. E, no final da lista, estava Jo Fi.

— Jo Fi. — Pauline começou a rir e se virou para a voz de Sigmund. — Claro, você nunca se separa do seu cãozinho.

Anna entrou novamente no escritório e disse:

— Não perguntei se vocês querem beber alguma coisa ou se por acaso estão com fome.

— Não estamos com fome nem com sede — respondi.

Pauline continuou, como se não tivesse ouvido as minhas palavras nem as de Anna:

— É realmente muito louvável da sua parte ter pensado em todas essas pessoas. Pensou até no seu cãozinho e nas suas assistentes, e no seu médico com a família, e na sua cunhada. Porém, também podia ter pensado nas suas irmãs, Sigmund.

— Se fosse necessário que vocês partissem, eu teria pensado. Mas é apenas uma situação temporária, por isso os meus amigos insistiram para que eu partisse.

— Mas por que os seus amigos insistiram para que você partisse se não é realmente perigoso ficar aqui? — perguntei.

— Porque eles, assim como vocês, não entendem que essa situação não durará muito tempo — respondeu Sigmund.

— Mas, então, se não vai durar muito tempo, por que você não parte sozinho, por pouco tempo, só para tranquilizar os seus amigos? Por que, em vez de partir sozinho, você está levando não apenas a sua família, mas até mesmo o seu médico, a família dele, as duas assistentes, o cão e a irmã da sua mulher? — questionei.

Sigmund não respondeu.

— E eu, Sigmund — disse Pauline —, ao contrário de Adolfine, acredito em você. Estou convencida de que todo esse horror não vai durar muito tempo. Mas a minha vida durará menos ainda do que esse horror. E eu tenho uma filha. Sigmund, você podia ter se lembrado também da sua irmã. Podia ter pensado em mim e no fato de eu ter uma filha. Podia ter pensado em tudo, mesmo porque, desde que cheguei de Berlim e minha Beatrice foi para Nova York, falo dela o tempo todo. Não a vejo há três anos. E você, simplesmente escrevendo o meu nome, poderia ter me ajudado a ver minha filha mais uma vez — argumentou, e ao dizer "ver" desviou o olhar que percebia apenas silhuetas. — Você podia ter incluído o meu nome ali, entre o da sua cunhada e o do seu cãozinho. Podia tê-lo escrito até depois do nome do seu cãozinho, e seria suficiente para eu sair de Viena e reencontrar Beatrice. Mas desse jeito, eu sei, ela não me verá nunca mais.

Anna tentou novamente chamar a nossa atenção para os objetos a serem embalados ou jogados fora.

— E isto? — perguntou, segurando um suvenir de madeira. Era uma gôndola pequena como um polegar.

— Não sei de quem é — disse Sigmund. — Jogue fora.

Anna me deu a gôndola, o presente que eu dera ao meu irmão em seu 26º aniversário. Desde então, eu nunca mais a vira e, agora, estava li, como se tivesse navegado através do tempo. Coloquei-a lentamente na caixa, entre outras coisas a serem jogadas fora.

Meu irmão se levantou, aproximou-se da parede à sua frente, da tela que, sete decênios antes, fora desenhada por nós, as irmãs, e ele. Alexander tinha somente um ano e meio quando ela foi pintada. E se lembrava, tempos mais tarde, já crescido, de Sigmund apontando a tela e dizendo: "Nós e as nossas irmãs somos como um livro. Você é o menor, e eu, o mais velho, e devemos ser como raízes fortes que sustentam e protegem as irmãs nascidas depois de mim e antes de você." E, naquele instante, muitos anos depois, meu irmão passava as mãos sobre aquele retrato.

— Vamos pôr o retrato separado — disse Sigmund, tentando retirá-lo da parede.

— Você não tem direito a esse retrato — protestei.

Meu irmão se virou para mim, segurando-o.

— Está na hora de ir embora — disse Pauline.

Saindo do edifício, encontramos a cunhada de Sigmund. Disse que tinha ido comprar algumas coisas necessárias porque, no dia seguinte, iria embora da Áustria.

— Boa viagem — desejou Pauline.

Voltei para casa de mãos dadas com a minha irmã. Pela pressão dos seus dedos, entendi como ela estava se sentindo. De vez em quando, eu a olhava; em seu rosto, havia aquele sorriso que é permanente em alguns cegos, até mesmo quando sentem medo, ansiedade ou terror.

Em uma manhã quente do início de junho, eu, Pauline, Marie e Rosa fomos à estação para nos despedir do nosso irmão, de Martha e de Anna, os últimos da lista de Sigmund que deveriam ir embora de Viena. Eles três estavam na janela do compartimento, nós quatro na plataforma. Meu irmão segurava o cãozinho em seus braços. Soou a sirene que anunciava a partida do trem. Com medo, o cãozinho teve um espasmo e, impulsivamente, mordiscou o indicador de Sigmund. Anna pegou um lenço e enrolou o dedo ensanguentado. A sirene soou mais uma vez e o trem partiu. Meu irmão levantou a mão para se despedir, agitando-a no ar. Um dedo estava enfaixado e os outros quatro, livres, e ele mantinha o indicador levantado, enrolado no lenço ensanguentado.

Toda vez que eu pensava novamente na despedida e no dedo ensanguentado do meu irmão, vinha à minha mente o seu *Moisés e o monoteísmo*, cujo manuscrito ele nos deixara antes de partir, provavelmente temendo que o seu exemplar acabasse se extraviando.

"Não é uma empreitada nem agradável nem fácil privar um povo do homem que ele celebra como o maior dos seus filhos: ainda mais quando se faz parte desse povo"; assim começava *Moisés e o monoteísmo*. E, com essa frase, meu irmão havia resumido o objetivo do seu escrito: subtrair Moisés ao seu próprio povo, demonstrando que ele não era judeu. Sigmund não apenas definia Moisés como um "belo egípcio que provavelmente fora um príncipe, um sacerdote ou um alto funcionário", mas descrevia os judeus daquela época como hostis a Moisés, "uma multidão de estrangeiros imigrantes, de civilização atrasada", e achava esta resposta: Moisés era um admirador da primeira religião monoteísta imposta pelo faraó Akenaton, que, já no século XIV a.C., havia proibido o politeísmo, punindo-o com a pena de morte, proibindo ao povo curvar-se diante dos deuses em que haviam acreditado por milênios. Anunciou Aton como o único deus. Dezessete anos depois de ter proclamado a nova religião, o faraó morreu. Os sacerdotes que estavam sob a liderança de Akenaton foram expulsos pelo povo, que nunca esquecera as antigas divindades. Com desejo de vingança e fanática lucidez, destruíram os novos templos, o monoteísmo foi proibido e a velha religião politeísta, restaurada. Moisés, que segundo meu irmão era próximo do faraó Akenaton, não pôde abjurar a própria devoção ao deus Aton; então, elaborou o plano "de fundar um novo reino, encontrar um novo povo, a cuja veneração oferecer a religião que o Egito desdenhava". E, assim, segundo *Moisés e o monoteísmo*, os judeus não foram escolhidos por Deus, mas pelo egípcio Moisés: foram escolhidos por ele para que fossem o seu novo povo. De fato, segundo meu irmão, na época, os judeus não eram ainda um povo, mas "tribos semíticas" reunidas na "província de confim", e Moisés as teria recolhido em um único povo com o objetivo de difundir a fé no único deus, Aton, e partir em busca da Terra Santa. Aquela gente não pôde renunciar às velhas crenças, ao politeísmo semítico, mas quem recusasse o verbo do novo deus era punido segundo a lei de Moisés pelos seus seguidores. E, portanto, segundo meu irmão, Moisés não morreu de velhice, como está escrito na Bíblia, mas "os judeus mataram Moisés, o egípcio, e abandonaram a religião que ele havia introduzido". E o que aconteceu quando ele foi assassinado por aqueles que havia escolhido como o seu povo e que eram o povo eleito escolhido pelo deus? Os judeus uniram-se às outras tribos próximas na região da Palestina, da península sinaítica e da Arábia, e ali, em um local rico em água chamado Qadesh e sob a influência dos midianitas, entregaram-se a uma nova religião. A veneração a Yahweh, deus dos vulcões. Segundo meu irmão, o culto de Yahweh fora difundido entre os judeus por um pastor midianita que tinha o mesmo nome do chefe egípcio, ou seja, Moisés. Mas o segundo Moisés, sob a liderança do qual o povo judeu havia se apropriado da terra de Canaã, pregava um deus que era exatamente o oposto de Aton: Yahweh era venerado pela tribo árabe dos midianitas como um "demônio sinistro e sanguinário que circula à noite e evita a luz do dia", "um deus local rude, de alma mesquinha, violento e sedento de sangue, que prometeu aos seus fiéis uma terra de onde 'brotaria leite e mel' e os incitou a expulsar seus habitantes e 'passá-los no fio da espada'". Na prática, o contrário absoluto dos ensinamentos de Moisés, o egípcio, que dera a eles "uma outra representação de deus, muito mais espiritual, a ideia de uma divindade única cujo abraço circundava o mundo inteiro, amando a todos igualmente e com onipotência, uma divindade que, avessa a qualquer cerimonial e magia, propunha aos homens como meta suprema uma vida vivida segundo a verdade e a justiça".

Então, "o Moisés egípcio nunca foi a Qadesh e nunca ouviu o nome de Yahweh, e... o Moisés midianita nunca pôs os pés no Egito e nada soube de Aton"; as duas lembranças se fundiram em uma única pessoa, e é por isso que "conhecemos a religião de Moisés em sua veste final, digamos, 800 anos após o Êxodo da comunidade hebraica": naquele período, os dois Moisés já haviam sido identificados em uma única pessoa, e Aton e Yahweh, em um único Deus, em si mesmo diferente, assim como são diferentes dia e noite, exatamente porque são duas divindades em uma.

"Não é uma empreitada nem agradável nem fácil privar um povo do homem que ele celebra como o maior dos seus filhos; ainda mais quando se pertence a esse povo. Mas nenhuma consideração deve induzir à subordinação da verdade a supostos interesses nacionais..." Com essas palavras, meu irmão iniciou sua última obra, mas *Moisés e o monoteísmo* não é apenas uma busca pela verdade; é uma obra que, em si, contém também uma negação — que Moisés não era judeu — e um julgamento — que os judeus mataram Moisés. Por isso, soa como uma declaração de ódio e uma vingança contra o seu próprio povo. Ódio por sua própria gente, vingança diante dela. Mas por quê? Segundo meu irmão, ser judeu era uma questão de destino, algo que lhe foi atribuído no nascimento, que ele não escolheu. Onde não teve escolha, no sangue, era judeu. Onde pôde optar, escolheu a cultura alemã: queria a ela pertencer, assim como sentia que os frutos de tal cultura a ele pertenciam. Antes de morrer, disse:

"O meu idioma é o alemão. A minha cultura, as minhas conquistas são alemãs. Eu me considerava intelectualmente alemão; até agora não havia notado o aumento dos preconceitos antissemitas na Alemanha e na Áustria alemã. Doravante, prefiro definir-me judeu." Não disse "sinto-me judeu".

Quando eu perguntava:

— O que restou de judaico em você depois de ter abandonado tudo o que você tinha em comum com os seus compatriotas, a religião, o sentimento nacional, a tradição e os costumes?

Ele respondia:

— A coisa mais essencial.

Nunca dizia o que era, mas estava subentendido: o sangue, aquilo que não se pode mudar. Sentia o peso daquele sangue, e definia como não judeu até Moisés, o libertador do povo judaico, o legislador, o fundador da fé, enquanto dizia do seu povo: "Como é possível que um homem sozinho execute uma ação tão extraordinária a ponto de formar um povo de indivíduos e famílias qualquer, a ponto de imprimir-lhes o seu caráter definitivo e de determinar o seu destino por milênios?"

Ao final de *Moisés e o monoteísmo*, meu irmão culpava os judeus também pelos sofrimentos que suportaram ao longo dos milênios. Julgava que, na base da fé religiosa, estava o parricídio. A religião é, em sua origem, uma tentativa de expiação do pecado criado pelos filhos que mataram o próprio pai na luta pelo domínio. E, por isso, glorificam-no como um antepassado divino. O cristianismo, afirmava meu irmão, é o reconhecimento daquele assassínio. Através do homicídio de Cristo, o gênero humano reconhece que nunca matou o próprio pai. O cristianismo foi criado pelos judeus e difundido pelos judeus, mas "somente uma parte do povo judeu aceitou a nova doutrina. Aqueles que a rechaçaram ainda hoje se chamam judeus. Diferenciando-se dessa maneira, segregaram-se dos outros povos ainda mais claramente do que antes. Pela nova comunidade religiosa, que além de judeus reuniu egípcios, gregos, sírios, romanos e, por fim, também germânicos, foram repreendidos por terem matado Deus. Apresentada explicitamente, tal admoestação soaria assim: 'Não querem aceitar como verdade o fato de terem matado Deus, ao passo que nós o admitimos e somos lavados dessa culpa.' É fácil ver toda a verdade que se esconde por trás dessa repreensão. Quanto ao motivo para os judeus não terem conseguido participar do progresso implícito na confissão, por mais deformada que fosse, do deicídio, a sua explicação constituiria o objeto de uma investigação específica. Em um certo sentido, comportando-se dessa maneira, os judeus assumiram a responsabilidade de uma culpa trágica, mas pagaram uma pena pesada". E, portanto, os judeus se tornaram culpados dos próprios sofrimentos, e meu irmão encontrou uma desculpa para todas as maldades contra eles perpetradas. E o fez justo quando o seu povo precisava do seu apoio, justo quando o sangue que escorria em nossas veias ardia por causa do horror que os nossos antepassados haviam suportado.

Muitos anos antes de escrever *Moisés e o monoteísmo*, meu irmão havia sugado com o leite materno a amargura de quem fora expulso de terra em terra, de quem é amaldiçoado por causa de uma religião diferente e de uma descendência diversa, daqueles que foram queimados na fogueira por causa dos outros, que se consideravam ortodoxos e que, por séculos, acusaram-nos falsamente de ter jogado veneno nos poços, causando a peste, de ter feito acordos com o Diabo; já com o leite materno impregnou-se daquele gosto amargo.

Bebemos aquela arte amarga dos antepassados com o leite materno, mas também a esquecemos para pertencer à nova Europa, sem considerar que a Europa, um dia, teria novamente mostrado para nós suas faces sanguinárias. Acreditando na nova Europa, esquecemos o destino dos nossos antepassados próximos e distantes, esquecemos o sangue que lhes sugaram porque era o sangue deles, esquecemos os muitos destinos dos ignorados, dos injustamente culpados, dos expulsos, dos atormentados, dos condenados à morte esquecidos por Deus e pelo Diabo. Esquecemo-nos deles, esquecemo-nos do seu sangue; nós, sangue daquele mesmo sangue. E, quando meu irmão se lembrava deles, daqueles que tinham o mesmo sangue que nós, lembrava-se só de passagem dos sofrimentos, imputando-os a eles mesmos, aos sofredores: "Ao fazerem isso, não assumiram de forma alguma aquela pesada culpa; e, por isso, aceitaram sofrer tristemente."

Durante toda a sua vida, meu irmão, através de suas obras, tentou demonstrar que a essência do gênero humano é a culpa: cada um é culpado de ter sido criança, e cada criança, na competição pelo amor da mãe, deseja a morte do próprio adversário, ou seja, o pai. É o que dizia o meu irmão Sigmund. Culpava os mais inocentes; os mais inocentes e os mais indefesos carregavam consigo o pecado original. Recém-chegados à vida, eram culpados de desejar a morte de quem lhes tinha dado a vida. A essa culpa, que, segundo ele, pertence a todos os seres humanos, acrescentava outra por conta própria: lembrava-se, de fato, de ter desejado, com um ano e meio, a morte do irmão recém-nascido, Julius, que morreu seis meses mais tarde. E, assim, meu irmão também era Caim, e as palavras de Deus estavam dirigidas a ele: "O que fizeste? Ouve! A voz do sangue do teu irmão clama a Mim desde a terra?" E até mesmo Noé, que, diante do dilúvio, reunira a própria família na arca, "e feras de toda espécie, e os animais domésticos de toda espécie, e os répteis de toda espécie que rastejam sobre a terra, e os pássaros de toda espécie, todas as aves, e tudo o que tem asas"; só para nós quatro não havia lugar na lista do nosso irmão. Era Édipo, era Caim, era Noé, mas, nos desejos que se recusava a reconhecer, queria ser um profeta e, por isso, tirou Moisés dos judeus. Queria ser único, de ninguém, nativo, por isso se imaginava também como o eleito das pessoas para ser o que ele mesmo, meu irmão, queria ser. Como Moisés, conduziu um povo rumo à liberdade da terra prometida, queria conduzir o gênero humano à libertação do Ego, à libertação do ser humano dos olhos da opressão e dos obscuros abismos do inconsciente. E, por isso, em todas as páginas do seu livro sobre Moisés, era como se meu irmão gritasse: "Nem ele nem eu somos judeus; eu sou, assim como ele, um líder nato e profeta!"

No final do dia em que meu irmão deixou Viena para sempre, as minhas irmãs diziam em voz baixa que a coisa mais importante, naquele momento, era que ele, de Londres, com a ajuda dos seus amigos, obtivesse logo, também para nós, a possibilidade de irmos embora. Eu escutava as palavras das minhas irmãs que previam horrores enquanto, diante dos meus olhos fechados, no lugar das suas visões apocalípticas, manifestava-se apenas o dedo indicador enfaixado que meu irmão agitara no ar.

Nos meses seguintes à partida, às vezes Martha e Anna telefonavam de Londres dizendo que Sigmund havia sido submetido a novas cirurgias na cavidade oral, que estava se recuperando, mas que não podia mais falar. O câncer havia danificado tanto a sua audição que elas se comunicavam com Sigmund por escrito. Lembrei-me de quando éramos pequenos e meu irmão me ensinava a escrever. Martha e Anna nos disseram que estavam morando em uma bela casa em um subúrbio tranquilo de Londres e nos confirmavam o tempo todo que os amigos de Sigmund estavam se encarregando de conseguir para todas nós os vistos de saída da Áustria para que pudéssemos nos reunir ao restante da família.

E nós quatro havíamos aprendido a conviver com o medo; mas não era o medo da morte, apenas do sofrimento. Tínhamos de usar na manga a estrela de davi para respeitar as proibições impostas a todos os judeus: não podíamos mais ir ao teatro, à ópera nem aos concertos; não podíamos ir ao restaurante nem ao parque; não podíamos mais nos deslocar de táxi; tínhamos permissão para nos deslocar de bonde, mas somente no último vagão; podíamos sair de casa, mas apenas em certos horários; os nossos telefones estavam sob escuta; podíamos usar apenas duas agências dos correios em toda a cidade.

Era um dia de setembro quando um dos filhos do irmão da minha amiga Klara foi até a nossa casa e me disse que a mãe morrera na clínica particular Nido, onde estava internada havia anos. Perguntou se eu queria ir com ele ao funeral. As minhas irmãs estavam na casa de uma vizinha; escrevi em uma folha onde havia ido.

Alguns meses antes, em virtude de uma das muitas mudanças ocorridas em Viena, as novas forças ordenaram que os falecidos em clínicas especializadas não fossem enterrados nos cemitérios da cidade, mas nos parques dos próprios hospitais. E lá eram enterrados, em covas pouco fundas, enrolados em um lençol, e não dentro de um caixão.

Entrei no quarto em que Klara jazia sem vida. Disseram-me que ela havia morrido enquanto dormia; o seu rosto estava tão relaxado que não era possível ver sinal algum de sono, de vida nem de morte. Jazia sem vida como se estivesse dormindo, com as pernas encolhidas, a cabeça inclinada sobre um dos ombros, as mãos cruzadas sobre o ventre. Seu corpo já estava rígido. Assim, adormecida, nós a enrolamos em um lençol.

— Como um feto — comentei quando a levaram embora do quarto que ela definia como um útero.

— Grande demais para ser um feto, pequena demais para ser uma pessoa — disse um dos médicos.

De fato, ninguém jamais pensaria que, naquele lençol, estivesse enrolado um corpo humano.

Caía uma chuva torrencial e nós, cerca de vinte pessoas, saímos para o parque. Os outros ficaram nos olhando através das grades das janelas do hospital. Deixamos o lençol com o corpo em uma cova. As pessoas, com as pás, jogaram terra enlameada sobre o lençol.

Quando voltei para casa à tarde, minhas irmãs estavam sentadas em torno da mesa na sala de estar. Rosa me olhou e, com os olhos avermelhados, disse:

— Anna ligou. Semana passada, Sigmund morreu.

— Klara morreu. Coitadinha — comuniquei.

— Ele foi cremado.

— Nós a enterramos hoje no pátio do hospital. Cavamos uma pequena fossa. Não tínhamos caixão. Nós a enrolamos em um lençol. Chovia.

Lá fora, chovia. As gotas de chuva batiam com força na janela, o som encobria as nossas palavras.

Fui para o meu quarto. Deitei-me na cama e pensei no meu irmão. Não tentei me lembrar dos últimos momentos da sua vida. Não tentei ver nos meus pensamentos como ele ficara um pouco inclinado sobre a cama, não quis escutar como as últimas gotas de força o obrigaram a inspirar e expirar, não quis saber o que passara pela sua mente naqueles momentos, se fora atormentado pelo pensamento das irmãs que continuavam a ligar para a sua casa suplicando que ele encontrasse uma maneira para que elas pudessem deixar Viena. Se fora acometido pelo remorso, imaginando que elas também seriam levadas para os campos da morte. Não tentei pensar nos últimos momentos da sua vida; era suficiente que eu soubesse que ele estava morto, que estava em paz, sem sofrer e com a alma tranquila, pois, certamente, naquele mundo, a alma se liberta de todos os pesos e do senso de culpa. Só enquanto está aqui a alma não consegue ter certeza de que tudo é como deve ser, de que fez tudo o que podia fazer para realizar um plano mais elevado qualquer, a nós desconhecido.

Acordei suada; havia parado de chover e a neblina descia através da camada escura de nuvens. Lembrei-me do que tinha sonhado; no meu sonho, Sigmund morria.

— Estou muito sozinho — dizia ele para mim. — Mas "sozinho" não é a palavra certa. Só é possível estar sozinho enquanto existem os outros. Veja, não há ninguém à minha volta. Não há ninguém aqui.

— Estão todos aqui.

Ele virava a cabeça.

— Não, não há ninguém.

— Estão todos aqui. Basta que você os procure.

— Eu os estou procurando — dizia ele. — Mas não há ninguém. Está tudo vazio aqui. Veja, há somente luz e nada mais. E, quando a luz está sozinha, sem nada à sua volta, é vazia, efêmera, a prisão mais terrível da qual é possível fugir, pois não há lugar algum para onde escapar. Luz morta por toda parte. E mais ninguém lá dentro.

— Estão todos aqui, só que você olha muito para si mesmo e, assim, não consegue ver os outros.

— Não — respondia ele. — Não há ninguém. Talvez isto seja a morte: permanecer eternamente, estar consciente e ficar absolutamente sozinho. Teria sido melhor desaparecer com a morte, que a morte tivesse me levado embora consigo. Nunca acreditei que a morte fosse assim. Até mesmo a visão do inferno mais assustador é menos terrível do que essa maldita separação, do que essa vigília no vazio da morte.

— Não. Estamos todos aqui. Desvie o olhar de si mesmo. Estamos todos aqui, os mortos e os vivos.

— Vamos procurar, você fica aqui — dizia ele.

— Eu fico. Todos nós ficamos. Você só precisa nos ver.

— Essa é a punição — dizia ele, cerrando os dedos em um punho e apontando-o para a cabeça. — Estou sendo punido com esse vazio assombroso. — E inclinava a cabeça, dava socos na própria testa. — E até sei por que estou sendo punido.

— Você não está sendo punido.

— Conheço a minha culpa — insistia ele enquanto olhava para os punhos. — Perdoe-me.

— Não tenho nada a perdoar. Você não fez nada de errado. Deixou de fazer uma coisa boa; todos nós deixamos de fazer muitas coisas boas na vida. E não somos capazes de avaliar quais delas prejudicarão alguém.

— Perdoe-me — repetia ele.

O seu rosto pareceu se transformar aos poucos, começou a voltar no tempo, até muitos anos antes. Começou, então, a encolher, refletia uma idade em que eu nunca o vira, a idade dos anos antes do meu nascimento; o seu rosto se tornava cada vez menor, era o de um lactente. Um lactente nu que chorava. Apertei-o entre os meus braços, descobri um dos meus seios enrugados e o aproximei da sua boca. Senti um estranho prazer quando os seus lábios tocaram meu mamilo, enquanto meu irmão sugava o leite do meu seio. E, enquanto acordava, eu sabia que estava acordando, e ficava triste por não continuar aquela beatitude do aleitamento.

Após a morte do nosso irmão, eu, Pauline, Marie e Rosa fomos algumas vezes ao edifício onde ele viveu até ir embora de Viena e ficávamos olhando para as janelas do seu apartamento. Passara a morar ali um oficial. Às vezes, encontrávamos uma vizinha ou uma amiga; então, pensávamos que a guerra começaria; "mais uma grande guerra", era o que todos diziam, e, de fato, em seguida, a guerra realmente começou. Os jovens foram mobilizados e levados para o front, redigiram-se listas que serviam de base para que os habitantes do nosso bairro fossem carregados em caminhões e levados embora de Viena para sempre. Diziam que os estavam levando para campos de trabalhos forçados, mas nós sabíamos que os estavam levando para os campos da morte. Sabíamos e esperávamos que chegasse a nossa vez. Certa manhã, alguns soldados afixaram listas nas paredes dos edifícios da nossa rua com anotações de tudo o que nos era permitido levar e a ordem para que estivéssemos prontos no dia 29 de junho de 1942, às seis da manhã, na parada do trem na extremidade do bairro.

Na manhã da véspera, recolhemos em pequenas malas tudo o que nos serviria até o fim da vida. Passei a tarde circulando pelos cômodos; entrei em cada um deles, um após o outro: era o meu adeus à casa. Enquanto isso, minhas irmãs olhavam álbuns de velhas fotografias, riam das roupas que usávamos meio século antes, dos rostos sérios, dos corpos rígidos no momento em que nos imortalizavam, e, vez por outra, eu ouvia alguns suspiros, certamente por alguém já falecido, talvez pelos filhos de Rosa e Marie, sobretudo. Ainda não havia escurecido e eu já me cansara. Parei de circular pela casa, mas minhas irmãs continuavam a olhar os álbuns. Marie e Rosa descreviam para Pauline as fotografias que estavam olhando, e Pauline perguntava, passava os dedos sobre a superfície em preto e branco.

Naquela noite, dormi tranquila, e, quando acordei ao raiar do dia, levantei-me diante da mancha de sangue na parede ao lado da minha cama. Uma mancha pálida, mais fraca até do que um velho, perduraria até mesmo após a minha partida e, depois, desapareceria, junto com a parede, junto com a minha casa. Com os lábios entreabertos para emitir um suspiro de alívio, e não para dar um beijo, beijei aquela mancha seca de sangue. Depois, acordei as minhas irmãs; tomamos café da manhã, pegamos nossas pequenas malas e fomos embora. Na soleira, Pauline disse:

— Não podemos esquecer as fotos.

Rosa e Marie ficaram contrariadas, mas eu abri um pouco a minha bagagem e enfiei lá dentro dois álbuns.

— Sua mala vai arrebentar, está cheia demais — observou Marie, com razão.

Ainda estávamos caminhando pela nossa rua quando a mala se abriu e tudo caiu no chão, as minhas coisas e os álbuns. Tirei dos álbuns somente uma velha fotografia na qual estávamos nós, as irmãs, nossos irmãos e pais. Coloquei-a entre o seio direito e o sutiã. Da mala caída, peguei somente o que não era meu e coloquei tudo entre o seio esquerdo e o sutiã.

— De que serve aquela touquinha de criança? — perguntou Marie.

— Touquinha de criança? — perguntou Pauline.

— Sim — explicou Marie —, ela pegou entre as coisas uma touquinha de criança meio estragada e a enfiou perto do coração.

— Do coração? — surpreendeu-se Pauline.

— Entre o seio esquerdo e o sutiã — disse Marie.

— Deixe-nos colocar algumas das suas coisas nas nossas malas — propôs Rosa. As malas delas já estavam abarrotadas.

— Está chegando a hora em que deveremos estar na parada do trem — observei. — A fotografia e a touquinha me bastam.

— Não sei de que vai servir essa touquinha — retrucou Marie. — Você está deixando para trás muitas coisas que podem ser úteis.

— Já disse, peguei o que me serve.

Prosseguimos rumo à parada do trem. Nas ruas, tudo estava em silêncio; a cada olhar, era possível entender que ali havia vida: um guarda-chuva apoiado sobre um banco, vasos de flores nas sacadas, uma grande bola na calçada... mas tudo sem seres humanos, como se ninguém jamais tivesse morado ali. Todavia, em algum lugar do bairro, ouvia-se a vida, e seguimos em direção àqueles sons. Chegamos a uma longa coluna de pessoas que caminhavam o mais rápido possível, o quanto era permitido pelas bolsas que carregavam consigo. Algumas também tinham crianças.

Olhei para as pessoas, observei a maneira como agarravam as bolsas, algumas as sustentavam com as mãos e as apertavam contra o peito, abraçavam-nas com força, como se tivessem recolhido ali toda a própria vida e esperassem que, aferrando-as daquela maneira, conseguissem sobreviver. Sabíamos que estavam indo para a parada do trem. Misturamo-nos àquelas pessoas, caminhamos junto delas.

Na estação, alguns soldados quiseram ver os nossos documentos; depois, mandaram-nos subir no trem de carga que nos aguardava.

Não sei por quanto tempo viajamos. Quando descemos do trem, esperavam-nos outros soldados, que nos levaram para uma aldeia circundada por amendoeiras. Deram-nos pão e água e puseram-nos em fila para inspecionar os nossos documentos, anotar nomes, anos de nascimento, onde havíamos vivido, e para decidir onde fariam a nossa triagem. Eu, Rosa, Marie e Pauline terminamos em um grupo de cerca de vinte mulheres da nossa idade, todas encurvadas, agitadas e com uma bengala na mão, os olhos à procura de alguma outra coisa no espaço à nossa volta, algo que estivesse mais distante por alguns palmos; conduziram-nos até os barracões ali perto. Fizeram-nos entrar em um deles. Em um espaço longo e estreito, em fila dupla, ao longo das paredes, estavam dispostas as camas. Na maioria delas, jaziam velhos. Alguns se viraram na nossa direção quando entramos, outros continuaram a olhar o que estavam olhando, o teto, o chão, ou então estavam com os olhos semicerrados. Os soldados nos disseram para escolher uma cama livre e, em seguida, saíram. Eu e as minhas irmãs procuramos quatro camas juntas. Encontramos apenas três; eu fiquei na cama livre mais próxima. Cada uma de nós, recém-chegadas, deixou as próprias coisas embaixo da cama que havia escolhido. Eu não tinha nada para pôr ali. Depois, deitamo-nos sobre as camas feitas de tábuas sobre as quais estavam apoiadas velhas cobertas. Eu sentia as pulgas me mordendo. De vez em quando, passavam correndo pelo chão em busca de algum velhinho. O barracão escureceu lentamente. O lampião do lado de fora, perto da janela sobre a minha cama, me dava a possibilidade de enxergar alguns metros a mais. O resto do espaço estava engolido pela escuridão. Tentei adormecer, mas não consegui. Eu coçava aqueles pontos da minha carne endurecida que as pulgas haviam mordido, ouvia os lamentos de algumas mulheres. A cama à esquerda da minha estava livre. De noite, no escuro, a porta do barracão rangeu; ouvi passos. Uma mulher se deitou na cama livre. Pela idade, não pertencia ao nosso grupo de velhotas. Tinha cerca de cinquenta anos. Desloquei-me lentamente para a beirada do meu catre e, com um sussurro, superei o espaço entre a sua cama e a minha.

— Onde estamos?

Ela abriu os olhos e disse:

— Em Terezín.

Não perguntei mais nada.

Na manhã seguinte, quando acordei, a cama à minha esquerda estava vazia. Vieram os soldados e nos levaram para o refeitório, em outra parte do barracão. Sentamo-nos em bancos longos e estreitos perto de mesas que se estendiam de uma extremidade a outra do cômodo. Comemos um pouco de pão com uma colherzinha de manteiga e tomamos chá; depois saímos. O sol de verão não conseguia esquentar nossos ossos, tremíamos e esfregávamos um braço no outro e, de cima a baixo, as pernas até os joelhos. Quando fomos comer na sala, a mulher que dormia na cama adjacente à minha tornou a aparecer. Sentou-se ao meu lado.

— O menu é sempre o mesmo — disse e começou a rir. — Pão dormido com um pouco de manteiga e chá. Pão duro e sopa de lentilhas. E, no jantar, novamente pão e sopa de lentilhas.

Anuí. Escutei o que diziam as mulheres ao nosso lado. Cada uma falava da própria vida, do marido, dos filhos, dos netos. A velhinha sentada à nossa frente, que se chamava Johana Brox e que conheci mais tarde, falava do seu filho, Herman. A idosa ao seu lado, Mia Kraus, que partira de Viena conosco, falava dos netos. A minha vizinha observou que eu estava escutando a conversa alheia, mas que tentava não prestar atenção.

— Dessa maneira, elas se protegem do que existe aqui agora. Contam o que tinham antigamente — disse. Depois perguntou: — Você está aqui com toda a sua família?

— Estou aqui com as minhas irmãs. — E indiquei com o olhar o lado direito, onde estavam sentadas Pauline, Marie e Rosa. — E você? — perguntei.

Ela disse que era de Praga. Tinha filhas e era divorciada. Disse que era feliz porque pelo menos as filhas, graças ao sangue paterno, estavam a salvo em Praga. Falei da minha sobrinha Anna, que, logo após ter se casado, fora embora para os Estados Unidos; e falei dos meus irmãos Sigmund e Alexander.

— Nós somos três irmãs: eu, Eli e Vali — disse ela. — Estamos todas aqui. Também tínhamos um irmão. Franz.

Ficamos novamente em silêncio. Lentamente, eu engolia a sopa de lentilhas. Ela deixou cair a colher no prato vazio. Depois disse:

— Como sempre depressa. Tenho de fazer assim. Ajudo nos barracões em que estão alojadas as crianças trazidas para cá dos orfanatos de Praga e Viena. Vou para lá agora — disse. Levantou-se.

Apoiou a mão no meu braço. — Meu nome é Ottla. Ottla Kafka — acrescentou.

— Eu me chamo Adolfine — respondi.

Apertou o meu braço, sorriu, afrouxou a pegada, virou-se e saiu da sala.

À noite, Ottla estava novamente no refeitório. Eu mastigava lentamente as lentilhas.

— Já se acostumou com isto aqui? — perguntou.

Eu não sabia o que responder. Disse que, para que uma pessoa se acostumasse com "isto aqui", primeiro, precisava saber o que era "isto aqui", e eu não sabia. Ottla respondeu:

— Isto é um campo de concentração, você sabe. Até o inverno passado, era um vilarejo, depois, mandaram embora todas as pessoas que aqui moravam e nos trouxeram para cá. Quem tem menos de sessenta anos trabalha doze horas por dia. Constroem os barracões para os novos grupos que logo serão trazidos para cá, ou então lavram a terra para que tenhamos alimento. Depois daquelas doze horas, quem não está morto de cansaço pode se manter ocupado fazendo o trabalho que fazia antes de ser trazido para cá. Existem músicos e pintores, atores e bailarinos, escritores e escultores. Durante o dia, preparam o cimento, carregam areia, pregam tábuas, ou então aram os campos. E, à noite, preparam concertos ou espetáculos de dança. Ou então compõem, pintam, escrevem... Você precisa ir a algum concerto ou espetáculo.

— Faz muito tempo que não vou a um concerto ou espetáculo — comentei e, em seguida, quebrei um pedaço de pão, levei-o à boca e mastiguei-o.

— É melhor fazer alguma coisa aqui. Colocaram-me naquele barracão; assim, à noite, ajudo as mulheres mais idosas quando não estão se sentindo bem, e, de dia, ajudo nos barracões das crianças. Com outras mulheres, alfabetizo os menores e ensino aos maiores as bases da matemática, geografia e história. Limpamos os barracões junto com eles, cozinhamos. É melhor fazer alguma coisa aqui.

No dia seguinte, Ottla me levou a um dos barracões das crianças. No amplo cômodo em que entramos, dezenas de crianças estavam divididas em grupos; em cada grupo, uma mulher explicava alguma coisa. Ottla me fez notar que, se tivesse tentado escutar o que as mulheres estavam dizendo às crianças, não entenderia as palavras.

— Vamos sair — disse ela.

Sentamo-nos em um dos bancos perto do outro barracão.

— Aqui ficam as mulheres nas últimas semanas de gravidez. Permanecem nesse barracão por alguns dias depois de parto e, depois, são obrigadas a voltar para onde foram levadas inicialmente, em Terezín, e logo começam a trabalhar. Em um outro barracão, outras mulheres cuidam dos recém-nascidos.

Ottla pôs a mão no bolso e pensei que tiraria o desenho de uma mulher que trabalha em um abismo. Em suas mãos, segurava duas fotografias.

— Estas são as minhas filhas, e estes somos eu, as minhas irmãs e o meu irmão — disse ela, passando os dedos sobre a superfície das fotografias. — É tudo o que me resta da minha vida passada — comentou e tornou a guardar as fotografias no bolso. — Meu irmão morreu há tanto tempo que sempre tenho dificuldade para me lembrar do seu rosto. Lembro-me apenas de uma história, *A infelicidade do celibatário*. Não me lembro bem dos detalhes, mas, às vezes, repito-a para mim mesma — revelou. Com o olhar fixo no bolso, começou a contar a história: — "Parece tão grave permanecer solteiro e, já velho, querendo passar uma noite em companhia das pessoas, suplicar para ser acolhido, conservando com dificuldade a própria dignidade; estar doente e, do canto da própria cama, olhar por semanas a fio o quarto vazio; despedir-se sempre diante do portão de entrada; nunca subir correndo as escadas ao lado da própria mulher; ter no quarto apenas portas que levam para apartamentos de estranhos; levar para casa o jantar em uma das mãos; ter de contemplar filhos de desconhecidos e não poder repetir continuamente: 'Não tenho nenhum'; assumir o aspecto e os modos daqueles poucos celibatários das lembranças da juventude. Assim será, só que, na verdade, hoje como no futuro, estaremos lá pessoalmente, com um corpo e uma cabeça de verdade, e, portanto, também com uma testa na qual bater com a mão." — Em seguida, virou-se para mim e disse: — É como se essas palavras fossem tudo o que me restou dele. E onde estão todos os momentos, os dias e os anos, tudo o que vivi com ele? É como se nunca tivessem existido...

Do barracão, saíram algumas mulheres e sentaram-se no banco ao lado do nosso. Enquanto sentavam-se, mantinham as mãos sobre o ventre, como se quisessem proteger os frutos. Travamos conhecimento, chamavam-se Lina e Eva. Começamos a conversar, mas Ottla me disse que estava na hora de nos lavarmos e voltamos em direção ao nosso barracão.

Depois de meia hora, no salão onde dormíamos, algumas jovens trouxeram grandes tinas vazias e, junto, caldeirões cheios d'água. Deixaram as tinas no meio do salão, entre as duas filas de camas, e os caldeirões, ali ao lado. Depois, saíram. Ottla disse:

— Agora corra, enquanto houver água.

Vi todas as idosas se despindo o mais depressa possível. Com os dedos semienregelados, tiramos as roupas, ficamos nuas, só com a pele flácida, os seios e a barriga de fora, as veias cerúleas que recobriam nossas pernas, as mãos recurvadas, a respiração pesada que se misturava ao cheiro ácido dos corpos. Uma velhinha disse alguma coisa, mas as palavras se perderam em meio aos sons que fazíamos tentando chegar primeiro na tina. Com uma panelinha, pegávamos a água do caldeirão, jogávamos sobre o nosso corpo e nos esfregávamos para tirar o máximo de sujeira possível. Tanta era a água que tudo isso não durou mais do que alguns minutos, mal permitindo que raspássemos a sujeira, sem eliminá-la por completo. Depois, enxugamo-nos com os lençóis e panos e nos vestimos novamente.

— Fique feliz porque, daqui a pouco, chega o verão e, aos poucos, você vai se acostumar a essas lavagens — disse Ottla. Quando me lavei aqui pela primeira vez, estava tudo gelado lá fora.

As jovens que haviam trazido as tinas com os caldeirões entraram e levaram tudo embora. Naquele momento, notei que, durante todo o tempo, Pauline ficara sentada em sua cama. Aproximei-me. Ela me reconheceu pela respiração e disse:

— Não pude me lavar.

Depois, Ottla saiu do barracão e voltou quando a maioria das mulheres já estava dormindo. Foi para a cama, e eu perguntei em voz baixa:

— Até quando ficaremos aqui?

Ottla respondeu:

— Quanto mais tempo, melhor. Este não é um verdadeiro campo de concentração; é apenas um campo de concentração temporário, de passagem. Daqui, de vez em quando, partem trens com milhares de pessoas rumo a outros campos de concentração. Lá é pior. O trabalho é mais difícil, tão duro que as pessoas morrem. É o que diz quem soube de algo mais. Dizem que lá, às vezes, levam as pessoas para os barracões dizendo que é para tomar banho. E existem realmente chuveiros, mas são um disfarce. Abrem o gás e as sufocam. Fala-se também de outros horrores, mas prefiro não dizer nada a você... Por isso, é melhor ficarmos aqui o maior tempo possível. Até o mal chegar. E, depois, vamos para casa — disse e fechou os olhos. Assim, de olhos fechados, continuou: — Não conte aos outros o que eu disse. Mesmo sem a ideia dos outros campos de concentração, já sofrem o suficiente. Eu não deveria ter contado nem a você — lamentou-se. — Boa-noite — acrescentou após ter ficado um pouco em silêncio e virou-se para o outro lado.

Boa-noite... Tentei pegar no sono e fiquei me revirando na cama por muito tempo, pensando no que havia escutado.

Na manhã seguinte, depois do café da manhã, fui para a frente do barracão dos trabalhadores. Em um banco, estavam sentadas as duas mulheres que eu e Ottla conhecêramos no dia anterior, Lina e Eva, junto com outras duas. Sentei-me em um banco um pouco mais distante e, quando a certa altura Lina e as outras duas entraram no barracão, Eva se aproximou e me perguntou se podia se sentar. Começamos a conversar e perguntamos uma à outra de onde vínhamos. Ela disse que havia nascido em Praga, o pai era comerciante, a mãe trabalhava em uma fábrica como sindicalista. Apaixonara-se por um coetâneo logo após o final do ginásio e casaram-se poucos anos depois. Estava grávida quando ela e o marido receberam o aviso de que seriam deportados.

— Às vezes, as coisas mais bonitas acontecem nos momentos mais difíceis — disse, olhando para a própria barriga. — Trouxeram-nos para cá com o primeiro grupo, no inverno. Deram-me um trabalho simples, na cozinha. O trabalho difícil demais não era um problema, como é para algumas outras pessoas aqui, e eu nunca sentia fome. Pelo menos durante o dia, eu ficava em um lugar aquecido, ao lado da cozinha. Era o único lugar em que havia aquecimento. À noite, eu tinha medo de congelar, eu e a criança dentro de mim. Meu marido até me dava a sua coberta, mas não era suficiente. À noite, eu mantinha as mãos sobre a barriga para aquecer a criança. Depois, chegou a primavera. Não meço o tempo em dias e meses, mas em semanas de gravidez. Passaram-se 39 semanas. Mais uns dias — observou e apoiou as mãos sobre a barriga. — Alguns dias atrás, meu marido foi deportado para outro campo de concentração junto com uma centena de pessoas — disse, levantando uma das mãos e passando-a primeiro sobre uma foto e, depois, sobre outra, limpando-as. — Antes de ir embora, disseram que seria muito melhor lá.

— Sem dúvida — confirmei.

Quando entrei novamente no barracão, fui direto ao refeitório. Ottla não estava lá. Tomei depressa a sopa de lentilhas e fui para o cômodo grande com as camas. Ottla estava lá, sozinha. Sentada na beira da cama, arrumava a mala. Apoiou sobre a minha cama parte das suas roupas e disse:

— Não me servem mais e sei que você chegou sem as suas coisas.

Agradeci e perguntei:

— Você está indo embora?

— Estou — respondeu. — Estão mandando um vagão com algumas centenas de crianças para outro campo de concentração.

Os soldados escolheram alguns dos adultos para acompanhá-las. Eu me ofereci para ir junto — declarou, apertando minha mão entre as suas. — Disse às crianças que vou levá-las para fazer uma viagem.

Abraçou-me, pegou a mala e saiu. Pensei nas palavras que ela havia usado para descrever os extermínios nos outros campos de concentração. Imaginei-a viajando com as crianças no trem de carga e, enquanto estavam amontoadas na escuridão do vagão, Ottla falando sobre a viagem que as aguardava, do mar, das brincadeiras na praia, das nadadas.

— Mas eu não sei nadar — diria uma das crianças.

— Vai aprender — tranquilizava-a Ottla.

Pensei em como as acomodavam no campo de concentração: levavam-nas para um cômodo amplo no qual mandavam que se despissem. Eu ouvia Ottla dizer às crianças que, antes de qualquer coisa, precisavam tomar banho e deveriam prestar atenção aonde deixavam as roupas, porque, depois, teriam de se vestir depressa para ir à praia. Olhei-a e imaginei-a sentindo vergonha da própria nudez diante das crianças, se é que uma pessoa pode realmente se envergonhar quando sabe que está a poucos passos da morte. E elas dão aqueles poucos passos, entram no cômodo com os chuveiros. Ela e as crianças olham os chuveiros. Riem, certamente vão tomar banho quente e haverá água suficiente. Alguém estende as mãos para o alto, esperando o jato. Então, no lugar da água, de algum lugar, o gás se propaga a partir dos chuveiros. E Ottla olha para os rostos à sua volta, vê as crianças se contorcendo, ficando verdes, seus lábios se curvando à procura de ar, caindo no chão, umas sobre as outras, percebe a própria fraqueza, sente que está sufocando, mas amaldiçoa o seu físico tão forte, pois morrerá por último, olhando a morte delas, e, sem dúvida, ela também cairá, cairá em meio aos corpos das crianças, verá aqueles olhos se revirando, o sangue escorrendo dos lábios e, depois, ela mesma sentirá algo se partindo no peito, revirará os olhos e expirará.

Não saí do barracão durante toda a tarde. Fiquei sentada na minha cama, olhando aquele vazio de Ottla, passando de uma mão a outra as coisas que ela havia me deixado: alguns pares de calcinhas, uma saia, um vestido, duas camisas, meias...

Alguns dias depois, nasceu Amalia. Enquanto nascia, eu estava sentada em um banco na frente do barracão, e, quando terminaram de lavar a pequena, deixaram-me entrar. Deram-me o seu corpinho, eu estava segurando em meus braços a filha de Eva e estava contente. Eu olhava um pouco para a pequena, um pouco para a mãe que jazia cansada sobre a cama.

— E, agora, não sei como vou chamá-la — disse Eva. — Eu e o meu marido nunca pensamos no nome da criança, só nos preocupávamos que nascesse viva e com saúde. Sabe-se lá quando vou poder avisá-lo... — observou e começou a chorar. Quando se acalmou, pediu que eu escolhesse o nome.

— Amalia — sugeri.

— Amalia — repetiu Eva.

Eu ia todos os dias ao barracão dos trabalhadores e das parturientes. Sentava-me na cama de Eva para observar a nova vida. A nova vida respirava, olhava, piscava, dormia, mamava. Eu escutava Eva me dizer que tinha muita esperança de encontrar novamente o marido.

Certa manhã, eu disse a Eva que nós, todas as velhinhas do nosso barracão, seríamos levadas para outro campo.

— Prometa-me — exortou-me ela —, prometa-me que vai procurar meu marido por lá. Pavel Popper. Lembre-se do seu nome, por favor. Pavel Popper.

— Pavel Popper — repeti.

— Prometa que lá, naquele campo de concentração, você vai procurá-lo. E, se o encontrar, vai dizer que se tornou pai. Vai dizer que sua filha se chama Amalia. Vai dizer que eu e ela estamos bem. E que, um dia, nos encontraremos. Prometa.

— Prometo — respondi.

Depois, precisei ir embora. Levantei-me, beijei a fronte de Eva, beijei a cabecinha de Amalia e, antes de partir, coloquei a mão sobre o coração, entre o sutiã e o seio esquerdo.

— Não dei nada a você pelo nascimento da menina. Eu não tinha nada para dar. Só agora me passou pela cabeça... — disse-lhe e, de cima do coração, entre o sutiã e o seio esquerdo, tirei a touquinha de tecido. — Comprei esta touquinha muitos anos atrás. É mais velha do que você.

Comecei a rir. Eva também ria.

— Olhe, está meio estragada. Eu não sabia por que a havia trazido para cá, mas, agora, sei. Talvez, no inverno, sirva para Amalia.

Eva segurou a mão com a qual eu havia lhe dado a touquinha e a beijou.

Olhando para o rastro invisível dos lábios de Eva na palma da minha mão, dirigi-me lentamente para a porta do barracão. Quando lá cheguei, depois de abri-la, virei-me e vi Eva amamentando Amalia. Observei-a, minha vista tremia entre o medo e a esperança. Observei Eva e Amalia como se, através delas, quisesse ver o tempo passado, a longa fila de mães e filhas, não apenas as que corriam em seu sangue, mas também todas as mães e filhas que existiram desde o início da humanidade até aquele momento, cada uma delas sangue do sangue de alguém. Depois, virei-me e saí.

Fiquei aquela tarde na cama. De vez em quando, eu passava levemente os dedos no lençol alguns centímetros acima da minha cabeça e olhava para o céu, branco como um pano.

No dia seguinte, puseram-nos em um trem de carga e a nossa viagem começou. No vagão escuro, que antes havia transportado gado cujo cheiro ainda podia ser sentido, sentamo-nos no chão, apertados uns contra os outros. Coladas a mim, estavam Pauline, Rosa e Marie. Fizemos uma viagem longa.

Era noite quando nos descarregaram dos vagões. Depois, fizeram-nos subir em caminhões e, após alguns minutos, fizeram-nos descer diante da entrada de um edifício imerso na escuridão. Uma mulher fardada nos disse que, antes de sermos alojadas, tínhamos de tomar banho. Disse que, antes de passar para o aposento sucessivo, tínhamos de nos despir e que cada uma precisava lembrar onde havia deixado as roupas. Despimo-nos lentamente. Quando tirei o sutiã, junto caiu a nossa fotografia amarelada, as irmãs Freud, os nossos maridos e os nossos pais.

Ordenaram que fôssemos em direção à porta. Entramos na sala escura. Fecharam a porta atrás de nós. Ouvíamos pessoas falando em voz baixa do lado de fora. Senti um cheiro azedo. Os dedos de outra pessoa apertaram os meus. Eu sabia que era Pauline. Sabia que, no seu rosto, naquele momento, vibrava aquele sorriso que alguns cegos mostram sempre, até mesmo diante do horror e de um medo mortal. Algumas velhas à nossa volta gritavam, outras rezavam. A morte se aproximava, a morte estava na minha frente e eu fechei os olhos diante dela.

# SEGUNDA PARTE

A dor esteve presente desde o início da minha vida. Como um silencioso gotejar de sangue de uma ferida oculta. Uma gota após a outra. Sofri muito durante a infância, não tanto pelas minhas doenças quanto por causa da minha mãe. Talvez eu também fosse o sofrimento da sua vida ou, então, o ponto em que todas as suas dores se encontravam e se separavam. Minha mãe, Amalia Nathanson, ainda estava nos anos sonhadores quando os seus pais, sem perguntar nada, arranjaram o seu casamento com o comerciante de lã Jacob Freud, que ficara viúvo e, havia pouco tempo, tornara-se avô. Com um marido mais velho do que o próprio pai, ela teve de sair de Viena e ir para uma aldeia na qual esqueceu como sonhar e falar. Em 1856, em um quarto de aluguel em cima de um forno, onde vivia com o marido depois do casamento, ela deu à luz Sigmund; no ano seguinte, Julius, que morreu com oito meses; e, por fim, Anna. Por muito tempo naquela casa, o único alimento foi pão e sal, mas, quando sobraram apenas alguns punhados de farinha, eles decidiram se mudar para Viena, onde Jacob Freud começou a ajudar o pai de Amalia no comércio de tecidos. Passaram de um apartamento a outro no bairro judeu de Leopoldstadt e, em cada rua, nascia outro filho. Rosa na Weissgerberstrasse, Marie na Pillersdorfgasse, eu na Pfeiffergasse, Pauline na Glockengasse, Alexander na Pazmanitengasse.

Sofri muito durante a infância, e minha mãe sempre estava à cabeceira da minha cama. Assim que eu acordava, via o seu rosto, depois ela saía por algumas horas para limpar o chão das casas de famílias mais abastadas, e, quando voltava, ficava sempre perto de mim, afastando-se da minha cama somente por pouco tempo, para arrumar alguma coisa ou cozinhar. Às vezes, ao tossir, vomitar, tremer e quando não estava consciente, eu ouvia as suas palavras:

— Teria sido melhor se eu não tivesse parido você.

A dor esteve presente desde o início da minha vida, uma ferida infligida pela ideia de que a minha existência significava infelicidade para a minha mãe. Talvez minha mãe não pudesse me poupar daquela ferida, e eu era o ponto no qual todas as suas dores se encontravam e se separavam: os sonhos rompidos antes do tempo e o casamento com um homem que acabara de se tornar avô, a morte do segundo filho e a criação dos outros na pobreza, as contínuas mudanças para apartamentos cada vez menores, a faxina na casa dos ricos. Ela reencontrava todas essas coisas em mim, por isso me odiava tanto, enquanto pronunciava com a voz da condenação à morte "teria sido melhor se eu não tivesse parido você", e, por isso, me amava tanto, a ponto de esquecer a própria infelicidade. Às vezes, quando eu suspirava, ela entoava uma cançãozinha a respeito de uma mãe que velava o próprio filho como a Lua vela a Terra. Outras vezes, tomava-me em seus braços e saíamos, passeávamos pelas avenidas arborizadas; com um braço, apertava-me contra o seio enquanto esticava o outro para colher flores dos ramos mais baixos das tílias, castanheiras e amendoeiras. Depois colocava as flores colhidas entre o meu rosto e o dela. Às vezes, punha-se de joelhos e, enquanto ficávamos sentadas perto da janela, vendo a neve cair, contava-me fábulas nas quais o mocinho sempre vencia o vilão.

O amor esteve presente desde o início da minha vida. Uma espécie de vento quente chegou para me aquecer exatamente no momento em que eu estava sentindo mais frio. E, desde então, quando a vida soprava o frio que congelava a minha alma, eu sempre desejava aquele vento quente como um unguento. O amor esteve presente desde o início da minha vida, era o olhar da minha mãe, era a sua mão na minha testa, era a sua preocupação com a minha saúde. Nas horas de inconsciência, quando a febre alta me permitia recobrar os sentidos só de vez em quando, eu conseguia, naquele estado de semiconsciência, ver minha mãe, aquele olhar no qual havia preocupação com a minha vida, as suas mãos que depositavam lenços molhados sobre a minha testa, que tiravam minhas roupinhas suadas e vestiam-me com as limpas. E, às vezes, quando o meu olhar se embebia do dela, os seus olhos mudavam de repente: onde antes havia preocupação, surgia o ódio, e os seus lábios formulavam as palavras que me matavam de medo:

— Teria sido melhor se eu não tivesse parido você.

Aquelas palavras me matavam de medo, aquelas palavras me faziam desejar a morte: eu queria morrer e queria que minha mãe se desesperasse sobre o meu corpo exânime, que, com aquela tristeza, ela fosse punida porque a dor estivera presente desde o início da minha vida. Àquela altura, eu não sabia que a dor me seguiria por toda a vida, como uma ferida oculta da qual gotejava sangue, um pingo após o outro. A mudança no olhar e as palavras que ela pronunciava duravam pouco, realmente pouco, mas permaneciam vivas dentro de mim até quando o seu olhar e as suas palavras se transmutavam em amor; aquele ódio e aquelas palavras surgiam novamente dentro de mim mesmo em sonho. Muitas vezes eu acordava à noite porque sonhara que mamãe me levava até o rio, nos acomodávamos na margem e, depois, ela segurava a minha cabeça e a enfiava dentro d'água até que eu não respirasse mais e ficasse observando os peixes mordendo o meu rosto; ou então mamãe se transformava em uma fera e me devorava; ou então eu era um pássaro e ela não sabia que eu era sua filha, me capturava, me decapitava, fervia o meu corpo sem cabeça e arrancava as minhas penas. Eu acordava no quarto onde dormiam as minhas quatro irmãs, levantava-me com atenção e, da cama que eu dividia com Pauline, aproximava-me da janela na ponta dos pés. Limpava do vidro a condensação das nossas respirações, mas não enxugava as lágrimas. Eu olhava para a rua, ou então para o reflexo do meu rosto no vidro, e repetia as palavras da minha mãe:

— Teria sido melhor se eu não tivesse parido você.

E só muito depois, quando já era tarde para tudo, entendi aquelas palavras: ao falá-las para mim, ao dirigi-las à minha existência, ela, na verdade, queria dizê-las para si mesma: "Teria sido melhor se eu não tivesse nascido." Era assim que ela vivia o ódio pela própria existência e pelas coisas da vida que eram até piores do que a inexistência, um ódio dividido entre duas pessoas.

O amor e a dor sempre estiveram presentes desde o início da minha vida e, até o final, ficaram juntos, como um bálsamo e uma ferida, e, às vezes, também o bálsamo se transmutava em um veneno que fazia a ferida arder ainda mais. O que doía mais do que qualquer outra coisa era o ódio da minha mãe, e ninguém me amava como ela. Ninguém, nem mesmo meu irmão Sigmund. Ele era seis anos mais velho do que eu, lembro-me de como se encostava na cama levando-me uma colherzinha de mel ou uma maçã, com a qual, antes, acariciava o meu rosto, aproximando-a da minha boca somente depois. Enquanto eu comia lentamente a maçã, ele me falava de dois passarinhos apaixonados. Aquela fábula não estava escrita em lugar algum, ele a havia inventado para mim, ou talvez eu a tenha inventado muito tempo depois, tentando me lembrar da infância. Enquanto eu mastigava, meu irmão me contava que, certa manhã, um dos dois passarinhos tinha ido embora voando e não voltara mais. O outro, por causa da tristeza, rasgara o peito com o bico e arrancara o coração. Quando só restavam as partes não comestíveis da maçã, meu irmão apoiava seus lábios na minha testa para medir minha febre. Talvez fosse mais carinhoso comigo do que com as outras irmãs por causa da minha fraqueza. Todas as vezes, antes de ir dormir, beijava-me a testa, um pouco às escondidas porque mamãe sorria quando ele, com um gesto, se aproximava de mim. Então, Sigmund só demonstrava ternura por mim quando ela estava fora de casa, quando ia limpar o chão das casas dos ricos ou ajudar o vovô e o papai com a venda dos tecidos.

Com a primeira infância, terminaram também os meus sofrimentos. Eu podia ir para o pátio com as minhas irmãs e brincar com as crianças na vizinhança, mas uma espécie de medo confuso me fazia ficar atrás da janela. Assim que acordava, sempre antes das minhas irmãs, eu ia para a cozinha. Eu sabia que mamãe estava ali para acender o fogo, costurar ou fazer comida, e sabia que papai já tinha ido para a loja. Eu me sentava perto dela, e ela me dava uma batata cozida ou um naco de pão com manteiga, e, enquanto ela trabalhava, eu mastigava e esperava que meu irmão entrasse na cozinha.

Eu sabia que ele já estava acordado, repetindo as lições estudadas no dia anterior. Quando ele ia para a escola, as minhas irmãs corriam para o pátio atrás do edifício e eu ficava com a mamãe, observando-a trabalhar, observando as mãos e o rosto dela, enquanto lavava, enquanto limpava o chão, enquanto remendava, bordava, cozinhava. Quando minhas doenças terminaram, minha mãe também parou de repetir que teria sido melhor se não tivesse me parido. Começou, então, a fazer comparações com as outras meninas, dizendo que eu nunca seria como elas, começou a me dizer que a minha vida sempre seria um triste vazio. Quando minha mãe não estava, eu ia para o quarto de Sigmund. Em todas as nossas casas, ele sempre teve um quarto só para ele, quase sempre pequenos cômodos modificados que, antes da nossa mudança, haviam sido depósitos. Eu entrava no seu quarto, que tinha uma janelinha que mais parecia uma rachadura na parede, e ficava perto da cama. Permanecia parada, e só o meu olhar se deslocava ao longo das paredes, do chão, das prateleiras onde estavam dispostos, um ao lado do outro, os livros e roupas do meu irmão. Eu tomava cuidado para não ficar tempo demais no quarto e sair antes que minha mãe voltasse. Antes mesmo do seu nascimento, ela acreditava que ele se tornaria, em suas próprias palavras, "um grande homem". Quando estava grávida, encontrou uma velha que fez exatamente essa previsão; então, minha mãe repetia com frequência aquelas palavras: "Grande homem." Mas dirigia-se ao meu irmão como se ele fosse sempre pequeno: chamava-o de "o meu Sig de ouro", sempre pequeno, sempre seu. Pronunciava com um senso de posse não apenas "o meu", mas também aquele "Sig de ouro", como uma advertência para qualquer pessoa que tivesse cogitado levá-lo embora.

Acima de tudo, eu gostava de ficar no quarto do meu irmão quando ele também estava presente. Mas ficava sentada em um cantinho e observava os seus olhos, que corriam sobre as páginas dos livros, e os seus lábios, que se moviam sem sequer pronunciar as palavras lidas. Quando ele tinha tempo, eu lhe pedia que lesse em voz alta em alguma das línguas que conhecia ou então que me contasse o que havia acabado de estudar, coisas absolutamente incompreensíveis para mim, como se fossem ditas em um idioma desconhecido.

Meu pai só voltava da loja quando já estava escuro e, mesmo então, naquele instante que passava conosco, era como se estivesse ausente. Trocava algumas palavras com mamãe, perguntava se estava tudo bem conosco e com a casa; depois, pegava o Talmude e, sentado o mais longe possível de todos nós, começava a ler silenciosamente em hebraico, a língua que representava tudo para ele, ao passo que nenhum de nós, seus filhos, a havia estudado. Os nossos pais, ao se mudarem para Viena, decidiram, como muitos outros judeus na cidade, transmitir o judaísmo aos próprios filhos somente através do sangue, e não da religião; esperavam que a assimilação silenciosa e o compartilhamento apenas dos sinais invisíveis da nossa origem, ou seja, aqueles que estão no sangue, nos tornassem semelhantes aos outros cidadãos. Enquanto isso, alimentavam a própria fé em silêncio, assim como nosso pai pronunciava as palavras ao ler o Talmude. Papai só se aproximava de nós para contar as vidas de Noé, Jacó e Moisés, transformadas em histórias para crianças e sob forma de fábula; de resto, mantinha-nos a distância, sempre calmo, como quem fez algo muito mais tarde do que deveria; criava-nos, seus próprios filhos, mais jovens do que seus netos, e talvez aquela sua calma fosse como uma represa entre nós e ele, uma represa que fazia com que o chamássemos de "pai", e não de "papai", "pai" que soava como "senhor"; aquela represa não era a idade nem aquela fé que ele não nos transmitiu, apenas a calma de ter feito algo atrasado. E aquele atraso era uma represa gigantesca, era o que tornava carrancudos todos os seus gestos, que transformava todas as suas palavras em um aviso, que congelava, antes que chegasse até nós, qualquer calor.

No meu primeiro dia de escola, deixei-me tomar pelo medo e supliquei aos meus pais que me deixassem ficar em casa. Fiquei em casa também no dia seguinte e nos outros que se sucederam. A partir de então, quando meu irmão voltava do ginásio, eu ia para o seu quarto, ele pegava algum dos seus livros e, folheando as páginas, contava o que julgava que eu deveria saber.

Todo domingo, mamãe e papai, com Anna, Rosa, Marie, Pauline e Alexander, iam dar um passeio no Prater. Sigmund ficava em casa comigo com a desculpa de que precisava estudar. Assim que ficávamos a sós, ele abandonava o livro e íamos para a cama que eu dividia à noite com Pauline, cobertos pelo lençol que segurávamos com os dedos um palmo acima da cabeça. Desse modo, uma magia qualquer fazia com que nos sentíssemos uma única entidade: naquela proximidade que eu queria que durasse para sempre, e mais ainda, naquela nossa inspiração e expiração em uníssono enquanto estávamos deitados sob o céu branco do lençol, Sigmund me falava das maravilhas da natureza, da eternidade e da morte das estrelas, da imprevisibilidade dos vulcões, das ondas que erodem a terra firme, dos ventos que podem acariciar, mas também matar, e eu me sentia enfeitiçada pelas suas palavras, pela sua respiração, pelo contato dos nossos corpos que jaziam um ao lado do outro. Ficávamos naquela magia por muito tempo e não nos cansávamos, até que adormecíamos e eu acordava quando mamãe, papai, nossas irmãs e nosso irmão menor, recém-chegados, começavam a fazer algazarra. Sigmund certamente havia acordado muito antes de mim ou nem sequer adormecera; quando o vozerio me acordava, ele já não estava ao meu lado.

Certa manhã, enquanto eu escutava as palavras de Sigmund misturadas com a pulsação do meu coração, senti a minha respiração ficar mais lenta, os meus olhos se fechando; eu estava deitada, nem acordada nem adormecida, como em um meio-sono. Escutava submissamente, quase de maneira imperceptível, e meu irmão perguntou se eu estava dormindo. Fiquei ali, imóvel, naquela paz e comunhão de respiro, não porque quisesse enganar meu irmão, mas porque não queria interromper aquele aprazimento. Devagarzinho, ele esgueirou-se para fora do lençol e saiu do quarto. Fiquei deitada mais um pouco; depois, lentamente, afastei o lençol e me levantei. Fui até o corredor, na direção do quarto do meu irmão. Entreabri a porta e fiquei na soleira. Sigmund estava deitado. Com a calça desabotoada, arriada até os joelhos, e olhava para o teto. Passava a mão direita sobre aquilo que eu estava vendo pela primeira vez. Senti o coração batendo na minha garganta, ouvi sua respiração entrecortada. Respirava cada vez mais rápido; depois, vi-o fechar os olhos, a testa enrugada e a boca levemente aberta em um gemido abafado. Percebi que eu estava tremendo. Meu irmão sobressaltou-se e virou-se na minha direção. Retrocedi pelo corredor e fugi para o meu quarto. Joguei-me na cama, cobrindo o rosto com as mãos, e comecei a chorar. Senti que o mundo inteiro que preenchera a minha infância, as horas em que meu irmão estudava no seu quartinho e nas quais eu ficava sentada em um canto, observando-o mexer silenciosamente os lábios enquanto lia, as horas em que ele me transmitia conhecimento, em que ficávamos deitados na cama e sentíamos que nunca nos separaríamos, tudo aquilo havia se apagado para sempre. A sensação de que eu e meu irmão nos separaríamos doía em mim. Então, entendi pela primeira vez que eu e ele percorreríamos estradas diferentes, e aquela ideia doía em mim. Eu tentava respirar e ouvia a sua voz:

— Por favor, não chore.

Os seus dedos, grudentos e com um cheiro estranho, acariciavam os meus, que escondiam o meu rosto. Eu sentia o coração subir até a garganta.

— Não chore, por favor — repetia ele.

Estava perto de mim, muito perto, mas muito distante. Tirou-me as mãos do rosto. Olhei-o, mas era como se eu estivesse vendo um outro Sigmund, como se uma outra Adolfine o estivesse olhando. Fechei os olhos e senti as lágrimas que escorriam. Abracei o travesseiro. Ele ficou ao lado da cama com as mãos sobre a minha cabeça. O soluço passou, as respirações entrecortadas tornaram-se cada vez mais silenciosas e lentas; fiquei com a cabeça no travesseiro, meu irmão ao meu lado.

Ouvimos a porta se abrir.

— Vou dizer que você está dormindo — disse ele, e saiu do meu quarto, fechando a porta.

Naquele instante, senti o choro ganhar força novamente e apertei o rosto no travesseiro, mordendo-o para que a minha voz não fosse ouvida. Fiquei assim por muito tempo; depois, peguei no sono.

No dia seguinte, evitei meu irmão. Saí do meu quarto quando ele já tinha ido para o ginásio; depois, voltei para lá antes que ele chegasse. Não fui para o seu quarto, como eu costumava fazer quando ele estava em casa, e ele não foi me procurar, como fazia quando eu não ia bater à sua porta. Naquele dia, tudo me enojava: a água e a comida, o meu corpo, as palavras, o ar, que eu respirava com certa relutância em pequenas doses e expelia rapidamente, esperando o máximo possível para dar o próximo respiro. Eu estava sentindo um estranho tremor, que me esgotava a ponto de eu não conseguir ficar acordada e que, ao mesmo tempo, me abalava tanto a ponto de não me deixar pegar no sono. Passei o dia seguinte na cama, em meio a um pesadelo. Não sei se foi meu irmão que me contou ou eu que inventei a fábula do pássaro que havia perdido a sua companheira e que, por causa da tristeza, rasgara o peito e, em seguida, com o bico, arrancara o coração. Enquanto eu estava deitada, em estado de meio-sono, senti algo bater no meu peito, como se quisesse chegar até o meu coração.

Naquelas noites, do momento em que eu ia para a cama até o instante em que adormecia, eu ficava deitada com os olhos fechados e virada para a parede, e sentia bater dentro de mim, no mesmo ritmo, dor e medo. Estava assustada pela vida e por tudo o que ela podia trazer, e aquele medo doía em mim. Através da diferença entre o meu corpo e o do meu irmão, eu identificava todas as mudanças que deviam acontecer e que me eram desconhecidas, e, por isso, sentia-me assustada. E a ideia daquela diferença doía em mim, assim como me assustava e me machucava o conceito inexplicável dos relacionamentos com outros corpos, uma coisa que, para mim, na época, ainda era pouco clara. Foi algo que chegou até mim desconhecido, como um escrito que é passado de geração em geração, antes mesmo que se soubesse algo a seu respeito, antes mesmo que fosse visto e experimentado, um escrito transmitido através do sangue, engastado à força na infância, mas obscuro e inexplicável. Eu ficava em pé ou deitada cheia de medo e dor diante daquela incisão, daquele traço inscrito no sangue que notei ao entender a diferença entre o meu corpo e o do meu irmão.

Muitos anos mais tarde, li um estudo no qual Sigmund, então na meia-idade, explicava como nos tornamos mulheres. Uma menina, segundo ele, começava a se tornar mulher "quando, pela primeira vez, via a genitália do outro sexo. Então, percebia imediatamente a diferença e reconhecia o seu significado". Com essa anotação, toda menina "sente que é gravemente mutilada" e, por isso, "torna-se vítima da inveja do pênis. Tudo isso deixará marcas indestrutíveis no seu desenvolvimento e na formação do seu caráter". Se o pressentimento de ser mulher realmente não é algo autêntico na própria mulher, mas algo externo, por que a percepção, durante a infância, de não ter o mesmo órgão sexual masculino — a percepção, como dizia meu irmão, de que a mulher é "mutilada", aquela percepção segundo a qual da infância nasce a feminilidade, da criança nasce a mulher — deveria resultar justamente em inveja, e não em tristeza, medo ou indiferença, a tristeza porque os corpos se diferenciam, o medo da diferença, o medo do outro sexo, a indiferença em relação à diferença? Ele não admitia que a percepção dessa diferença por parte de algumas mocinhas-que-se-tornam-mulheres pudesse acarretar outros sentimentos além da inveja; punha a inveja como o núcleo em torno do qual se formava o ego de todas as mulheres. Segundo o meu irmão, tornar-se mulher não era apenas o resultado de uma predisposição biológica, não era um fato anatômico nem uma essência metafísica ou alguma coisa localizada no desconhecido da alma, mas apenas um processo movido pela inveja, no fim do qual a inveja permanecia na vida de todas as mulheres como uma marca duradoura daquele primeiro sentimento de vitimização causado pela mutilação devida à ausência do órgão sexual masculino. Quando meu irmão anunciou ao mundo essa teoria como verdade absoluta, não se lembrou da minha dor naquele dia, quando ele tinha treze anos e eu, sete, não se lembrou da dor e do medo provocados pela visão das diferenças entre os nossos corpos, do pensamento de separação da infância, do pressentimento de que a minha vida e a sua não continuariam juntas, prosseguindo separadamente rumo à morte, esqueceu-se daquele dia, da tristeza e do medo que provocara e que recaíram sobre mim, transformando-se em outra tristeza, em outro medo, misturando-se com outros medos e tristezas. Ele havia se esquecido e, ao desenvolvimento de todas as meninas, ao processo que definia como "tornar-se mulher", dedicou apenas um conceito: a inveja.

Então, na minha infância, no meu medo e na minha dor, só minha mãe notou que algo se interpusera entre mim e meu irmão. Ela sabia, não apenas quando eu ia encontrá-la na cozinha de manhã, ouvia meu irmão sair para ir ao ginásio e me deitava no quarto compartilhado com minhas irmãs antes que ele voltasse, mas também quando o meu rosto mudava se eu e ele cruzávamos por acaso no mesmo cômodo, pela maneira como desviávamos o olhar e nossa respiração se alterava. Meu irmão já não saía mais para passear comigo, nem para jogar com os seus coetâneos, porque os anos das brincadeiras haviam passado; algumas vezes, os seus amigos iam até o seu quarto e, quando ele saía para se encontrar com algum deles, mamãe me dizia:

— Hoje o dia está bonito.

Escancarava as cortinas e deixava que o sol entrasse. Aos poucos, comecei a sair de casa com mamãe, íamos ao mercado ou então encontrar papai na loja. Às vezes, eu descia as escadas sozinha, saía, chegava até o final da rua e voltava. Ocasionalmente, Sigmund, muitas vezes sem falar, me dava um livro que pegara emprestado para mim na biblioteca do ginásio. Sempre sem falar, ao terminar a leitura, eu o devolvia e esperava que ele me trouxesse outro. Eu não entrava mais no seu quarto, mesmo quando ele não estava em casa. Eu evitava ficar no mesmo aposento que ele, mas, como antes, esperava que ele voltasse da escola ou da visita a algum amigo. E, ao ouvir os seus passos no corredor, eu deitava na minha cama, cobria o rosto com o lençol como costumávamos fazer juntos, segurando-o com os dedos sobre a cabeça, e, no lugar da felicidade de antigamente, eu sentia a dor pulsando em meu peito, como se estivesse tentando alcançar meu coração.

# TERCEIRA PARTE

As sombras, e a ideia de que talvez nós também sejamos a sombra de um ser qualquer que permanecerá escondido até que voltemos a ele, são um daqueles milagres cotidianos que muitas vezes não percebemos. E só algumas vezes damos uma olhada nas sombras projetadas pelas nuvens, por uma árvore ou por nós mesmos, e, naquele momento, parece que estamos assistindo a uma revelação.

Havia algo naquela união de sombras, naquele contato entre formas, naquele entrelaçamento de duas entidades intangíveis, naqueles momentos em que eu e Rajner estávamos juntos. Eu o conheci quando ele tinha nove anos e eu, dois a mais. Ele possuía olhos diferentes dos de todas as crianças que eu já vira; olhos que choravam por dentro, e as lágrimas caíam em algum lugar, nas profundezas, e não revelavam aquela libertação trazida pelo choro. Até aquele momento, eu sempre tivera medo de me aproximar das outras crianças (para mim, meu irmão Sigmund nunca foi uma criança), sentia um estranho incômodo até mesmo na presença das minhas irmãs, mas, desde o primeiro momento em que vi Rajner, desejei ficar perto dele. Aproximei-me lentamente e chamei-o para que nossas sombras brincassem. Era outono, e eu disse:

— Nossas sombras podem se tocar mesmo sem que nos toquemos.

E nossas sombras brincaram.

Aconteceu no ano em que meu irmão se inscreveu na faculdade de medicina. Era o momento das mudanças: vovô tinha morrido e a loja passara para os nossos pais; mamãe não limpava mais o chão das famílias ricas e só ia ajudar papai na loja; mudamos para um apartamento maior, na Kaiser Franz Joseph Strasse. Naquele ano, eu quis aprender a pintar. Por muito tempo, eu e Sigmund ficamos distantes e, com aquele meu desejo, nos reaproximamos. Quando eu disse que queria aprender a pintar, estávamos jantando e mamãe começou a rir. Disse que eu não quis ir para a escola porque não conseguia aprender as coisas fundamentais; disse que eu não sabia falar e que, por isso, não ia brincar com as outras meninas; disse que pintar não era uma coisa para meninas.

Meu irmão se lembrou do meu pedido e, na semana seguinte, me disse que, na casa de um dos seus professores, havia chegado um pintor que dava aulas gratuitas de desenho. O pintor, que se chamava Friederich Richter, vinha dos arredores de Munique; tivera um filho quando vivia em Viena com a mulher e, depois, mudaram-se para uma casa perto de Munique. Tinham voltado para Viena porque ouviram dizer que o doutor Otto Auerbach, o professor do meu irmão, podia ajudar as crianças que tinham a tristeza na alma. Sendo médico, Auerbach achava que a proximidade de outras crianças ajudaria Rajner e, assim, permitiu que Richter usasse a sua casa para dar lições de desenho aos filhos dos professores da faculdade de medicina, que tinham a mesma idade do seu. Meu irmão havia perguntado se era possível permitir que eu participasse das aulas na casa do seu professor, à qual me acompanharia nas tardes de domingo. No jardim, quando o tempo permitia, ou em casa, quando fazia frio, Friederich Richter nos ensinava como o ponto evolui para o movimento e a linha, como a linha se alarga para a superfície e como a superfície se abre para o espaço. Percebemos que, quando as aulas aconteciam no jardim, muitas vezes Sara, a filha do doutor Auerbach, nos observava da janela do seu quarto. Sigmund me disse que Richter ensinava-lhe desenho durante os outros dias porque Sara Auerbach tinha dificuldade para andar e as nossas aulas de desenho, mais do que aprendizado da essência do desenho, eram uma brincadeira, uma balbúrdia, um esconde-esconde. A brincadeira deveria ter sido um tratamento para Rajner, mas ele ficava longe das outras crianças, longe de tudo naquele mundo.

De Rajner eu só sabia poucas coisas, as que o meu irmão ouvira do seu professor. O doutor Auerbach havia negado as hipóteses dos colegas, segundo as quais a tristeza de Rajner derivava, em parte, do fato de os pais o terem concebido em idade avançada, parecendo mais avô e avó do que pai e mãe do menino. Ele havia crescido perto de Munique, em meio à natureza; enquanto o pai desenhava, ele ficava ao lado do cavalete, no meio dos campos, à beira das torrentes e no bosque perto de casa. Passava o resto do dia com a mãe, que, de vez em quando, lia para ele poesias e tocava piano. Mas, apesar desse ambiente idílico, a melancolia de Rajner não diminuiu. O menino permanecia no seu pesar como se estivesse imerso na água, como se uma dor qualquer esmagasse a sua cabeça, obrigando-o a afundar na dor e, só por um instante, o deixasse subir à superfície para respirar. E ninguém sabia de onde provinha aquela melancolia infantil, ninguém sabia o que provocava aqueles suspiros, ninguém sabia por que ele desviava o olhar para o lado. Até mesmo quando a mãe ficava na sua frente para explicar alguma coisa, Rajner ficava ausente, como se estivesse olhando para algo desaparecido que não voltaria mais. O seu olhar fugia de tudo e se fixava no vazio; às vezes, um menino passava-lhe a bola, mas Rajner não estendia as mãos, outro dizia alguma coisa, mas Rajner não respondia, um terceiro pegava a sua mão, mas Rajner não se mexia, nem sequer deslocava o olhar. Os outros continuavam as brincadeiras e eu ficava ao lado dele. Na vida de um ser humano acontecem muitas dores, algumas somem, outras permanecem conosco até a morte, mas só aquela primeira dor é autêntica, todas as outras causam mágoa através dela, cada dor que vem mais tarde só é forte enquanto se aproxima, enquanto tem algo em comum com ela. A minha dor tinha um nome; a dor que eu havia sentido nas minhas primeiras recordações, à qual se ligaram todas as dores sucessivas, tinha o nome da minha mãe. A dor de Rajner, porém, não tinha nome, estava sempre presente, sempre ao seu lado, ele até a havia esquecido, mas o seu olhar vagava para algum lugar ao lado das pessoas que estavam na sua frente, como se estivesse procurando aquela dor, aquela dor que os seus pais também procuravam, com a ajuda dos médicos, esperando curá-lo. Éramos crianças e estávamos na idade da primeira dor; as nossas dores se encontraram e, talvez por isso, tenhamos nos sentido tão próximos, próximos como a ferida e o bálsamo, mais próximos do que podiam estar duas crianças felizes, porque a dor une mais do que qualquer outra coisa. E ficávamos sós assim, um ao lado do outro. As outras crianças à nossa volta corriam com uma perna, passavam a bola, pulavam corda, giravam em volta de árvores, mas eu e Rajner ficávamos ali parados. Eu o observava, e o seu olhar às vezes recaía sobre mim e depois fugia para o vazio. Outras vezes, eu dizia um trava-língua, contava um enigma ou uma fábula, e, certa vez, comecei a falar da minha mãe, das suas palavras de desprezo e de como ela sorria por causa do meu modo de comer, de rir, de andar; contei também que, quando recebíamos as amigas dela com as filhas, ela me dizia na frente de todas que eu não sabia falar, rir e andar como elas; contei com quais palavras ela destruía todas as minhas paixões, toda a minha felicidade: a paixão pelos ensinamentos do pai dele, a felicidade de me encontrar nas tardes de domingo com ele, Rajner, que ficava em silêncio.

Rajner, então, falou comigo pela primeira vez:

— Os meus pais, ao contrário, me amam — disse, e só havia dor na sua voz. Aquela dor que é só das crianças que acabaram de perder um ente querido.

Por alguns segundos não olhei para ele; depois, disse:

— Os meus pais também gostam de mim. Sei que minha mãe me odeia porque me ama. E, quando me diz aquelas palavras, eu nem ouço. Quer dizer, ouço, mas as suas palavras não me ferem. Não me atingem, porque penso em você.

Pela primeira vez, Rajner me olhou nos olhos por mais de um segundo. Um raio de felicidade passou sobre o seu rosto e expulsou a tristeza. Eu queria perguntar o que o deixava feliz, e ele também queria me dizer alguma coisa, mas os seus pais, que estavam sentados em um banco próximo, notaram a mudança:

— Rajner sorriu — disse sua mãe.

O pai correu em sua direção, mas a tristeza havia descido novamente sobre a vista do filho e o seu olhar se perdera no vazio.

Na semana seguinte, quando os adultos entraram na casa do doutor Auerbach enquanto as crianças corriam no jardim, pedi a Rajner para brincar com as nossas sombras. Ele ficou em silêncio e eu disse que as nossas sombras podiam se tocar mesmo que os nossos corpos estivessem distantes. Começamos a brincar com as sombras dos dedos, mantendo-as sobrepostas, as minhas e as dele, as sombras dos dedos se entrelaçavam no chão. Mexíamos os dedos no ar, nós os deslocávamos, olhávamos enquanto se uniam e se afastavam através das sombras. Rajner observava as sombras e, pela primeira vez, os seus olhos não fugiram para o vazio por tanto tempo. Estiquei a mão na direção dele e disse que, às vezes, sonhava que estava caindo e esticando a mão para me agarrar a uma outra mão, e que realmente esticava a mão enquanto dormia e batia na parede, acordando depois da pancada.

— Às vezes — completei —, quando estou acordada e me sentindo triste, desejo que haja uma mão perto da minha que a segure.

Então, as sombras das nossas mãos se sobrepuseram, a mão dele e a minha entrelaçaram os dedos.

O senhor e a senhora Richter estavam gratos ao doutor Auerbach porque, cada vez mais raramente, Rajner tinha o olhar perdido no vazio e, às vezes, respondia às perguntas dos outros, e não apenas às dos pais. Até ria.

Pouco depois, graças à melhora de Rajner, os pais dele decidiram voltar para casa, perto de Munique.

— Um dia voltaremos a ficar juntos — disse-me Rajner no momento do adeus.

— Mas, até então... — observei. — Ficarei triste até você voltar.

— Eu também — confirmou Rajner. — Para não sofrer, vamos pensar no dia em que ficamos juntos — disse ele. Depois, me deu uma folha de papel que estava segurando. — Isto é para você. Uma lembrança.

Peguei a folha de papel e lá estava Rajner. Era o retrato que ele havia pedido ao pai. Olhei o desenho e, em seguida, Rajner. Fixei os seus olhos que choravam internamente e as lágrimas que caíam dentro dele. Eu também queria lhe dar alguma coisa de presente, alguma coisa que o fizesse se lembrar de mim, de quando brincávamos com as nossas sombras, de como ele me tocara com a mão e do que me dissera quando nos despedimos. Eu queria lhe dar de presente alguma coisa, mas não tinha nada e pensei em arrancar o bolso da saia vermelha que, antes de ser usada por mim, havia sido usada pelas minhas irmãs mais velhas.

— Estou muito triste por causa da sua partida — disse-lhe e comecei a arrancar o bolso da saia.

— Eu também — respondeu Rajner, colocando a palma da mão sobre o plexo solar, como se a estivesse apoiando sobre uma ferida. — Sinto dor aqui por você.

Arranquei o bolso vermelho da saia e olhei aquele minúsculo pedaço de tecido do tamanho do coração de uma criança.

— Isto é para que você se lembre de mim. — E apertei o bolso em sua mão.

Quando foi embora de Viena, Rajner tinha dez anos e eu, dois a mais. Muitas vezes, na rua, eu achava que algum outro menino era ele e ia na sua direção com o coração sobressaltado de felicidade, mas, depois, o meu passo se interrompia ao ver um rosto que não correspondia às minhas expectativas. Toda vez que acordava à noite e batia contra a parede enquanto procurava no sono a mão de alguém para segurar, eu pensava no seu olhar. Depois, apertava o travesseiro, relembrando suas palavras que diziam que um dia ficaríamos juntos; em seguida, queria pegar no sono e dormir por todos os dias e noites que ainda deveriam passar, e acordar somente naquela data.

...

De manhã, quando as minhas irmãs e o meu irmão menor iam para a escola, Sigmund seguia para as aulas na universidade e mamãe ia ajudar papai na loja, eu tirava do meu esconderijo sob o tapete a folha de papel com o rosto de Rajner. O meu olhar fixava-se na folha, eu olhava aqueles lábios cheios, os cabelos penteados com atenção, a linha imaginária entre as sobrancelhas, os olhos que choravam por dentro, e pensava que, naquele instante, Rajner talvez estivesse sentado em seu quarto e, assim como eu olhava aquela folha de papel, ele olhava para o bolso vermelho que eu havia lhe deixado de recordação.

Às vezes, sentada no canto do quarto, de costas para a parede, eu adormecia olhando para o rosto de Rajner apoiado nos meus joelhos. Fui despertada de um daqueles sonhos pela voz cortante da minha mãe, que voltara antes da loja do papai:

— De quem é este rosto tolo?!

Olhei para ela observando com desprezo a folha de papel. Minha mão tremeu devido ao desejo de esticar-se até ela para suplicar que me devolvesse Rajner. Minha mão estava indecisa enquanto as mãos da minha mãe já haviam feito em pedaços a folha com a violência de um assassino que, desejando há muito tempo tirar uma vida, executa o seu gesto cruel; rasgaram o rosto de Rajner em mil pedacinhos, como um assassino que, depois de ter matado a vítima, continua a golpeá-la, não porque não tenha certeza de que a matou, mas porque a morte parece um sofrimento ínfimo ou porque o ato do homicídio não aplacou a sua ira e o seu ódio, fazendo com que ele continue a golpear o corpo sem vida. Depois, minha mãe, apertando os pedaços rasgados, abriu a janela e jogou fora o que até pouco antes havia sido o rosto de Rajner. Fechou a janela e saiu do quarto.

Inclinei a cabeça sobre os joelhos, sentindo o coração ficar apertado, os joelhos, banhados de lágrimas. Aquela folha de papel com o rosto de Rajner era, para mim, a presença na ausência, o sinal e a promessa de que a separação não duraria para sempre. E, quando minha mãe rasgou em pedaços o desenho do seu rosto, senti que ela havia destruído não apenas a única recordação tangível dele e a única coisa que evocava a sua lembrança em mim, mas, daquele momento em diante, seus cabelos, seus olhos se tornaram somente uma lembrança embaçada; naquele instante, senti que minha a mãe, destruindo aquele retrato, aniquilara também a promessa de que a separação não seria eterna.

...

Minha mãe recomeçou a dizer as palavras que estavam cravadas nas minhas primeiras lembranças e que ela esquecera havia muito tempo:

— Teria sido melhor se eu não tivesse parido você.

Não as dizia mais quando eu estava inconsciente por causa da doença; passara a pronunciar aquelas palavras cheias de ódio e escárnio quando me escapulia alguma ingenuidade típica da infância; quando eu cometia algum erro que podia se esperar de uma menina daquela idade, logo disparava aquele "Teria sido melhor se eu não tivesse parido você" continuamente, em vez de "Bom-dia" e "Boa-noite", "Como você está?" ou "Está precisando de alguma coisa?". Eu ouvia aquelas palavras mesmo quando ela não as pronunciava; eram como se fossem esculpidas — "Teria sido melhor se eu não tivesse parido você" —, e eu voltava até elas, queria me libertar daquele peso e, de manhã, queria entrar na cozinha como antes, quando minha mãe me dava uma batata cozida e eu ficava sentada em um canto observando-a trabalhar. Havia muitas manhãs assim, nas quais eu esperava poder entrar e perguntar como era possível apagar a minha culpa; por dentro, eu talvez esperasse que minha mãe me dirigisse aquele olhar de antigamente, que voltássemos a ser próximas como nunca; eu entrava na cozinha, mas só encontrava o seu olhar glacial, as suas palavras cruas, o jeito como ela contornava o meu corpo ao atravessar o cômodo, e a pergunta ficava presa na minha garganta, ficava ali naquele momento e também depois. Eu queria cuspi-la, queria vomitá-la como vomitamos comida estragada, mas ela permanecia ali, como alimento podre, colada em mim; embora eu tentasse arrancá-la do meu corpo, eu a levava comigo a toda parte, como um sinal da terrível culpa cuja origem eu nem conhecia. Quando eu me deitava à noite na cama, virando-me para a parede, todo o meu corpo tremia de medo e de tristeza; enquanto eu dormia, tinha dificuldade para respirar, para inspirar e expirar. Às vezes, durante a noite, a pancada da minha mão contra a parede me acordava, eu sonhava que estava caindo, procurava uma mão e tentava segurá-la para me salvar. Até mesmo nos sonhos, a vida se transformava em um presente imerecido, e isso me era lembrado o tempo todo por aquela que me dera justamente tal presente. Naquelas quedas, eu ficava em silêncio e sentia como se algo estivesse batendo no meu peito, aquela sensação de rejeição acossava com o bico aquilo que batia em meu peito, que, golpeado, chorava como um recém-nascido deixado sozinho que tem a sensação de que o mundo inteiro desapareceu porque não tem a mãe diante dos seus olhos; assim, não era eu que chorava, o choro estava dentro de mim. Só uma espécie de tormento me atingia o rosto, como se eu tivesse uma pedra presa ao pescoço e estivesse obrigada a andar assim por toda a infância e até depois. Eu encontrava aquela frase toda vez que me olhava no espelho. Eu odiava a minha sensibilidade, tremia e desejava ser capaz de sufocar o tremor, comiserava-me e odiava aquela comiseração. Uma vez, depois de um "Teria sido melhor se eu não tivesse parido você", quando o ódio por mim mesma queria matar a sensibilidade, escondi-me embaixo da cama, coloquei as mãos em volta do pescoço e apertei forte com os polegares sobre a clavícula até perder os sentidos.

Às vezes, eu pegava emprestados do meu irmão um lápis e uma folha. Sentava-me em um canto, perto da cama, e tentava desenhar olhos que fixavam um vazio horrível, dois olhos que choravam por dentro, mas a tentativa se esgotava em um único ponto, o movimento da minha mão terminava no mesmo lugar em que iniciava. Depois eu olhava por muito tempo aquele ponto sobre a folha de papel, ou então me levantava e olhava pela janela, ou ainda furava a palma da mão esquerda com o lápis.

...

Minha amizade com Sara Auerbach começou alguns meses depois do fim das aulas de desenho no pátio da sua casa. Até aquele momento, eu a conhecia apenas como um rosto que olhava da janela. Seu pai dissera ao meu irmão que, na casa, havia chegado um colega da faculdade, o doutor Ernst von Brücke, pintor amador que começara a dar aulas à sua filha e que propusera que outras crianças as assistissem para que o trabalho se tornasse mais dinâmico.

Sara era um ano mais velha do que eu e tinha uma irmã três anos mais velha, Berta. Em volta das pernas, usava aparelhos metálicos. Disse:

— Devo usá-los porque as minhas pernas não são suficientemente fortes para me sustentar.

Quando caminhava, sempre devia haver alguém ao seu lado. Muitas vezes, pedia para que eu a acompanhasse, e assim, uma ao lado da outra, percorríamos para a frente e para trás o quarto com as paredes cobertas de seda, imaginando que estávamos passeando em um parque. Sara me disse que, com a ajuda daqueles dispositivos metálicos, podia andar sozinha, mas que, se por acaso caísse, corria o risco de fraturar os ossos porque era anêmica. Por isso, quando caminhava, precisava sempre estar acompanhada. Eu não sabia o que significava ser anêmica, mas não me sentia à vontade para perguntar.

Um dia, enquanto passeávamos no quarto, comentei que sua pele era bonita. Ela respondeu:

— É assim porque sou anêmica.

Eu disse que não sabia o que significava ser anêmica.

— Se você é anêmica, há momentos em que, de repente, não ouve nada à sua volta. Você se sente infinitamente fraca. Depois, não vê mais nada. E perde os sentidos. É fantástico. Não sei por quê. De repente, naquela fraqueza, você não sabe quem é — disse e, permanecendo em silêncio, afastou a mecha de cabelos que havia caído sobre o seu rosto. Depois acrescentou: — Se é assim que morremos, então, não tenho medo da morte.

Depois, em vez de falarmos da morte, falamos da vida. Sara tentou me explicar o que era a menstruação e como a gente se sentia no dia anterior. Ela tivera uma febre terrivelmente alta e tremera de frio.

— É o primeiro passo para que você se torne mãe — disse.

— Quando você vai se tornar mãe?

— Isso vai acontecer muito mais tarde, muitos anos depois desse primeiro passo. Foi o que minha mãe me explicou — respondeu e, depois, pôs as mãos sobre o ventre. — Deve ser uma sensação maravilhosa ter uma vida aqui.

— Para mim, parece algo assustador.

— Talvez — observou Sara. — Assustador e simples, como a menstruação, o primeiro passo para você se tornar mãe.

Levantou-se aflita, suspendeu com dificuldade uma perna como se fosse andar, mas deixou-a cair sobre o chão; depois, voltou a se sentar na cadeira.

— Os meus passos são sempre lentos demais...

Levantou-se novamente e passeou um pouco pelo quarto. Aproximei-me para sustentá-la, mas ela afastou delicadamente a minha mão.

— Minha mãe não queria me dizer exatamente como você se torna mãe. Disse que esse é o primeiro passo. Depois me disse que, antes de nos tornarmos mães, há muitos outros passos. Mas, quando perguntei quais eram, ela não quis me dizer.

Pensei em Rajner e no meu irmão, e perguntei para Sara:

— E qual é o primeiro passo para alguém se tornar pai?

— Não sei — respondeu.

Alguns meses mais tarde, meu primeiro passo rumo à maternidade também chegou. Daquele dia, restou-me a recordação do líquido denso e vermelho, da sensação de estar dividida ao meio e daquele horrível peso quando contei à minha mãe e ela respondeu:

— Daqui em diante, você deve saber qual é o seu dever, o dever principal de toda mulher: empenhar-se para fazer nascer novas vidas.

...

Certa manhã, o doutor Brücke nos disse que havia ensinado tudo o que sabia sobre desenho e nos aconselhou a nos inscrevermos na Escola de Arte, onde poderíamos aprofundar nossos conhecimentos artísticos e começar a estudar pintura. A essa altura, Sara tinha quinze anos e eu, quatorze; ela nem tentou se inscrever, e eu não passei no exame de admissão. Continuamos a desenhar juntas todas as vezes em que nos encontrávamos. Eu desenhava também em casa, escondida, e, às vezes, quando mamãe estava na loja ajudando papai, eu pendurava os meus desenhos na cozinha. Um dia, minha mãe voltou mais cedo e viu os desenhos dispostos sobre a mesa, as cadeiras, o fogão e a janela. Olhava ora para mim, ora para os desenhos, como se tivesse me surpreendido fazendo algo vergonhoso. Achava que, como eu havia parado de ter aulas com o doutor Brücke e não tinha conseguido me inscrever na Escola de Arte, eu tivesse desistido de desenhar.

— Mas por que você desenha? — perguntou enquanto eu começava a recolher os desenhos, um por um, como se estivesse recolhendo a minha vergonha. — Não faz sentido — acrescentou à medida que eu olhava os desenhos apertados entre os dedos. — E quer saber por que não faz sentido? A insensatez se manifesta quando é a loucura que nos impele a fazer alguma coisa. Quando o que fazemos não está ligado ao que fazemos em seguida. Aprendemos a andar para poder chegar a algum lugar. Aprendemos a falar para que possamos nos entender com outra pessoa. Parimos uma criança para dar continuidade à vida. E você, por que desenha? Não faz sentido. E, fazendo algo insensato como desenhar, talvez se tornem insensatas também as coisas que, na sua vida, têm sentido. Se você aprendeu a caminhar, não chegará a lugar algum. Se aprendeu a falar, não será entendida por ninguém. Se pariu, não dará continuidade à vida — sentenciou e passou a palma da mão sobre o desenho mais próximo dela. — Largue o desenho, se quiser que a vida tenha um sentido.

Larguei o desenho. Larguei não porque acreditasse que, parando de desenhar, eu teria salvado a minha existência da insensatez, parei de desenhar porque, cada vez que eu pegava o lápis, lembrava-me das palavras da minha mãe e meus dedos enrijeciam. Naquela tarde, quando ela acabou de me acusar, mas continuou a me lançar olhares de reprovação, peguei os desenhos, joguei-os dentro da estufa e acendi o fogo.

...

Toda vez que eu queria ir com meu irmão à biblioteca, onde ele passava horas a fio, minha mãe me dizia que ela e papai precisavam de mim na loja e era para lá que eu iria. Porém, mais tarde, entendi como agir: assim que minha mãe começava a falar com alguma cliente, eu pedia ao meu pai para me deixar ir ler, ele concordava e eu saía correndo da loja e ia para a biblioteca. Meu irmão lia os livros que estudava na faculdade de medicina, enquanto eu procurava entender algo de filosofia. Nas pausas entre as leituras, conversávamos, e meu irmão, se havia acabado de ler, me ajudava a entender o que eu não tinha entendido sozinha. Quando voltávamos juntos para casa, minha mãe me esperava para me dar uma bronca, jogando na minha cara quanto ela e papai tiveram de trabalhar na loja sem a minha ajuda ou explicando que o lugar de uma moça era na cozinha. Mas as horas transcorridas com meu irmão na sala de leitura, enquanto ele olhava os seus livros e eu, os meus, as horas passadas conversando, fortaleciam-me de alguma maneira, e as palavras da minha mãe ricocheteavam, não penetravam em mim, não me batiam no peito, a frieza do seu olhar não atravessava as minhas pupilas. Minha mãe percebia, e o seu olhar perdia a segurança, e aquele veneno que se insinuara na relação entre nós duas não era mais recíproco na mesma medida, fluía apenas na sua direção e, para ela, era forte demais, deixando-a sufocada na sua impotência, sufocada por aquele raio de felicidade que, cada vez mais, iluminava o meu rosto, aquela nuança de alegria que tingia a minha voz toda vez que eu voltava para casa junto do meu irmão.

Nas pausas entre uma leitura e outra, íamos para o pátio da biblioteca. Meu irmão me dizia coisas que eu dificilmente poderia entender, mas eu o escutava atentamente, sabendo como era importante que alguém o escutasse, pois os seus amigos se dedicavam apenas à medicina, ao passo que ele queria algo mais. Queria descobrir os segredos do ser humano que iam além da anatomia. Sigmund estava convencido de que era possível fazer aquela confissão cruzando razão e sentimento, afirmava que tanto o raciocínio quanto o sentimento eram uma parte essencial de nós e, somente com uma "colaboração" entre as duas partes, o homem podia conhecer a si mesmo. Às vezes, ele teria preferido ler um dos livros que havia me aconselhado; amava Sófocles, Shakespeare, Goethe e Cervantes; não queria que eu lesse Balzac e Flaubert porque julgava que eram cheios de imoralidades; proibia-me Dostoiévski, que acabara de descobrir, porque estava cheio de pensamentos obscuros. Tentava fazer com que eu entendesse Hegel e Schopenhauer enquanto eu contava o que havia lido de Platão, que ele conhecia através dos escritos de John Stuart Mill. Às vezes, em casa, eu abria a Bíblia; mais do que tudo, eu gostava da parte na qual a Rainha de Sabá se casava com Salomão: "Ah! Se fosses meu irmão, amamentado aos seios da minha mãe! Encontrando-te fora, eu te beijaria sem ninguém me desprezar, eu te levaria, te introduziria na casa de minha mãe, e tu me ensinarias; dar-te-ia a beber vinho perfumado e meu licor de romãs." Eu abria aquele livro somente quando meu irmão não estava perto de mim.

Ele havia lido apenas alguns breves trechos para mim e dizia que estava cheio de ilusões. Nesse ponto se partiu o delgado fio entre nós e os nossos antepassados esquecidos: éramos os primeiros incrédulos em uma longa série de gerações desde os tempos de Moisés, os primeiros a trabalhar aos sábados, a comer carne de porco, a não ir à sinagoga, a não pronunciar o *Kadish* nos funerais e a não entender o hebraico nos aniversários de morte dos pais. Para nós, a língua sacra era o alemão (meu irmão achava que a língua alemã era a única que podia exprimir plenamente os pensamentos mais elevados da mente humana), entusiasmava-nos o espírito alemão, do qual tentávamos fazer parte, vivíamos em Viena, capital da Áustria-Hungria, chamada de "o Sacro Império da Nação Alemã" e, com um estranho arrebatamento, com o qual ocultávamos a vergonha em relação à nossa cultura, assumíamos os vícios e os comportamentos da classe média da época.

Meu irmão achava que Charles Darwin havia encontrado o verdadeiro posicionamento do homem, ou seja, no reino animal. Afirmava que, com Darwin, iniciara a concepção do ser humano como criação da natureza, ocorrida através da transformação de uma forma animal em outra, e não através da criação divina a partir do pó por intermédio do sopro de Deus. Achava que, com a razão, era possível resolver o enigma da existência, da qual a teoria de Darwin sobre a descendência do homem era apenas o início. Após a descoberta da evolução do homem, queria chegar a entender o que era o homem, o que o tornava aquilo que era.

— Quero olhar as camadas da estrutura em torno da qual se entrelaçam o que é chamado de destino e casualidade — dizia.

Para ver todas as camadas dessa estrutura, para conhecer todos os ingredientes de todos os estratos que formam o ser humano, é necessário dar um primeiro passo, remover as ilusões, dentre as quais, segundo ele, a maior era a religião com os seus dogmas. Sigmund acreditava que somente a razão podia desmascarar as ilusões e procurava os seus predecessores em todos aqueles que haviam acreditado mais na razão do que nos dogmas da religião.

Quando percebia que eu não estava acompanhando, fazia um gesto que era como um cumprimento e um sinal para mudar de assunto: com a ponta do polegar, tocava a minha testa, depois, a ponta do nariz, em seguida, os lábios, e começávamos a falar dos nossos sonhos. Queríamos ir a Veneza, só eu e ele; Veneza, que, no nosso desejo de estarmos ali juntos, tremia, assim como imaginávamos que a Lua tremesse na água dos canais venezianos. Veneza, como era representada nos livros, com a arquitetura que lembrava uma renda, era ainda mais real e mais clara nos nossos pensamentos do que diante dos olhos da maioria das pessoas que lá haviam estado. Veneza; toda vez que pensávamos a respeito, eu aproximava os antebraços como em uma brincadeira, unindo o espaço entre as veias dos pulsos e curvando um pouco os dedos em forma de gôndola, e, com a gôndola-mão, eu navegava no ar. Nos livros, também descobrimos os seus pintores: Carpaccio, Bellini, Giorgione, Lotto, Ticiano, Veronese, Tintoretto e Tiepolo. Nos livros, também descobrimos pintores, dentre os quais Bruegel e Dürer, que nunca colocaram os pés na cidade em que eu e meu irmão sonhávamos morar. Entre os personagens das suas pinturas, procurávamos os bufões, quando séculos antes a subespécie do *Homo sapiens* já havia desaparecido, reconhecendo-os pelos seus estranhos cabelos, na maioria das vezes com orelhas de asno ou com duas ou três pontas parecidas com chifres, às vezes com penduricalhos. Já nos tempos dos faraós, os bufões divertiam os soberanos contando bobagens e escondendo dentro de si as maiores sabedorias; os bufões circulavam pelas cortes europeias entre reis, príncipes e condes, os bufões estiveram presentes por toda parte na Europa durante todo o século XVII e o XVIII, iam brincando de uma cidade a outra, de um vilarejo a outro, recebendo algumas moedinhas durante as festas; os bufões representavam aquela parte do gênero humano que, provavelmente, junto com a sabedoria, recusara a razão, optara talvez conscientemente por ser ridícula diante dos outros, rindo assim de todo o mundo e daquele que, por engano, o havia criado. E justo a consciência de que o mundo fora criado por engano era, provavelmente, o motivo para que eles recusassem a razão.

...

No salão de Berta Auerbach, em torno do piano sobre o quarto de Sara, encontrava-se toda quarta-feira uma dezena de rapazes que conversavam entre si tentando dizer algo inteligente sobre a vida, o amor, a música e a literatura, competindo para deixar a impressão mais forte. Sara não se unia aos amigos da irmã. Quando eu ia encontrá-la às quartas-feiras, ficávamos no seu quarto e conversávamos como sempre, ouvindo só de vez em quando, grandes risadas, as discussões mais acaloradas ou a música do piano e as vozes que cantavam. Em uma daquelas quartas-feiras, Berta desceu para o quarto de Sara e pediu que subíssemos para conhecer o pintor que executaria os retratos da família. Assim que o vi, seu rosto me pareceu conhecido e, quando começou a falar de si, entendi. Quatro anos antes, eu havia me sentado perto dele durante o exame de admissão na Escola de Arte. Chamava-se Gustav Klimt e tinha, como eu, dezoito anos. Seu rosto estava coberto pela barba e sua cabeça já era calva, mas reconheci-o de qualquer maneira pelo nariz empinado, pelo olhar e pelo sorriso seguro de si. Naquela noite, contou coisas constrangedoras, que não se ouviriam sequer em casas e círculos da baixa sociedade. Até mesmo quando os amigos de Berta tentaram desviar a conversa perguntando onde ele havia feito os primeiros retratos por encomenda, ele falou de como, aos quinze anos, havia pintado nus nas paredes de um edifício público; depois, contou o que havia feito, além de pintar. Perguntaram quem ele retratara nos últimos anos e ele enumerou mulheres de açougueiros, banqueiros, doutores e professores, falando, mais do que dos retratos, de tudo o que havia feito com aquelas mulheres. Ele contava, nós ruborizávamos, e Berta Auerbach decidiu anular naquela mesma noite a encomenda dos retratos de família. Perto de Gustav Klimt, estava sentada a sua irmã Klara, dois anos mais velha, que, de maneira totalmente inapropriada, dava-lhe bruscas cotoveladas e o admoestava enquanto ele se justificava dizendo que, com o seu comportamento, conquistava a liberdade necessária a qualquer ser humano. Ela respondia que o seu modo de se exprimir não demonstrava liberdade alguma, mas apenas desprezo pelas mulheres, as quais denegria e ridicularizava. Ele ficava em silêncio por um breve período, esperando que alguém tomasse a palavra; depois, recomeçava com as suas indecências. Quando a vulgaridade de Gustav se tornou insuportável, as amigas de Berta se desculparam dizendo que tinham de ir embora e saíram da sala, mas Klara o interrompeu e disse:

— Meu irmão tem razão quando diz que a sexualidade é o caminho para a libertação, mas ele interpreta erroneamente a sexualidade e a liberdade. A sexualidade é realmente liberdade, uma liberdade da qual a sociedade tem medo porque a libertação dessa força pode subverter as hierarquias e os sistemas que a mantêm, fazendo ruir a própria sociedade como é concebida hoje. Por isso, a sociedade a relega à falsidade e à hipocrisia.

Um jovem sentado perto do piano disse:

— Isso todos nós sabemos, mas não sabemos o que fazer para mudar as coisas, e não piorá-las.

— Para começo de conversa — disse Klara —, as mães deveriam parar de aconselhar as próprias filhas a obedecer aos maridos. Esse conselho pode ser resumido em uma frase: obedeça ao seu marido como você obedece a Deus, porque Deus o deu a você como senhor e, mesmo que ele se comporte mal com você, suporte tudo e tente satisfazê-lo sem se queixar com ninguém.

A partir daí, desenvolveu-se a discussão sobre os direitos das mulheres entre Klara e os amigos de Berta, que faziam parte da chamada jovem *intelligentsia* de Viena. Para eles, aquela discussão parecia fútil, pois, para os jovens intelectuais, o mundo deveria ser dominado pelo gênero masculino. Klara, antes de ir embora, rebateu:

— Obviamente, nós, mulheres, temos de nos apoderar sozinhas do que o mundo e estes tempos não querem nos dar.

Depois disso, Klara Klimt não frequentou mais as reuniões de Berta Auerbach às quartas-feiras, e assim começou a nossa amizade. Eu e Sara saíamos com ela quase todos os dias e, desse modo, fomos conhecendo aos poucos a sua vida. Ela nos contava coisas bonitas e feias, contava que seu pai pintava miniaturas sobre ladrilhos que, depois, iam embelezar as cozinhas dos ricos; que ele, além de pintar divinamente, sabia também contar aos filhos fábulas sobre as suas pinturas, sobre o galo e a galinha, sobre o moinho de vento e a vaca, sobre a leiteira e o rio que a sua mão traçava sobre os ladrilhos. Às vezes, embebedava-se e levantava a mão para os filhos e a mulher, Anna, que trabalhava nas casas dos ricos, lavando o chão. Quando ia trabalhar, a mãe amarrava os filhos às cadeiras. Punia-os ainda mais severamente quando brigavam, se estivessem irrequietos ou se saíssem de casa sem pedir permissão. Os irmãos, de alguma maneira, se salvaram daquele terror indo trabalhar na oficina do pai e ajudando-o a pintar os ladrilhos. Depois, quando o pai ficava totalmente bêbado, para se livrar das pancadas, fugiam para a rua. Para as irmãs, havia sido mais difícil, mas, também para elas, havia chegado uma salvação qualquer. Hermine e Johanna moraram com os avós maternos, até que eles morreram. Klara foi viver com a irmã do pai. Quando se mudou para a casa dela, a tia acabara de enviuvar e voltara de Londres, onde havia vivido com o marido. Não tinha filhos e se dedicou completamente à sobrinha, ensinou-a a falar inglês e francês, deu-lhe romances populares para serem lidos, mas também obras de Olympe de Gouges e Mary Wollstonecraft, talvez um pouco cedo demais para que ela pudesse entendê-las totalmente, mas no momento ideal para envolvê-la na luta pelos direitos das mulheres. Viveram juntas durante cinco anos e, depois, quando a tia morreu, Klara teve de voltar para a casa dos pais. A essa altura, tinha dezessete anos e sua mãe queimou todos os vestidos e livros que havia levado consigo. Klara queria convencer as mulheres de que deviam lutar pessoalmente para obter o que lhes pertencia: produzia sozinha os manifestos que afixava nas fachadas das escolas, onde escrevia que a formação das jovens não devia ser somente uma preparação para o papel de dona de casa, mas devia dar a elas a possibilidade de ser independentes; lutava para que tivessem direito ao divórcio; organizava grupos que reivindicavam o direito ao voto, e os partidos políticos a denunciavam para a polícia. Levavam-na para a prisão e acusavam-na de agir não contra a sociedade, mas contra a humanidade. Quando a soltavam, eu e Sara estávamos lá, à sua espera. A sua permanência na prisão era breve, de poucos dias, e ela sempre saía cheia de contusões. Nunca queria nos contar como era duro o cárcere. Nem nos falava da rigidez da mãe. Do relacionamento das duas, tomamos conhecimento mais tarde, por intermédio do seu irmão Gustav, mas Klara nunca falava a respeito. Fazia-nos rir falando das pessoas que atiravam pedras quando a viam passar de bicicleta ou quando ela trajava calça, porque, na época, era uma vergonha para uma mulher usar calça ou andar de bicicleta. Depois, com sofrimento, nos falava das crianças que iam parar na rua depois da morte dos pais e morriam congeladas e esfomeadas, ou, com raiva, contava das injustiças que as mulheres devem suportar no casamento e repetia:

— Nós, mulheres, temos de nos apoderar sozinhas do que o mundo e estes tempos não querem nos dar.

...

Eu costumava pensar no mundo de quando éramos garotas, pensava a respeito quando já não éramos mais garotas havia muito tempo, pensava nas garotas do nosso tempo, que, segundo Klara, precisavam absolutamente se libertar, as garotas que, para a minha mãe, deviam ficar na cozinha. Éramos a primeira geração de garotas nascidas depois que, em 1859, havia entrado em uso a palavra "sexualidade", as primeiras daquela época na qual a relação íntima entre o corpo masculino e o feminino era definida como "ato físico" ou "ato venéreo", ou ainda "instinto reprodutivo", e na qual a união entre os dois sexos era representada de maneira idealizada, mas também interpretada como degeneração e, às vezes, as duas coisas: da união daqueles dois corpos esperava-se uma elevação da alma até as esferas celestes, mas tal união era considerada uma atividade animalesca que conspurca a alma. E, em seguida, quando eu já não era mais uma garota, sempre tentei me lembrar das garotas daquele período, quando eu também era uma delas, e, diante dos olhos, via apenas as mais queridas: vinham-me à mente o medo dos gestos, a tremulação das vozes, aquela contenção que destacava ainda mais a excitação refreada. As coisas que logo teríamos descoberto nos eram reveladas pelas amigas que tinham uma irmã mais velha ou uma prima, ou então por algum livro, e o que aprendíamos, como se estivéssemos olhando através de um espesso véu, suscitava medo e vergonha, e, ao mesmo tempo, uma expectativa cheia de desejo. A expectativa era um ideal, bem como a inocência; e, quando o amor, uma vez chegado o momento, nascesse secretamente, aquela expectativa ideal deveria tomar corpo, era necessário sofrer naquela expectativa e no medo de que a união dos dois corpos realmente se realizasse. Como em uma parábola religiosa, aquele sofrimento era a conquista que traria como prêmio o amor eterno, aquele que dura até mesmo depois da morte. Por isso, também o objeto do amor era elevado ao patamar de um ser celeste por aquele que doava o próprio amor; só assim todos os elementos animalescos desapareceriam.

Muitos anos mais tarde, meu irmão escreveu que todas as pessoas permanecem sendo uma criança da própria época, mesmo nas características mais íntimas, e, portanto, todo amor também é fruto do tempo em que nasce, já que nasce entre dois seres que são fruto do próprio tempo. E, naquela época, o amor era algo que tremia entre duas almas e dois corpos; naquela época, a paixão era descrita como o rugido de um vulcão e o desejo, um furacão selvagem; naquela época, as palavras "alma", "paixão" e "desejo" eram pronunciadas e escritas continuamente, e a maior parte daqueles que haviam sentido aquele tremor de corpo e alma causado pela paixão e pelo desejo consumiu-se como um par de sapatos usado por tempo demais. Era a época em que os jovens, ou pelo menos os jovens que eu conhecia, viviam na expectativa da realização do amor e acreditavam que o início da vida a dois seria como a realização do paraíso na Terra, mas, depois, ficavam desiludidos pela banalidade da vida cotidiana. Toda expectativa era maior do que a realidade, assim como todo amor é maior aos olhos dos enamorados, mas todos, mais cedo ou mais tarde, arrebentavam-se ou terminavam na vulgaridade. Essa era a nossa época, a época do silêncio acerca da corporeidade. Por toda parte, tudo o que estava ligado à palavra recém-descoberta, "sexualidade", era calado. Permanecíamos calados nas ruas, nas igrejas e nas sinagogas, permanecíamos calados em casa, nos salões e nas praças, calavam-se os jornais e os livros; e, para obscurecer aquela palavra, usavam-se vestidos que cobriam tudo, desde os dedos dos pés até o pescoço. Desde o nascimento até as núpcias, as moças eram criadas em uma total ignorância a respeito da sexualidade e mal podiam intuir como eram as coisas; podiam sair de casa somente em companhia das mães ou de um parente mais velho, eram ocultadas quaisquer alusões às partes íntimas do corpo masculino e à relação sexual. Algumas descobriam por intermédio das mães, somente a algumas horas do casamento, o que significava a noite de núpcias. A inocência era um ideal celebrado pelo homem, mas as moças que não se casavam tornavam-se objeto de escárnio, e a inocência, ideal do século, se transmutava em um resíduo vergonhoso, uma espécie de excrescência inatural, pois não havia ninguém a quem oferecê-la. Assim era a nossa época, a época na qual havíamos crescido, mas eu, Sara e Klara sabíamos muito mais do que as nossas coetâneas. Às vezes, espiávamos os livros de medicina do pai de Sara; às vezes, ouvíamos alguma coisa nas reuniões de Berta; às vezes, Klara nos dizia algo que tinha sabido por meio de Gustav ou das mulheres que ajudava a consolar das misérias da vida. Sabíamos também que aquela época trazia consigo um mundo diferente, que não era o mundo sobre o qual falávamos abertamente e que podíamos ver durante o dia. Por trás do silêncio sobre a sexualidade, escondiam-se a falsidade e a hipocrisia.

...

Um dia, meu irmão decidiu me mostrar uma parte do que eu, Sara e Klara tínhamos ouvido. Sigmund acabara de se formar e já havia iniciado o estágio no hospital de Viena. De vez em quando, eu ia encontrá-lo no trabalho e, naquele dia, meu irmão me levou a uma ala do hospital que, segundo ele, era secreta e ilegal. Enquanto me acompanhava, contou o que poderia fazer uma jovem se ficasse grávida fora do casamento ou se o homem do qual estava grávida não quisesse se casar com ela. Eu sabia que os pais, por causa da vergonha, na maioria das vezes as expulsavam de casa, que aquelas garotas acabavam morrendo muito rapidamente devido a penúria, fome e doenças, antes mesmo de parir. Sabia que algumas, dentre as que sobreviviam até o parto, deixavam a criança em um orfanato e realizavam os trabalhos mais pesados, o que não as fazia viver muito tempo; sabia que algumas, não conseguindo suportar a vergonha e para salvar a honra da casa, se suicidavam sem dizer à família que estavam grávidas; sabia que algumas procuravam médicos, que lhes davam líquidos amargos para que perdessem a criança, mas que, às vezes, elas mesmas morriam envenenadas. Então, Sigmund me disse que os mais ricos, graças à influência e ao dinheiro, podiam contornar a lei que proibia os abortos. No hospital de Viena havia cirurgiões que dedicavam parte do seu trabalho àquela atividade, proibida por lei, mas permitida a algumas pessoas. Ali, faziam abortos nas filhas e acompanhantes dos ricos. Estávamos diante da ala secreta quando meu irmão me disse que ele mesmo havia aprendido como se fazia; depois, começou a contar-me detalhadamente o procedimento, e eu, pensando no instrumento de metal que agarrava o embrião, me senti mal e vomitei.

Assim que a noite caiu, fomos à área mais pobre de Viena; atravessamos a penumbra das ruelas estreitas, onde mal conseguíamos passar, com as garotas vestindo trapos e os homens andrajosos que se aproximavam delas, os rostos precocemente envelhecidos, a maquiagem que só tornava mais evidentes as rugas, o hálito que fedia a álcool. Algumas daquelas moças tocaram levemente em Sigmund, disseram o próprio preço e, depois, vieram atrás de nós, abaixando o valor, até chegar à quantia correspondente a um naco de pão. Atrás de certas janelas, naquelas casas dilapidadas, jovens seminuas chamavam os homens que passavam pelas vielas. Deixamos aquela área da cidade e entramos em um dos bairros mais elegantes. Sigmund me mostrou pequenos hotéis nas vias transversais e me disse que as prostitutas que ali trabalhavam eram procuradas por pessoas da classe média, e que, nos mesmos aposentos, os jovens burgueses se encontravam com as suas garotas órfãs, que escondiam das famílias porque era proibido encontrá-las. Sigmund me contava que os homens das classes mais ricas iam às casas de tolerância que havia em certos edifícios ou mantinham atrizes e bailarinas de pouco sucesso.

— Não pense que há uma diferença entre umas e outras; o fato de as primeiras o fazerem nos quartos mais sujos de casas em ruínas, as segundas, nos hotéis, e as últimas, nos edifícios, não as tornam diferentes — disse meu irmão. — Só muda a fachada. A interioridade do que elas fazem é a mesma. O cigano dá vazão aos seus impulsos, já nós nos resguardamos, para manter a nossa integridade. Não desperdiçamos a nossa saúde, a nossa capacidade de sobreviver, as nossas forças: poupamo-nos para alguma coisa, mas, muitas vezes, nem mesmo nós sabemos para quê. E é para que os nossos sentimentos se tornem mais profundos e sublimes, em vez de nos abandonarmos de maneira tão superficial e baixa à satisfação animal.

Aquela noite transcorrida nas ruas vienenses deveria ser uma lição para mim; o objetivo do meu irmão era me mostrar o lado animalesco do homem que não se permitia unir carnalidade e sentimento, e fazer com que eu achasse nauseante o que causava náuseas nele. Aquela noite, o pensamento da união física de Sigmund com uma mulher não me deixou dormir, o horror daquele pensamento fazia com que eu me revirasse na cama, apertava meu coração a ideia de que uma mulher, do tipo que havíamos visto naquela noite nos becos, o reduzisse à pura e simples carnalidade, esvaziando sua alma, afastando-o dos nossos sonhos compartilhados.

...

Às vezes, eu me perguntava se o primeiro impulso, quando propus que meu irmão conhecesse Sara, havia sido o horror de imaginá-lo procurando o prazer carnal em uma daquelas ruas até encontrar o amor verdadeiro. A intimidade entre Sara e meu irmão começou desde o primeiro encontro, desde o momento em que ele se aproximou dela em seu quarto, oferecendo-lhe delicadamente a mão, e ela se levantou procurando manter o equilíbrio. Em seguida, lembrei-me várias vezes daquele momento, daquela insegurança não apenas no comportamento dela, mas também no dele, aqueles olhares refreados à força, atrás dos quais se escondiam a expectativa e a curiosidade, e aquele alegre desagrado feito de felicidade e timidez que marcava o rosto magro dela, ao passo que o rosto dele parecia cada vez mais sério, mesmo porque, desde os primeiros anos de estudo, ele usava barba. E, em todos os encontros posteriores, houve aquelas nuanças, aquela felicidade e aquele desagrado, aquela expectativa e aquela curiosidade, aquela cautela, aquela insegurança, todas aquelas coisas que se misturavam com as palavras, mas que terminavam em uma espécie de impossibilidade de diálogo. Eu estava junto, testemunha de algo que eles nunca se diziam. E, às vezes, gostaria de ter sido também testemunha do que acontecia quando não estávamos juntos, do que acontecia a cada um na ausência do outro, na solidão. Eu queria ser capaz de ver as imagens que lampejavam em seus sonhos e ler seus pensamentos, queria saber o que eles se diriam quando o recato, o desagrado e a timidez caíssem, queria ver os movimentos de seus corpos no momento em que o desejo sobrepujasse todo o resto e a pele de seus corpos permanecesse como a única coisa a separá-los. Os mundos deles eram feitos de coisas completamente diferentes, mas ambos queriam muito escutar as diferenças recíprocas. Meu irmão descrevia para ela o próprio mundo, que se dividia entre a casa, a faculdade, a biblioteca, as casas dos amigos e os hospitais, onde, junto dos colegas, punha em prática o próprio conhecimento da medicina. Sara falava do próprio mundo, que terminava na soleira de casa, falava do que podia ver a partir dali, da fronteira do seu mundo, através da janela do quarto: a rua e as casas do outro lado da rua, as árvores perto das casas e o céu em cima dos telhados, e também o que lia nos livros fazia parte daquele mundo intangível. Sara perguntava a Sigmund sobre a sua vida, os seus estudos, os amigos, o que ele queria fazer no dia seguinte e dez anos mais tarde. Ele respondia que queria resolver o enigma do ser humano, ou seja, de onde surgiam o amor e o ódio, o que provocava o desejo, como se moviam os pensamentos. Sara dizia que "talvez não devamos saber essas coisas" e passava as mãos sobre as pernas, ao longo do vestido que cobria os aparelhos metálicos. Depois que eles se conheceram, eu nunca falava com Sara sobre o meu irmão e nunca falava com meu irmão sobre Sara; apenas percebia como ambos esperavam que chegasse a quarta-feira, o dia em que os nossos coetâneos se encontravam nas reuniões de Berta, enquanto Sigmund e Sara permaneciam ainda por muito tempo no quarto dela, junto comigo, testemunha do que não diziam;

e, quando sabíamos que a reunião de Berta estava prestes a acabar, eu, ele e ela íamos até o andar superior, cumprimentávamos os convidados e escutávamos a leve reprimenda de Berta por não termos ficado em sua companhia.

...

Eu via Klara cada vez menos. Ela não ia mais ao hospital, raramente visitava Sara e, cada vez que ia à minha casa, minha mãe dizia-lhe algo desagradável e ela não se sentia bem-vinda. Ajudava nos abrigos em que viviam as mulheres expulsas pelos maridos e nos orfanatos. Seu irmão ganhava o suficiente para manter toda a família e ela não queria mais vender flores nos cemitérios da cidade; dedicava-se a ajudar os carentes, mas também lutava pelos seus direitos. Ia às fábricas e convencia os trabalhadores a fazer greve para obterem uma jornada de trabalho mais reduzida e salários mais altos, e os patrões pagavam pessoas para surrá-la até tirar sangue, a ponto de fazê-la ficar alguns dias de cama, em estado de inconsciência; depois, quando voltava a se levantar, recomeçava a ir às fábricas para organizar os trabalhadores e era agredida novamente. Ia aos estabelecimentos de tecelagem e fiação e convencia as mulheres a se unirem à batalha para ter os mesmos direitos dos homens, pelo direito de voto, pela participação na atividade política, e a polícia a levava embora. Condenavam-na ao isolamento, até seu irmão suplicar que a libertassem. As suas fotos eram publicadas nos jornais ligados à luta contra a anarquia, e ela se destacava pela sua extravagância; em vez dos delicados cortes de cabelo daquela época, estava sempre com os cabelos curtos; em vez dos vestidos com cordões, rendas, flores falsas e fitas, foi a primeira em Viena a usar calça. Assim, as pessoas a reconheciam na rua e lançavam-lhe insultos, pedras e cusparadas. Quanto mais ela lutava pela autoestima das mulheres, menos autoestima ela mesma tinha; todos aqueles golpes deixavam suas marcas: perdeu seu olhar penetrante e sua voz segura, as palavras tremiam em sua garganta, os olhos não se fixavam em ponto algum, como se ela estivesse fugindo do que estava olhando. E seu corpo não tinha mais a segurança e a força de antes, abaixava os ombros e mantinha a cabeça inclinada. Parecia um pássaro encolhido sob a chuva. Uma vez, levei Klara comigo quando fui encontrar meu irmão no hospital e ela então perguntou como era possível ajudar as mulheres levadas à força, sem motivo, para o manicômio. Disse que bastava uma mulher reivindicar os próprios direitos no casamento para que o marido a tachasse de louca e a internasse; bastava uma irmã reclamar direitos sobre um imóvel após a morte dos pais para que os irmãos a mandassem para um manicômio. Os manicômios, dizia Klara a Sigmund, estavam cheios de pessoas normais: nada era mais fácil para uma mulher do que ser acusada pelo pai, marido, irmão ou filho de ser perigosa para si mesma e para os outros e acabar em um manicômio. Pediu-lhe um conselho acerca de como mudar as coisas, mas ele respondeu que não era possível mudar nada. Ela continuava a visitar manicômios, a discutir com os médicos, e um deles havia respondido com as palavras de Nietzsche:

— "Se olhares por muito tempo para dentro de um abismo, o abismo também olhará para dentro de ti."

Eu e Sara entendíamos de onde ela estava vindo só de olhar em seus olhos. Ela sempre tinha algo triste no olhar quando voltava do instituto que ajudara a fundar, no qual eram atendidas as mulheres rejeitadas pelos maridos. A lei não permitia que aquelas mulheres, a despeito do motivo para terem sido expulsas de casa pelos maridos, ficassem com os filhos, a menos que os maridos não tivessem expulsado também os filhos junto com elas. Klara as ajudava, mas não idealizava a maternidade. Dizia que cada mãe era diferente na sua maternidade. Assim como a vida de uma pessoa é diferente de todas as outras, embora seja semelhante.

Um dia, enquanto estávamos sentadas no borboletário perto da casa dos Auerbach, uma grande estufa de vidro na qual nuvens de borboletas voavam entre as plantas tropicais, Klara nos disse:

— Vi mães sacrificarem a própria vida pela dos filhos e outras mães tirarem a vida dos próprios filhos. Conheci mulheres para as quais o único sentido na vida era se tornar mãe, e mulheres que se tornaram mães não porque quiseram, mas porque não tinham outra escolha além do casamento e a procriação.

— Mas a maior parte das mães cuida dos próprios filhos — objetou Sara.

— Esse cuidado não é quase nunca uma questão de opção — disse Klara. — Mesmo as mães mais atenciosas que conheço dividiriam com os pais os cuidados com os filhos. Esse desejo não significa que uma mãe ama menos o filho, mas apenas que a mulher também precisa de um pouco de tempo para si mesma. E essa ideia de que só as mulheres devem cuidar dos filhos é imposta pelos homens para ocupar todo o tempo livre das esposas.

— Você está se esquecendo de que, nas famílias em que todo o tempo livre da mãe é dedicado aos filhos e à casa, os homens também não têm tempo livre porque trabalham de manhã até a noite para conseguirem manter a família. É uma divisão que existe desde as origens do gênero humano: os homens, que são mais fortes, devem trabalhar e as mulheres devem ficar em casa com as crianças.

— Hoje, tanto os homens quanto as mulheres devem trabalhar, mas também se ocupar dos filhos da mesma maneira. Mas, de fato, não é o que acontece, são as mulheres que ficam em casa com as crianças.

— Esta também é uma divisão da natureza: a mãe é que carrega a criança dentro de si antes do nascimento, a criança se nutre do seu corpo antes e depois de nascer.

— Tudo muda de uma pessoa para outra. De uma mãe para outra. Todas as mães carregam os filhos no ventre e cada mãe se comporta de maneira diferente com o filho, e com cada um dos seus filhos. E esse vínculo entre a criança e o ventre materno é uma coisa estranha.

— Por que estranha?

— É estranha, pode ser observada também nos animais — afirmou Klara, e, em seguida, perguntou: — Diga qual animal, a seu ver, é mais maternal do que os outros.

Sara pensou um instante e, depois, respondeu:

— As fêmeas dos ungulados. Ouvi dizer que cuidam não apenas dos filhotes, mas que, também nos olhos, e não apenas nos olhos, mas também nos movimentos, os cervos, as vacas e os antílopes têm algo de maternal.

— E eu ouvi que a maior parte dos ungulados, se não reconhece logo o filhote recém-nascido, se não o marca com a saliva como que para dizer "Este é meu, este sou eu", o abandona. O pequeno vai rumo à mãe, tenta mamar, mas ela o rejeita brutalmente. Condena-o a morrer de fome. Talvez aqui esteja o segredo da ligação entre mãe e filho: ela o quer como parte de si mesma. E, quando não o considera como tal, condena-o à morte. Uma forma de amor em relação a si mesma.

— Então, também o sacrifício que fazem certas mães pelos próprios filhos não seria um sacrifício, pois estão fazendo algo por si próprias, por algo que vive como parte delas mesmas? — intrometi-me na discussão.

— Não sei. Cada destino é uma história diferente — disse Klara. — A coisa mais importante é que, agora, lutamos pela igualdade entre mulheres e homens. Querem nos convencer de que não é possível, que os homens sempre mandarão em nós, mas é chegado o momento em que as mulheres é que mandarão. Não serve um novo matriarcado, apenas uma verdadeira igualdade.

— E por que não um novo matriarcado? — questionou Sara.

— Porque só com a igualdade é possível ter os direitos. Quando alguém manda, ao mesmo tempo reprime para poder manter o poder. Como fazem agora os homens, como faziam antigamente as mulheres no matriarcado. Quando eram as mulheres que mandavam, elas, as mães, tornaram obrigatório o sacrifício das crianças. Todo filho primogênito era morto, cortavam a cabeça do recém-nascido, atiravam-no na água ou queimavam-no, atiravam-no como alimento para os cães ou porcos. Aquela lei não escrita havia sido criada pelas mães. Quando o patriarcado começou, os pais deram continuação àquela tradição. Nela estava contido o ódio daqueles que mandavam em relação a quem mandaria depois, e o medo de perder o poder. A narrativa bíblica de Abraão e Isaac foi o primeiro conto sobre um pai que procura sacrificar o filho. Muito tempo mais tarde, o homicídio do primogênito foi substituído por um sacrifício simbólico, a circuncisão. Então, também a narrativa de Abraão e Isaac mudou.

— Se aquele homicídio dos primogênitos era uma lei não escrita, então era considerada por alguns pais como uma obrigação. Decerto alguns deles sofriam por serem obrigados a matar o primogênito.

— Certamente — disse Klara. — Por isso eu disse que nenhum destino é igual a outro.

Nunca mais perguntamos a Klara se ela queria se tornar mãe. De vez em quando, eu e Sara falávamos sobre maternidade e, uma vez, Sara me disse:

— Os médicos dizem que a minha doença não impedirá que eu me torne mãe — e passou os dedos sobre o metal em torno das pernas.

Klara falava sempre da maternidade como de alguma coisa que acontecia aos outros, um motivo pelo qual poderia e deveria ajudar uma mãe, caso ela estivesse em dificuldade. Nunca dizia que desejava se tornar mãe. Uma vez, enquanto nos contava que uma criança do orfanato a chamara de "mamãe", pareceu-me ouvir uma doçura em sua voz, como em um confuso esboço de desejo.

E, naquele dia, enquanto estávamos no borboletário, e eu, Klara e Sara falávamos de maternidade, Sara indicou duas borboletas que voavam unidas no ar, gerando sua prole.

...

Sigmund sabia que Sara amava a poesia e, um dia, levou-lhe uma tradução recém-publicada dos poemas de Adam Mickiewicz. Antes de abrir o livro, Sara acariciou a capa, na qual estava retratada uma paisagem outonal, e disse que havia anos que não ia ao parque.

— Então, vamos a Augarten — disse meu irmão, e Sara fechou o livro e o apoiou sobre a cama.

Fomos ao parque com o carro dos Auerbach. Meu irmão acompanhava Sara dando-lhe o braço direito e eu, o esquerdo; a primavera desabrochara e nós caminhávamos através de uma mistura de imagens e cores fortes, através de uma sinfonia de sons da natureza, através de um mar de odores.

A cada poucos passos, Sara pedia para que parássemos, não porque tivesse dificuldade para andar, mas porque queria observar as coisas que nós, ao passar, não notávamos, considerando-as normais: uma mãe sentada com o filho em um banco, jogando migalhas para as pombas; um pintor diante de um cavalete que retratava uma bétula; uma moça que acompanhava de braços dados uma velhinha cega e falava do mundo ao redor; duas crianças que cavavam a terra com as mãos e o pai que lia o jornal sem perceber que elas haviam encontrado minhocas; um jovem que assobiava, deitado como em um sofá, sobre um galho de um enorme carvalho; meninos que jogavam bola.

— Quantos encontros em um só lugar! — exclamou Sara.

— Não sei se todas essas pessoas estão felizes neste momento — respondeu meu irmão.

— Talvez a felicidade, como o pecado, esteja nos olhos de quem a vê — rebateu Sara.

— A felicidade é um fenômeno de breve duração; é a saciedade de um desejo ou de uma necessidade sentida durante muito tempo — disse meu irmão.

— Eu não chamaria isso de felicidade; definiria a saciedade dos desejos e necessidades como satisfação.

— Então, o que seria a felicidade? — perguntou Sigmund.

— Não sei — respondeu Sara. — Acho que a felicidade é uma daquelas coisas que não têm definição. Você a sente, e pronto.

Chegamos lentamente na parte do parque em que havia o primeiro jardim de infância de Viena. Sentamo-nos em um banco ao lado da grade para observar as crianças brincando nos balanços. Do pátio do jardim saiu uma mulher segurando a mão de uma criança.

— Ali está, aquilo é a felicidade — disse Sara, olhando para eles.

— Ser pai? — perguntou meu irmão, ao que Sara anuiu, e ele continuou: — Não considero o fato de ser pai como a realização da felicidade, mas apenas como uma parte da procriação, e a procriação faz parte do processo evolutivo e da seleção natural.

— E não faz parte da sua vida, do que será a sua existência?

— Minha existência também faz parte do processo evolutivo e da seleção natural. No mundo, restam apenas os mais fortes, essa é a lei da luta pela sobrevivência. Os seres mais velozes e mais fortes terão mais possibilidade de sobreviver.

— Isso significa que o mundo é feito para os agressivos — disse Sara.

Levantou-se do banco, assinalou com a mão que queria caminhar sem ser ajudada e foi até a grade do jardim de infância, segurando as barras.

— É só uma impressão superficial — disse meu irmão. — Mas essa experiência faz parte da grande evolução, do progresso da espécie animal. E do ser humano. As novas gerações poderão ser mais fortes, mais velozes, mais espertas do que os próprios pais e transmitirão esses traços aos próprios descendentes, que, por sua vez, os aprimorarão. Com a sucessão das gerações, esses traços aperfeiçoados se tornarão mais marcantes em algumas espécies animais e, do seu desenvolvimento, dependerá a sobrevivência daquela espécie e o desaparecimento de outras. As mais fracas desaparecerão, é a lei deste mundo. Nós, seres humanos, nos afirmamos dentro do processo de seleção natural, nos desenvolvemos a partir das formas de vida mais baixas. É assim que vejo o fato de ser pai, como parte do grande processo evolutivo.

— Eu vejo tudo isso de maneira completamente diferente — argumentou Sara, e se virou para as crianças que estavam brincando no pátio do jardim de infância. — Carregar por tantos meses uma nova vida sob o coração e, depois, colocá-la no mundo; ver como aquela vida chegou, horrorizada, horrorizada pela saída do ventre materno e pelo contraste com aquilo que ela não pode ignorar, porque ainda não sabe o que é o desconhecido, mas sente apenas o conhecido; ver e sentir que sou tão necessária para aquela nova vida quanto a nutrição que sai do meu seio; observar como a experiência amadurece em seus olhos e colher a sua primeira esperança e a sua primeira desilusão; ver como aquela vida se torna independente, como já não sou mais necessária para ela; ver como aquela vida que saiu da minha vida está me deixando e rumando para a criação de uma nova vida. Bem, para mim, ser pai significa isso.

Um menino se afastou dos outros, foi até a grade, abaixou-se, colheu um dente-de-leão e o deu a Sara através das barras.

Antes de morrer, Sara encontraria novamente o dente-de-leão, ressecado, entre as páginas do livro que Sigmund lhe dera de presente.

E, naquele dia no parque, com a mão, ela pegou o dente-de-leão e esticou a outra para acariciar o menino, mas, antes que conseguisse tocar sua cabeça, seu corpo vacilou e ela se agarrou novamente à grade.

...

Meu irmão conheceu Martha Bernays exatamente no dia do seu 26º aniversário. No mês seguinte, mudou-se para um quartinho no hospital de Viena, onde já havia trabalhado, e, um mês depois, no dia em que Martha completou 21 anos, ela e Sigmund ficaram noivos.

Em uma tarde mais para o fim daquele verão, Sara me perguntou:

— Por que Sigmund não vem mais aqui?

Até então, eu não dissera nada a Sara sobre Martha Bernays. Enquanto eu explicava por que Sigmund não ia mais lá, Sara olhou para os dedos, depois pôs a mão embaixo do travesseiro e pegou o livro que meu irmão lhe dera alguns meses antes. Eu conhecia aquele seu hábito de sonhar em cima dos livros que mais amava.

Sara se abaixou lentamente e, enquanto se sentava, pensei que ela estivesse prestes a cair, a estatelar-se no chão. Pegou a beirada do vestido e a levantou até descobrir os tornozelos, os joelhos, as coxas. As suas pernas finas, circundadas por aparelhos metálicos que as sustentavam, pareciam delgadas como caules de uma planta crescida sob uma sombra imóvel. Sara começou a libertar as pernas dos aparelhos, abriu-os primeiro na altura dos tornozelos, depois, das panturrilhas, dos joelhos, das coxas e os deixou cair no chão. Apoiou as mãos na cama e se levantou levemente, procurando ficar em pé e dar alguns passos, mas as suas pernas não eram suficientemente fortes e ela, impotente, se jogou sobre a cama. Tentou novamente, e mais uma vez seu corpo caiu na cama como se estivesse partido. E, de novo, levantou-se, até que os lábios começaram a tremer, o rosto se enrugou e, dos seus olhos, brotaram lágrimas; agarrou-se à cama, sobre a qual caiu, e depois não conseguiu mais se levantar, mordeu os lábios, começou a chorar e bateu os punhos cerrados sobre as pernas doentes. Ajoelhei-me ao seu lado e apertei suas mãos; ela apoiou o rosto sobre o meu ombro; senti que ela estava chorando, respirando de maneira entrecortada, e sabia que, às lágrimas pela enfermidade física, se misturavam as lágrimas causadas por outra dor.

Depois ela se acalmou, pegou o livro apoiado sobre a cama e voltou a colocá-lo embaixo do travesseiro.

...

O quarto do meu irmão permaneceu vazio depois da sua partida. De vez em quando, eu entrava, olhava as estantes desocupadas onde, antigamente, em desordem, ficavam os seus livros e roupas. Quando minha mãe me encontrou no quarto que havia sido de Sigmund, enquanto eu estava sentada na sua cama, disse que ele teria ficado feliz, no início, de ter para si e para Martha um quartinho pequeno como aquele.

Parte do meu mundo desapareceu com a chegada de Martha Bernays; desapareceu a intimidade com meu irmão, desapareceu também o nosso mundo sonhado antes mesmo que ela chegasse, desapareceu Veneza, desaparecemos dentro dela tanto eu quanto ele. Às vezes, quando me vinha à mente como ele me cumprimentava antes da chegada de Martha Bernays, passando a ponta do indicador primeiro sobre a testa, depois sobre a ponta do nariz e sobre os lábios, eu levantava o indicador, como se estivesse apontando para o céu, e o passava na testa, na ponta do nariz, nos lábios.

...

Quando eu ia visitar Sara, encontrava-a sempre com mais frequência no borboletário. Até colocamos ali para ela uma cama; assim, durante o dia, ela cochilava na estufa de vidro. Às vezes, eu a encontrava dormindo e o seu corpo estava coberto de borboletas, que, quando ela sonhava alguma coisa e se mexiam levemente, saíam voando como nuvens. Falava cada vez mais das borboletas, da sua metamorfose do ovo ao casulo, à crisálida, até se tornarem borboletas. Falava de sua letargia no período invernal, das migrações durante as quais percorriam milhares de quilômetros, da camuflagem que as protegia dos perigos.

Uma vez, cheguei quando ela estava dormindo na estufa. Quando despertou, sentiu coceira na cabeça. Estava com os cabelos cheios de lagartas, que rastejavam sobre a árvore sob a qual estava deitada. Consegui tirar algumas dos seus cabelos, mas outras se espalharam entre os meus dedos, secretando um líquido pegajoso que grudava a minha pele e os cabelos de Sara. Ela encheu as mãos de lagartas.

— Um dia, vão se transformar em borboletas. Um dia, não rastejarão mais, voarão, e ponto final — disse; depois, cobriu-as com a outra mão como se quisesse protegê-las de alguma coisa. — Klara não vem me visitar há muito tempo.

— Sai de casa cada vez menos. Ontem, fui à sua casa. Mal pronuncia algumas palavras.

— Ela falava sempre muito, embora nunca de si mesma. Nunca falava de como a mãe a maltratava quando criança, de como a maltratam agora nas prisões. Eu sabia que um dia aquela força seria destruída.

— Era muito forte e, agora, é como um pássaro assustado.

— Prometa-me — implorou —, prometa-me nunca esquecer Klara. E ajude-a como puder.

Prometi, e ela pôs as lagartas sobre o peito.

Sara sempre fora doente, e considerávamos as enfermidades das pessoas doentes uma parte do seu cotidiano, raramente pensávamos que uma daquelas enfermidades pudesse ser a fatal. Nas suas últimas semanas de vida, ficou claro que Sara logo partiria deste mundo, mas, apesar disso, todos achavam que ela melhoraria. Todos, menos ela, embora nunca o dissesse. Percebi que ela pressentia a morte por causa do seu modo de dar atenção que certas pessoas, próximas do fim, têm em relação a quem permanecerá vivo depois delas. Não me lembro das palavras exatas que me fizeram intuir a sua delicada atenção em relação a mim, ao que eu esperava da vida, mas lembro que, toda vez que nos encontrávamos, ela mencionava Klara.

— Por favor, não se esqueça de Klara, e ajude-a se puder — dizia-me.

E, depois de cada encontro com Sara, eu pensava em ir visitar Klara, mas, em vez de fazê-lo, voltava para casa.

Quando Sigmund ia à nossa casa, eu não dizia nada sobre a doença de Sara, até o dia em que ficou claro que ela logo não existiria mais. Então, meu irmão quis ir visitá-la comigo. Enquanto ele se aproximava da cama sobre a qual ela jazia com as mãos cruzadas sobre um livro apoiado no peito, pareceu-me estar assistindo ao que eu vira no primeiro encontro dos dois, ao que eu vira também em todos os encontros posteriores: aquela cautela forçada, aquela leve excitação, aquela expectativa. Eu ainda estava ali, ao lado deles (eles nunca se encontravam sozinhos, eu era a testemunha sempre presente diante do tremor de suas palavras e da tenacidade de seus silêncios, observava atentamente todos os gestos e expressões faciais que davam a entender muitas coisas não ditas), mas, naquele momento, quando meu irmão se sentou ao lado da cama de Sara, baixei o olhar e me limitei a escutar. Escutei, mas não ouvi nada, exceto um cansativo zumbido, como se eu não conseguisse compreender as palavras nas quais aquelas vozes se uniam. Depois, quando meu irmão se levantou, voltei a dirigir-lhes o olhar. Sara tirou as mãos do livro que tinha sobre o peito, segurou-o e deu-o ao meu irmão.

— Você me deu este livro naquele dia em que fomos passear no parque. Desde então, não nos vimos mais e esqueci de dá-lo a Adolfine para que ela o devolvesse.

Meu irmão hesitou em pegar o livro, aquele livro com as poesias de Mickiewicz que ele dera a Sara e que, naquele momento, ela devolvia como se ele o tivesse emprestado. O mal-estar daquele pensamento se delineava na rigidez do seu corpo enquanto ele ficava ali, olhando o livro, na rigidez da sua voz enquanto pronunciava uma pergunta totalmente óbvia e inadequada:

— Gostou de alguma poesia em especial?

— Aquela da garota que, muitos anos depois da morte do seu amado, fita-o com os olhos da alma e não para de falar com ele.

Meu irmão pegou o livro e, das primeiras páginas, caiu o dente-de-leão ressecado que uma criança no parque dera a Sara através das barras da grade e que ela guardara entre as páginas do livro. O dente-de-leão caiu sobre o seu seio.

Nunca mais vimos Sara. Depois, toda vez que pensava nela, eu me lembrava daquele dente-de-leão e das suas mãos que pegaram aquela florzinha fresca, oferecida através das barras da grade por uma criança no parque; das suas mãos que levantaram do seio a florzinha esmagada que havia caído das poesias de um livro.

...

Depois da morte de Sara, fui visitar Klara na casa dela, mas quem estava me esperando era a antipatia da sua mãe. Klara estava ausente mesmo quando ficava em casa; eu falava com ela, mas sabia que ela não conseguia ouvir o que eu estava dizendo. Seu olhar apontava para algum lugar muito distante, atrás da parede que ela fixava; mesmo quando eu pegava a sua mão e perguntava: "Está me escutando, Klara?", ela permanecia ausente. E só quando eu falava de Sara, ela sorria com o sorriso de quem se apaziguou com o vazio em que a própria vida se transformara. Enquanto eu a observava perdida em algum vazio, lembrei-me das palavras de Sara: "Por favor, não se esqueça de Klara, e ajude-a se puder." Então, falei de Sara, contei do borboletário, das borboletas que saíam voando do seu corpo, da poesia que Sara lia, contei apenas os episódios do passado, como se estivessem acontecendo naquele momento, e só não falei de uma coisa, aquela que demonstrava que eu estava narrando episódios do passado, e na recordação do passado.

...

A partir do momento em que meu irmão saiu de casa, passando todo o seu tempo com os pacientes ou com Martha Bernays, a partir do momento em que eu só me encontrava com Sara nas lembranças, a partir do momento em que Klara afundou na própria ausência, a sensação de abandono e a consciência de que ninguém desejava a minha companhia me tornaram vulnerável.

Minha mãe costumava dizer:

— Veja as suas irmãs. Tente ser pelo menos um pouco como elas; parecer pelo menos um pouco com elas, se não puder ser como elas.

Naquele verão em que todas as quatro foram embora, olhei para as minhas irmãs sem dizer a mim mesma que estavam se preparando para aquilo, foram embora para cuidar das crianças das famílias alemãs que viviam em Paris. Voltaram no outono e, em um único ano, transformaram-se em lindas jovens com porte refinado, com expressões francesas no gracioso modo de falar, com expressões faciais que não demonstravam confusão e humilhação, mas apenas alegria de viver e uma leve modéstia. Eu me entusiasmava pelas minhas irmãs, pelos seus gestos e suas discussões. Sempre me sentava ao lado delas, mas não com elas; eu as olhava, as escutava e ficava feliz por elas. E, além daquela felicidade, também percebia outro sentimento, pois eu sabia como estava distante delas — e próxima como nunca estivera da minha mãe. Muitas vezes, minha mãe as reunia, procurando uma maneira para não ter de me chamar também; depois, elas ficavam sentadas por muito tempo na cozinha e eu, às vezes, ficava indo e vindo no corredor por um tempo; depois, voltava para o meu quarto, e, naquele breve instante de proximidade, atrás da porta que me separava delas, eu conseguia ouvir fragmentos de suas conversas, das conversas que as mães tinham com as filhas: o que uma moça devia fazer para se tornar uma boa filha, como enfrentar o casamento, os deveres das mulheres em relação ao marido e aos filhos. Fiquei muito tempo ao lado do mundo delas e das conversas nas quais falavam de si mesmas, dos maridos e das mães, escutava-as olhando para o futuro enquanto eu olhava para o passado, e parecia que, com o casamento e a maternidade, para os quais estavam se preparando, elas queriam vencer o tempo, unindo-se a toda a estirpe de mães desde a origem da humanidade, ao passo que eu sentia que permanecia distante de tal estirpe que se unia no sangue e na qual o sangue se multiplicava.

Minha mãe percebeu minha vulnerabilidade e enterrou em si mesma o próprio ódio. O ódio não pode ser entendido completamente, assim como também não é possível conhecer a sua origem, da mesma maneira que, como disse Sara, a felicidade não pode ser definida, mas apenas sentida. E, talvez, assim como o pecado e a felicidade, o ódio também só exista nos olhos de quem o vê, e de quem o sente dentro de si, senão trata-se apenas de procedimentos, atos costumeiros que, todavia, jogam ódio na vida de quem é sua vítima. Às vezes, eu tentava entender o ódio da minha mãe; eu, que talvez fosse para ela uma espécie de buraco no qual jogar o próprio ódio, e pensei que, em mim, ela odiasse o meu pai, o seu marido velho, mais velho do que o seu pai. Talvez, com o ódio em relação a mim, ela sufocasse o desejo de ter um marido da sua idade antes mesmo que esse desejo se manifestasse, talvez não fosse eu o objeto do seu ódio, mas a sua velha dor, nascida da obrigação de eliminar antes do tempo os seus sonhos de menina, de se submeter ao velho marido, de viver no orfanato e, em meio àquela miséria, parir e criar os filhos. E talvez ela me odiasse por causa do afeto que me unia ao meu irmão, porque não era capaz de odiar a mulher pela qual o seu Sig de ouro se afastara de nós; ele havia começado uma nova vida, construído um novo mundo no qual nós só podíamos existir de passagem. Sigmund decidira ser apenas um convidado em nosso mundo, e minha mãe, mesmo que odiasse Martha Bernays, não poderia fazer nada, o veneno pela mulher amada por meu irmão nunca chegaria a ela e ficaria dentro da minha mãe, por isso ela descontava em mim. A situação me parecia ser essa, talvez eu me enganasse ao tentar explicar para mim mesma o peso da minha existência. Já com os primeiros impulsos de consciência nas crianças nasce um obscuro sentimento de tempo, como um confuso pressentimento de que a existência é formada por grãos de areia carregados pelo vento e que só o sentimento do eu, do ego, nos mantém aparentemente íntegros, até que também seja levado embora o último grão de areia, o último traço da vida, com o qual o ego desaparecerá, deixando atrás de nós apenas o vento do tempo. Acontece que, às vezes, o vento sopra tão forte a ponto de não levar embora apenas os grãos de areia, mas também pedacinhos do próprio ego; então, o ego se sente impotente, tem a impressão de que o vento o está carregando junto com a areia, de que o está fazendo desaparecer antes mesmo de levar embora os grãos de areia que lhe foram dados até a morte; assim, o ego procura outro ego, outro ego qualquer, com o qual ficar, até que, em torno deles, sopre o vento do tempo; esses outros egos são necessários, não como apoio para sobreviver na matéria, mas como ajuda para que a parte mais essencial daquele ego sobreviva. Assim, minha mãe, com o olhar, com as palavras, com os gestos, levava embora um pedacinho de mim, um pedacinho que me faltaria para sempre, que eu procuraria o tempo todo; durante toda a vida, senti que alguma coisa faltava em mim, como faltam à Vênus de Milo as mãos; no meu caso, não era algo na minha aparência que faltava, mas algo dentro de mim, como se não me bastassem as mãos da alma, e aquela ausência, aquela falta, aquele sentimento de vazio, me tornavam inútil. Durante toda a vida, senti que o olhar de alguém destruía a minha existência e, ao mesmo tempo, eu procurava um ser que curasse a demolição do meu ego.

# QUARTA PARTE

...

— Venha ver quem chegou na cidade — disse-me meu irmão certa vez, quando fui visitá-lo no hospital de Viena.

Às vezes, eu ia até lá durante o seu expediente porque Sigmund passava o tempo livre sozinho com Martha Bernays.

Sobre um leito, no quarto ao qual meu irmão me levou, jazia imóvel um rapaz que, no dia anterior, havia sido resgatado do Danúbio após ter se jogado. Quando nos aproximamos, ele abriu um pouco os olhos. Embora tivessem se passado anos, reconheci o olhar, eram os olhos que choravam por dentro, e as lágrimas caíam em algum lugar ali, nas profundezas. Eram os olhos de Rajner Richter. Em todos aqueles anos, eu não soubera mais nada dele, mas, naquela tarde, ele me disse por que voltara. Ainda não se fizera a pergunta que o tornaria adulto: "O que será de mim?", quando os seus pais morreram, um após o outro, primeiro a mãe e depois o pai. Rajner abriu as cartas que o pai deixara e entendeu que havia sido adotado. Começou a procurar os pais biológicos, e a viagem o conduziu a Viena, onde eles moravam na época em que ele fora adotado por aqueles que, por muito tempo, considerou seus pais. Para ele, a busca foi como se deslocar ao longo de um corredor no qual, na parede esquerda, ficava o passado já morto, e, na direita, um véu que ele tentava inutilmente remover e atrás do qual se escondiam aqueles que o haviam abandonado após o nascimento, enquanto em algum lugar distante, no fim do corredor, estava o vazio do futuro, ligado ao que já estava morto e ao abandono. O fato de ter sido deixado por aqueles que o conceberam doeu-lhe mais do que a morte dos que o criaram. "Por que me abandonaram?" era a obscura pergunta que, como um eco, trazia consigo um sósia demoníaco: "Será que foi ruim eu ter nascido?" O abandono ecoava como uma negação do seu presente. Escavou a própria genealogia esperando descobrir alguma grande tragédia que o havia separado dos pais; pensava que talvez eles tivessem morrido logo após o seu nascimento, ou então que, em circunstâncias infelizes, eles o tivessem perdido sem nunca mais conseguirem achá-lo. Mas a ideia de ter sido abandonado ainda recém-nascido porque indesejado era uma ferida mortal, e aquela dor o levara a atirar-se no Danúbio. Foi a desilusão que o guiou, e não um pensamento ou uma decisão: era como se não tivesse se jogado no rio para se afogar, mas para ser levado rumo a uma outra existência.

Então, quando eu estava ao lado do seu leito de hospital, Rajner Richter tinha dezoito anos e eu, dois a mais. Quando ele saiu do hospital e voltou para a sua casa de Viena, na Schönlaterngasse, eu saía de casa toda manhã dizendo que ia ler na biblioteca, deixando para trás as reclamações da minha mãe, segundo as quais as minhas coetâneas ficavam em casa o dia inteiro e só saíam com a mãe, ou então com algum outro parente mais velho, para não estragar a própria reputação aos olhos de quem arranjava os casamentos. Rajner me esperava na sua casa para conseguir adormecer.

— Não consigo pegar no sono quando estou sozinho — disse-me quando o encontrei pela primeira vez após não ter pregado os olhos durante toda a noite.

Eu o observava dormir e queria deitar-me ao seu lado, mas fiquei sentada no canto do quarto, com os livros sobre os joelhos. Disse a Rajner que leria até que ele adormecesse, mas, na verdade, fiquei horas olhando o seu rosto. Em certos momentos no sono, ele bufava, como o suspiro de uma pessoa doente, e eu me aproximava, tentando entender as palavras que sussurrava. Quando acordou, fomos aos ateliês de alguns pintores para perguntar se eles haviam conhecido, cerca de vinte anos antes, Friederich Richter e sua mulher, mas ninguém nunca tinha ouvido falar daqueles nomes, e a pergunta "De quem eles adotaram o filho?" ficava sem resposta. Rajner também passou na casa do doutor Auerbach, que havia tratado da sua melancolia infantil, mas Friederich Richter também não revelara ao médico que o filho era adotado.

Nos cortes no ar produzidos pelos movimentos de Rajner, na sombra do seu olhar, no eco das suas palavras, havia algo que parecia o fluxo do sangue. Uma vez, lembrou-se das palavras de Kierkegaard:

— "O que é um poeta? Um homem infeliz que esconde profundos tormentos no coração, mas cujos lábios se moldam de tal forma que um suspiro ou um grito que deles irrompa soe como uma bela música" — citou; depois, continuou: — Mas eu tenho apenas a dor, e não o talento para a poesia.

E logo mordeu os lábios porque não queria falar do seu desespero.

Não falava da dor, mas, uma vez, enquanto passeávamos por uma rua embaixo de uma fila de castanheiros selvagens, ele me disse:

— Tudo é tão cheio de vida, mas, apesar disso, em certos momentos, muitas coisas me lembram a morte. Em certos momentos, tenho medo de me aproximar da janela: ela quer que eu a abra e me jogue lá embaixo. Os objetos cortantes convidam-me aos ferimentos; os estiletes, a cravá-los em meu coração. O rio me atrai para ele com a mesma velocidade e força com que corre. Tudo é muito vivo, mas tudo me chama para a morte.

No momento em que pronunciava aquelas palavras, eu via, pela expressão do rosto, que Rajner estava se arrependendo do que dizia.

— Não — eu o contradisse, vendo que ele se contradizia —, tudo chama para a vida. Até aquela casa morta — disse-lhe, apontando na direção da rua.

Seguimos rumo àquela casa, que, muito tempo antes, fora abandonada por aqueles que ali viveram. Entramos pela porta desmantelada e, depois, atravessamos os cômodos e olhamos os objetos espalhados pelo chão que ninguém mais utilizava. Rajner foi até um canto, abaixou-se, esticou a mão e pegou do chão uma agulha na qual estava enfiada uma linha vermelha. Colocou a agulha e o fio entre os nossos olhos. Eu queria que Rajner passasse a linha pela borda dos meus lábios, mas não disse nada. Ele deixou a agulha e a linha no chão, no canto do aposento.

Estávamos na idade da inocência. A minha e a sua inocência resvalavam como duas bolhas de sabão que, em vez de explodirem ao se tocar, fundiam-se em uma só. Quando os seus olhos me encaravam e vice-versa, o seu olhar não descia pelo meu pescoço, pelo meu seio, em direção ao meu baixo-ventre, nem o meu olhar escorregava pelo seu pescoço, pelo seu peito, até embaixo. Quando os nossos olhares se encontravam, as minhas pupilas se fixavam nas suas e iam adiante, além; as suas pupilas se fixavam atrás das minhas e, assim, atrás dos corpos, procurávamos e encontrávamos algo quente e macio, aquilo que alguns chamavam de alma. Esperávamos o dia em que sentiríamos o calor e a maciez, invisíveis e intangíveis, através da união das partes escondidas dos nossos corpos. Estávamos na idade da inocência, quando, com o tato e a audição, com o paladar, o olfato e o olhar, era possível sentir o que estava por trás das aparências, quando nos parecia que, também dentro dos objetos, escorria sangue. Estávamos na idade em que não pensávamos que, um dia, os sentidos se tornariam apenas parte da submissão ao espaço e ao tempo, e não parte da emoção e da lembrança de algo que está além, tornando-se apenas testemunhas da matéria na qual aquela ternura, aquele calor, não conseguiria viver. Estávamos na idade da inocência, quando a alma ainda era uma argila macia e não sabia que, um dia, se transmutaria em pedra ou em terra esfacelada; estávamos na idade em que a alma era uma argila que podia facilmente se fundir com uma alma gêmea, fazendo de duas coisas uma só. Estávamos na idade da inocência, na qual os olhares tímidos e veladamente desejosos, quando nos eram dirigidos, provocavam erupções na nossa alma sob a fina e tenra camada do corpo, a idade em que a alma e o corpo ainda estão fundidos em uma só coisa; a idade da inocência, quando a excitação não sabia que, um dia, se transmutaria em indiferença ou no interesse de satisfazer apenas as necessidades físicas, e então, mesmo quando a paixão conseguisse se manifestar, não haveria mais nem a capacidade nem o desejo de tornar a experiência daquele momento uma pequena parte da eternidade.

Aos domingos, eu não ia visitar Rajner porque não sabia que desculpa dar em casa, pois a biblioteca estava fechada para o público. Certa manhã de segunda-feira, encontrei Rajner deitado na cama com um pedacinho de papel na palma da mão. Ele disse que, no dia anterior, havia conhecido um galerista que fora um caro amigo daquele que ele chamava de pai, ou seja, a pessoa que o havia criado. Esse galerista havia contado o que sabia, que Rajner tinha sido parido por uma moça que na época tinha quinze anos, chamava-se Gertrude e, até 18 anos antes, vivia no endereço escrito naquele pedacinho de papel. Quando cruzamos a soleira da casa para a qual os pais adotivos o haviam levado 18 anos antes e rumamos para a casa em que sua mãe se separara dele, Rajner apertou minha mão na dele, a qual segurava o pedacinho de papel com o endereço, e disse:

— Após a infância, depois da mudança para cá, às vezes eu fechava os olhos e vislumbrava um ser feminino sem corpo. Não tinha um nome, também não tinha rosto; era um ser feito de luz que brilhava diante dos meus olhos fechados. Não tinha forma, mas todo o meu desejo era despejado nela, pois eu sabia que, em alguma parte do mundo, ela possuía uma forma corpórea. E o meu coração não estava em paz ao pensar que, se quisesse chamar a minha vida de vida, teria de abandonar a casa dos meus pais e procurá-la, mas eu não sabia se a encontraria. E, quando os meus pais morreram e eu soube que havia sido adotado, comecei a seguir outra pista. Quando encontrei você, entendi que o caminho pelo qual eu havia enveredado me levava para a encarnação daquele ser feminino que se materializava na minha frente havia anos. E, sem dúvida, aquele ser feminino fora criado pelos rastros dos nossos encontros na infância. Nunca disse isso a você porque eu sabia que, antes, deveria concluir a busca e encontrar uma resposta à pergunta sobre o meu nascimento. Agora que falta pouco para obter aquela resposta, inicia-se para mim a tão desejada existência, cuja realização esperei tanto tempo.

As nossas cabeças se aproximaram. Senti a sua respiração no meu rosto e o meu peito se elevando desejoso como o dele. Os nossos peitos se encostaram antes mesmo dos lábios; estávamos tão próximos que, de todo o mundo, parecia-me que só haviam restado os olhos de Rajner. Ele os fechou por um instante, procurando aquele ser feminino sem corpo que havia encontrado ali desde o momento em que se separara da infância; depois, abriu-os novamente e sorriu, vendo-me à sua frente, e os entrecerrou e abriu novamente, como que para confirmar, ofuscado pela luz que fulgurava diante dos seus olhos fechados, a correspondência entre o ser sem rosto e eu. Nossos lábios roçaram e, então, eu também fechei os olhos; no doce contato das nossas línguas, senti como uma promessa de que aquela doçura duraria toda a eternidade. Se naquele momento alguém tivesse dito que aquele era o nosso último momento na Terra e que não sobraria rastro algum de nós, nosso empenho não teria esmorecido, pois estávamos convencidos de que o que havia entre nós, o que fazia de nós uma única pessoa, era eterno. E, se a matéria nos tivesse sido suprimida, teríamos de qualquer maneira continuado ali, onde as forças da natureza e as leis da perecibilidade e da transitoriedade não têm poder e a alma é mais forte do que todos os corpos celestes, pois eles estão condenados a, um dia, milhões de anos depois da sua criação, se dissipar, enquanto aquele pedacinho de alma em que estão cravados o nosso êxtase e o nosso desejo continuaria a existir mesmo quando toda a poeira de toda a matéria do universo tiver desaparecido.

Enquanto eu caminhava pela cidade, Rajner olhava o pedacinho de papel que nos mostrava por quais ruas devíamos passar para chegar à casa da sua mãe.

— Estamos nos aproximando — disse ao entrarmos no bairro que eu conhecera durante o passeio com meu irmão, quando ele quis me mostrar como Viena era realmente.

As ruas estavam vazias, era a noite de um dia útil. Uma velha, sentada na soleira de um casebre, entoava uma canção sobre um amor infeliz. Duas crianças jogavam para cima cabos de vassoura partidos e, depois, pegavam-nos no ar para jogá-los novamente em direção ao céu. Rajner perguntou se elas sabiam em qual daquelas casas morava uma mulher chamada Gertrude. Uma delas mostrou uma casinha na qual, atrás das janelas, no lugar de cortinas, estavam estendidas roupas. Batemos à porta. As crianças nos disseram para não esperar e entrar. A porta estava aberta. No pequeno vestíbulo, que cheirava a mofo, havia uma porta entreaberta. Entramos no cômodo e olhamos as paredes úmidas. Em seguida, entrou uma mulher que, para andar, apoiava-se em uma bengala. Olhou-nos e disse:

— Este não é um quarto para a noite de núpcias. O que vocês estão procurando aqui?

— Estou procurando Gertrude — respondeu Rajner. — Desconheço o seu sobrenome.

— E por que vocês estão procurando Gertrude? — perguntou a mulher sussurrando as palavras através da boca desdentada e passando os dedos, como um pente, entre as ralas mechas de cabelos sobre a cabeça calva.

— Gostaria de falar com ela — respondeu Rajner.

A mulher indicou as cadeiras em torno da mesa e nós nos sentamos.

— Eu sou Gertrude.

— Então, este é um erro — atalhou Rajner. — A senhora certamente tem o mesmo nome da mulher que estou procurando. Ela tem cerca de 33 anos.

— Sim — disse a mulher, e enfiou a língua no espaço deixado descoberto entre os dentes da frente. — Eu tenho 33 anos — afirmou e, depois, sentou-se sobre a cama na nossa frente. — E acho que sei por que você está me procurando. Você se parece com alguém que não vejo há muito tempo e que, quando o conheci, tinha a sua idade.

A mãe olhava o próprio filho; ela sabia que tinha razão porque ele permaneceu em silêncio. Estendeu a mão para ele, lentamente, talvez quisesse acariciá-lo, mas, antes de tocá-lo, retraiu-a; da mesma maneira, aproximou lentamente a mão do rosto, mas, antes de tocá-lo, abaixou-a, apoiando-a sobre o ventre.

— Eu não estava esperando você — continuou a mãe. — E você certamente não esperava que eu fosse... assim.

Rajner estava em silêncio.

— Você está em silêncio — acrescentou ela. — Tudo o que sua mãe deveria ter dito foi dito por outra mulher. O que você queria saber, quem eu sou, o que eu sou, é inútil. Muitas vezes, pensei no que teria dito se você tivesse me procurado. Mas tudo o que eu diria seria uma desculpa. Fui criada por pais inteligentes e honestos. Eu tinha apenas quinze anos quando fiquei grávida. Era uma menina que não sabia nada da maternidade. Vira no quintal galos que montavam as galinhas; na casa dos vizinhos, vira uma ovelha parir, mas, na vida humana, muitas coisas são diferentes em relação às aves e aos outros animais. Diferentes, porém iguais. Seu pai era bonito e, entre nós, tudo aconteceu no palheiro dos vizinhos. Antes de ficar grávida, eu só sabia que ele havia chegado no nosso vilarejo alguns meses antes para consertar as rodas das carroças puxadas pelos cavalos. Soube um pouco mais dele quando disse que tinha ficado grávida. Além de consertar rodas de carroças, ele também roubava. Era um ladrão que, para não ser pego, ia de uma aldeia a outra. Depois partiu para uma outra cidade. Sim, os meus pais eram inteligentes e honestos e, devido à sua inteligência e honestidade, expulsaram-me de casa. Queriam salvar a honra das minhas irmãs e sabiam que ninguém ia querer se casar com elas se soubessem que eu estava grávida. Deram-me um pouco de dinheiro, mandaram-me para a casa de uma parente distante, aqui em Viena, e nunca mais os vi, nem eles nem as minhas irmãs, nem mesmo o seu pai... — recordou e olhou as mãos. — As pessoas que adotaram você me pareceram boas. Disseram-me que não tinham filhos, que ficaram durante um certo tempo na cidade e estavam se preparando para ir embora. Queriam voltar com uma criança. Você tinha quase um ano — disse e passou os dedos sobre a cama na qual estava sentada. — Pari você nesta cama.

Rajner olhava a cama. Imaginei que aquela mulher, nos últimos dezoito anos, tinha trabalhado naquela cama. O seu rosto seco, a boca desdentada, a cabeça calva; à noite, na escuridão das ruas, ainda passavam alguns bêbados.

— Bem, foi isso que me preparei para dizer caso você aparecesse. Repeti as mesmas palavras dentro de mim durante todos esses dezoito anos. Agora, pela primeira vez, posso dizê-las em voz alta — falou, virou-se para o espelho pendurado na parede e sorriu para o próprio rosto. Depois, virou-se para Rajner.

Rajner levantou-se.

— E você? — questionou a mulher que o havia parido. — Enquanto estava me procurando, pensou em alguma coisa para me dizer?

Rajner encaminhou-se para a porta. Fui atrás dele.

— É melhor não fazer certas perguntas. É melhor não dar certas respostas — disse sua mãe.

Ele não a olhava mais. Ela nos seguiu até a saída daquela casa dilapidada. Eu também ouvia os seus passos atrás de nós na ruela, sentia os seus passos e as batidas da bengala na qual se apoiava; olhei os passos de Rajner. O barulho dos passos dela interrompeu-se, os passos dele continuaram. E, quando dobramos em outra rua, virei-me, vi a mãe de Rajner perto da parede de uma casa passando os dedos da mão direita no rosto.

Naquela tarde, Rajner decidiu ir embora de Viena. A pergunta que fazia a si mesmo em voz alta, "Quem sou eu?", agitava o seu ser. A minha certeza de que ele era o que era não tinha importância alguma, e o seu ego não dependia de quem o tinha posto no mundo e do fato de ele ter sido abandonado após o nascimento. "Quem sou eu?", repetia Rajner com os olhos fechados, com os olhos fixados no espelho, com os olhos cravados em mim. Ele achava que, afastando-se o máximo possível da cidade na qual tantas coisas demostravam que ele não sabia quem era, conseguiria encontrar o centro do seu próprio ego.

...

Toda manhã, após a partida de Rajner, eu ia até a Schönlaterngasse e batia à porta da sua casa, mas ninguém respondia. Na expectativa, a longa linha da esperança era cortada pelo medo que me despertava toda manhã, o medo que não dormia e que me atormentava também no sono. Eu achava que Rajner voltaria, mas tinha medo de que o desconforto pudesse atirá-lo em uma depressão que não permitiria que ele mantivesse a promessa. Às vezes, quando o meu medo gerava a ideia de que ele queria tirar a própria vida, eu pensava em pedir ao meu irmão o dinheiro para ir embora e encontrar um apartamento perto de Munique, onde Rajner fora criado e onde ele provavelmente estaria naquele momento, mas eu sabia que, para ficar em paz comigo mesma, para encontrar a resposta à pergunta "Quem sou eu?", ele devia ficar sozinho. Por isso, ao ir embora da cidade, ele não levou o meu endereço e não me deu o dele, para que não pudéssemos dizer, nem mesmo via correio, como estávamos e o que fazíamos.

Minha mãe sentia o meu medo, embora não soubesse de onde provinha. O ser humano é mais frágil no medo e no desespero; o meu medo, nascido do desespero de Rajner, podia ser lido nos cortes feitos no ar pelos movimentos do meu corpo, no eco das minhas palavras, na sombra do meu olhar, e minha mãe me seguia atrás dos rastros do medo, cravava as suas palavras na minha vulnerabilidade. Dizia que, para toda a vida, eu ficaria sozinha, afundaria na solidão, nunca me casaria, tornando-me uma vergonha para toda a família. Eu ficava em silêncio e pensava em Rajner; dentro de mim, confrontavam-se a ansiedade pelo seu retorno e a certeza da sua promessa.

...

Certa manhã, um ano depois que Rajner havia partido, enquanto eu me aproximava da sua casa, vi-o atrás da janela.

Os nossos dois mundos eram novamente um só, um mundo que havíamos concretizado com os sonhos. Rajner queria que estudássemos filosofia na Universidade de Viena, eu queria realizar com ele o sonho imaginado antigamente com meu irmão Sigmund: viver juntos em Veneza.

Em seguida, ultrapassamos aquela distância que, na inocência, parecia infinita, aquela distância entre a imaginação do ato sexual e a união real de dois corpos. Os nossos olhares sentiam vergonha na nudez e nós nos procurávamos nos olhos um do outro, eu nos dele, ele nos meus, e, depois, os nossos olhares caíam na direção do chão, por causa da vergonha, da confusão, do medo. Tudo era uma primeira vez, fitar o corpo nu, dar aqueles poucos passos rumo à cama com a insegurança de quem acabou de aprender a andar, aproximar os nossos corpos, entrelaçá-los e respirar ofegantes como depois do parto.

Um dia, ele me disse:

— Quero ir visitar minha mãe.

Esperei durante muito tempo ouvir novamente aquele seu desejo, recordado por mim.

— Estou com medo — revelou.

Naquela época, falávamos do medo e de muitas outras coisas; passávamos os dias pondo à prova os nossos corpos, explorávamos os nossos corpos para descobrir de onde vinha todo aquele amor justamente pelo corpo, assim como explorávamos também as nossas almas; queríamos saber o que significava para mim, e para ele, a dor, e o que significava o prazer; perguntávamos e tornávamos a perguntar a nós mesmos o que era o amor e o que, por outro lado, era a infidelidade.

Estávamos na idade da inocência, quando ainda pensávamos com o coração, quando aceitávamos sem discutir os pensamentos dos filósofos, quando sentíamos como própria a doçura das poesias que jorravam felicidade, e a amargura das canções encharcadas de desespero. Estávamos na idade em que as palavras não nasciam do nada e não caíam no nada, na idade em que as palavras saíam da essência da existência e, depois de serem pronunciadas, para lá retornavam; estávamos na idade da inexperiência, ainda não havíamos entrado na banalidade mortal e pretensamente séria da vida, podíamos falar ingenuamente das coisas mais sublimes, aquelas que a experiência jogava fora porque eram inúteis e inutilizáveis, como é inutilizável um pedacinho de céu.

Perguntávamos a nós mesmos o que éramos naquele momento, mas também olhávamos para o que havíamos sido, pois sabíamos que, na alma humana, residiam todas as suas negatividades e, através do seu presente, vinha à luz tudo o que já havia sido importante, muito mais do que um mísero rastro do passado: uma fonte de luz que iluminava o seu rosto; e, assim, contamos um para o outro o passado. Falei de mim, da minha mãe e do meu irmão, de Sara e de Klara. Rajner lembrou-se dos momentos passados com as pessoas que o amaram como filho.

Então, novamente lembrei o seu desejo de encontrar mais uma vez a mãe. Ele rejeitou a minha sugestão e falou de um medo da sua infância, quando temia perder os pais. Estava como que predestinado a sofrer aquela perda e talvez aquele temor tenha aflorado nele a partir de uma confusa lembrança do primeiro ano de vida, quando a mãe o abandonou; assim, o medo de perder todos os que o amavam nunca mais foi embora.

— E o que vai acontecer se eu também perder você? — perguntou-me ele. — O que vai acontecer se o meu destino é perder todos aqueles que mais amo? O que vai acontecer se você também me abandonar, como fez minha mãe depois do meu nascimento?

— Estarei sempre com você. Mas, agora, tenha força, vamos visitar a sua mãe.

Rajner balançou a cabeça.

...

Aquela rejeição de Rajner com a cabeça me lembrou de que minha presença também era esperada por alguém. Vieram-me à mente as palavras de Sara em nossos últimos encontros: "Não se esqueça de Klara, e ajude-a se puder."

Eu ia visitar Klara cada vez mais raramente. Durante aqueles encontros, enquanto estávamos sentadas uma na frente da outra, Gustav interrompia o silêncio. Contava sempre as mesmas coisas: como sua mãe dava vazão à raiva em cima da irmã ainda menina, como Klara apanhara quando organizara os protestos pelos direitos das mulheres, crianças e trabalhadores, como a sua coragem e o seu entusiasmo se transmutaram lentamente no seu fechamento em um mundo já esvaziado. Eu já sabia aquelas coisas e percebia por mim mesma como Klara se atormentava sozinha no seu isolamento, mas escutava Gustav com atenção porque entendia que aqueles discursos serviam para que ele se liberasse de um peso.

Às vezes, quando saía da sua impassibilidade, Klara fugia de casa. A polícia a encontrava deitada em um banco, apoiada em uma árvore ou inclinada sobre o parapeito de uma ponte. Quando a levavam de volta para casa, Gustav perguntava:

— Por que você fugiu de casa?

E ela respondia sempre da mesma maneira:

— Esta não é a minha casa.

Por isso, Gustav decidiu transferir Klara para a clínica psiquiátrica Nido. E, quando pela primeira vez fui visitá-la ali, percebi que, no seu olhar, no seu porte, na sua voz, a segurança de antigamente estava voltando devagar.

— Finalmente encontrei a minha casa — disse-me.

Conheci também o diretor da clínica, o doutor Goethe, que me explicou como a espontaneidade podia ser um novo método para curar os loucos. Enquanto me ilustrava essa ideia, uma paciente aproximou-se e cuspiu na cara dele. Ele limpou acuradamente a saliva com um lenço e continuou:

— Os pacientes com problemas existenciais odeiam o próprio médico, veem nele Deus, que os castiga, o tirano que não permite que seu mundo se realize, mas eu não me contraponho a seus fluxos de raiva, escuto-os quando me insultam ou me golpeiam da mesma maneira que escutaria uma pessoa fora da Nido. E, quando me deparo com os seus absurdos, digo que são bobagens. Sim, digo exatamente isso.

— Sim — sorriu Klara —, essa é a palavra mais utilizada pelo doutor Goethe: bobagens.

— Vejam, o imediatismo é o primeiro passo rumo à instauração de uma verdadeira relação entre pacientes e médicos.

Como em todos os manicômios (e o doutor Goethe evitava deixar-se levar pela moda da medicina de definir os manicômios como clínicas psiquiátricas), a classificação era o ponto de partida na Nido; homens e mulheres eram separados, havia uma ala para os tranquilos, outra para os incapacitados, que precisavam de maior assistência, uma terceira para os maníacos, que precisavam ser amarrados, ou então, se não fossem tão perigosos, mantidos sob observação constante, e, na quarta ala, iam parar os senis. Somente alguns deles podiam ser vistos nas enormes salas, no auditório onde o doutor Goethe dava aulas ou no parque, quando passeavam. Como em todos os outros lugares, ali também os órfãos ricos eram separados dos outros, as suas famílias pagavam grandes somas e eles ficavam sozinhos ou em quartos duplos. Klara ficava sozinha em um quarto, e o doutor Goethe me convenceu a ir até lá. Ela estava convencida de que o trabalho podia curar a loucura, ou pelo menos favorecer a cura. Na Nido, trabalhavam não apenas os idosos e os incapacitados, mas também os pacientes imobilizados no leito. Além da ideia do doutor Goethe de que o trabalho podia ser um tratamento, aquele era também um modo para encher o caixa da Nido, já que havia muitos internos pelos quais ninguém pagava. As pacientes cuja estadia na clínica era paga pelos parentes executavam trabalhos simples, como costurar, bordar, tricotar e tecer tapetes; já na ala masculina, criavam-se flores de papel e estatuetas de madeira. Todos os outros realizavam tarefas mais pesadas: lavavam roupas e lençóis, fabricavam botões e sapatos...

— Passe na nossa loja na saída; lá estão as criações dos nossos queridos pacientes: meias e xales, camisolas e roupas, lenços e toalhas, objetos feitos de madeira — disse-me o doutor Goethe, e continuou a contar como era a vida na Nido: — Todos acordam às seis; a primeira tarefa é rearrumar tudo, sob a supervisão das enfermeiras, e não é assim tão simples como pode parecer. Por exemplo, durante a noite, alguém defecou no meio do cômodo, alguém enfiou o travesseiro entre as barras das janelas, outro estendeu o lençol no meio do quarto, outro ainda escondeu sob o colchão as pantufas de todos... Depois, nós, médicos, visitamos os pacientes. Em seguida, é a hora do café da manhã. Temos seis refeitórios, suficientes para acolher todos os nossos pacientes. Posteriormente, começa o trabalho, até a hora do almoço. Após o almoço, um pouco de repouso e, depois, novamente trabalho, já que, como eu disse, o trabalho foi criado pelo homem e transformará novamente em homem quem se furtou a essa obrigação. Isso mesmo, loucura significa fugir da obrigação de ser uma pessoa. Depois é a hora do jantar e, terminada a refeição, todos socializam um pouco antes de dormir.

Enquanto passeávamos pelos corredores da clínica, uma mulher se aproximou do doutor Goethe, ajoelhou-se na sua frente e suplicou para que ele a deixasse ir para casa. Ele simplesmente a contornou, e a mulher continuou a gritar até a chegada dos vigias. O doutor Goethe notou como aquela cena me perturbou e disse:

— Vamos, não veja as coisas de uma maneira tão negativa! Olhe com, pelo menos, um pouco de ironia também as coisas mais terríveis. Sabe o que meu avô Johann disse da ironia? "É o grão de sal sem o qual não poderíamos desfrutar do que temos na mesa."

— Só que isso não é um almoço, é a vida — rebati.

— Melhor ainda — retrucou o doutor Goethe. — Sem ironia, a vida não teria sabor. E seria assustadoramente insuportável.

Continuamos a caminhar pelos corredores. O doutor Goethe abria de vez em quando uma porta para me deixar espiar dentro dos quartos. Notou o meu olhar constantemente aterrorizado e tentou me tranquilizar:

— Este lugar é perfeito. Sabe como é o La Salpêtrière em Paris? Dormem em colchões pelo chão. Os pacientes ficam trancados nos quartos e não podem sair. Fazem as necessidades no meio dos quartos e há fezes no chão e nas paredes. E, certamente, aquelas necessidades nem são muitas, visto que dão de comer aos pacientes o mínimo indispensável para que não morram e, mesmo se dessem alimentos suficientes, no meio daquele fedor, comeriam mais do que o necessário para sobreviver? Os quartos são limpos uma vez por semana. Os médicos passam apenas para dizer se os pacientes devem ser amarrados, e, se algum dos que estão amarrados se cansou de delirar, é solto. Isso é o que acontece em Paris. Ao passo que aqui, no belo Danúbio azul — disse e assobiou algumas notas da valsa —, não há necessidade que eu diga, veja por si mesma. A senhorita deve ficar feliz por sua amiga ter enlouquecido em Viena.

— Klara não é louca — retorqui. — Ela só precisa de um pouco de tempo para voltar a si.

— E o que a senhorita acha que é a loucura? Algo monstruoso? Não, a loucura é o estado em que as pessoas não são o que realmente são. E, aqui, aplicamos os melhores métodos para fazê-las voltar a si. E sabe como elas são tratadas em Paris? Com o medo! Acham que, jogando baldes de água gelada, batendo e ameaçando cortar a língua dos pacientes, eles recobrarão a razão. Sim, é isso mesmo que acontece em Paris, enquanto nós estamos à margem do belo Danúbio azul — e novamente assobiou algumas notas da valsa.

Eu queria dizer que sabia que em Paris os pacientes não eram mais tratados como ele dizia, que os métodos que ele propunha na Nido haviam sido introduzidos uma década antes pelo doutor Pinel no La Salpêtrière, mas fiquei em silêncio e escutei.

— Nós tratamos os pacientes com o diálogo, com o objetivo de chegar ao que os aflige, conversamos sobre o assunto de sua escolha, ou seja, certamente coisas insensatas, mas, depois de todas as coisas insensatas, chegarão também às coisas razoáveis. Não todos, mas pelo menos alguns deles terão a felicidade de voltar a serem normais.

Enquanto passeávamos ao longo das grades em direção à saída da Nido, Klara me disse:

— Sim, alguns de nós terão a felicidade de voltar a serem normais. Só é necessário um pouco de tempo.

Atravessei o portão e, enquanto me distanciava, virei-me várias vezes. Klara estava lá, atrás das grades.

...

O tempo passava e, entre mim e Rajner, havia se instaurado certa frieza. Quando os nossos corpos se entrelaçavam, o dele se comportava como se o meu fosse um objeto móvel; quando ele me olhava, era como se olhasse algo inanimado. E eu não reconhecia mais a sua voz. Dentro de mim havia surgido uma dúvida, como acontece quando usamos uma bela roupa na qual ficou enfiada uma agulha que, de repente, nos espeta. Na época, Rajner já estudava filosofia e, no início, achei que ele tivesse mudado porque se dedicava demais à pesquisa.

Uma tarde, ele me disse:

— Está na hora de você ir embora, preciso ir à aula.

— Posso ir com você à faculdade — propus.

— Não — respondeu ele. — Por favor, saia. Preciso ir sozinho.

Acompanhou-me até a porta. Já fazia muito tempo que não era mais meigo comigo e, naquela ocasião, foi rude pela primeira vez.

Uma sombra escura me dizia que ele não iria a lugar algum. Eu sabia que ele estava esperando alguém. Não me afastei muito da sua casa. Fui até a esquina e fiquei à espera. Não passou muito tempo até uma jovem se aproximar da casa, depois a porta se abrir e ela entrar. Eu também queria estar lá e sentir a dor do que teria visto. Fiquei onde estava, apoiada na parede de um edifício. Agarrada à parede com as unhas. Não sei por quanto tempo fiquei assim e, quando a jovem saiu, eu queria ir até Rajner. Mas fui para casa.

No dia seguinte, contei a ele o que vira. Ele não tentou negar nada, mas, quando a dor atingiu a minha dignidade, quando caí à sua frente chorando, ele não tentou me consolar. Levantei as mãos, rocei seus dedos à procura de um pouco de esperança e compreensão, mas as suas mãos permaneceram imóveis. Ajoelhada no chão, levantei a cabeça e o encarei. Eu não conseguia reconhecer o seu olhar, os seus olhos estavam diferentes e haviam mudado já fazia tempo, mas, naquele momento, pela primeira vez, entendi por quê.

— Está na hora de você ir embora — disse Rajner, olhando o relógio.

Levantei-me e fui embora.

Mais uma vez, fiquei na esquina. Logo a jovem apareceu e entrou na casa de Rajner. Esperei muito tempo e, quando ela saiu, corri em sua direção, e ela, ouvindo meus passos apressados, se virou. Tinha uma expressão assustada, certamente esperava que eu lhe fizesse algo. Quando eu estava a poucos passos de distância, ela cobriu o rosto com as mãos como se quisesse se defender.

— Quero falar de Rajner Richter — disse-lhe.

Ela tirou as mãos do rosto.

— E quem é você? — perguntou.

Eu respondi apenas:

— Quero falar de Rajner.

— E o que você quer saber de Rajner?

— Eu sei tudo sobre ele. Ou quase. Apenas a sua presença na vida dele não está muito clara para mim.

— Ah, então você deve ser... — disse ela e, com a expressão do rosto, com um gesto indiferente, deu a entender que Rajner havia falado de mim.

— Gostaria de saber algo mais a seu respeito. E gostaria de saber o que você quer de Rajner.

— Quer se atormentar?

— Só quero saber — respondi.

— Só alguém que quer se atormentar pode querer saber as coisas que você deseja ouvir. Se você tem um pouco de amor-próprio, esqueça que Rajner existe.

Eu queria dizer que certas coisas, depois que acontecem, não nos permitem esquecer as pessoas ligadas àqueles fatos, mas ela já havia se virado e seguido o seu caminho. Não fui atrás dela. Encaminhei-me para a casa de Rajner, mas não bati à porta.

Voltei aos poucos para casa. Eu andava lentamente. Olhava os rostos felizes das pessoas na rua e, nos rostos que mostravam um olhar triste e os lábios arqueados para baixo, reconhecia o meu. Vi uma velhinha com uma sacola rasgada e maçãs caídas pelo chão. Ela se abaixou para recolhê-las, mas alguns meninos correram e as pegaram. Um rapaz e uma moça, sentados em um banco, entreolhavam-se com amor. Um garoto se afastou dos pais e veio na minha direção; partiu pela metade o chocolate que estava segurando e me deu um pedaço. Há momentos em que até as coisas mais doces são amargas.

Cheguei em casa. Papai me olhou e sorriu, somente por um instante.

— Nossa filha está ficando cada vez mais feliz — disse minha mãe.

Entrei no meu quarto. Aquele quarto era então realmente só meu. Em casa, só restávamos eu e meus pais. Logo depois que Sigmund fora viver no hospital, Anna se casara e fora com o marido para os Estados Unidos. Depois também se casaram Pauline e Marie, que moravam em Berlim. No ano em que Rosa se casou, Alexander também saiu de casa. Só fiquei eu com os nossos pais, sozinha comigo mesma, e não havia mais ninguém com quem dividir a minha dor nem mesmo no espaço do meu quarto, mesmo porque, quando eu falava com os meus familiares, nunca revelava os meus sofrimentos. Deitei-me na cama e virei a cabeça para a parede.

Por alguns dias, não fui à casa de Rajner, e, quando nos revimos, ele me disse:

— Você não teve coragem de falar com ela.

— Poderia ter falado. Achei que, se ela tivesse me deixado falar, eu a teria feito fugir de você.

— Ela quer que eu obrigue você a se afastar de mim. Nunca mais venha aqui.

— Mas eu não posso deixar de vir aqui.

— Esqueça que eu existo.

— Não posso.

— Se você tivesse um mínimo de dignidade, já teria me esquecido.

— A questão aqui não é dignidade, mas amor.

— O que você chama de amor é auto-humilhação, uma tortura infligida a si mesma. Vá embora e não volte nunca mais.

Eu disse que nunca mais voltaria, mas, já ao retornar para casa, sentia vontade de revê-lo.

Para mim, Rajner se tornou uma presença-ausência contínua. Ele não estava perto de mim, mas era eu que o tornava presente. Esqueci-me de mim mesma: eu caminhava pelas ruas, atravessava as pontes, olhava o rio; às vezes, dirigia o olhar para o céu, sentava em um banco; à noite, acordava e olhava para a escuridão; tudo isso era eu que fazia, mas eu não estava ali; Rajner, porém, estava. A ideia de que uma jovem lhe sussurrasse palavras carinhosas, a imagem dos nossos corpos que se uniam, a antevisão do futuro de nós dois, aquele futuro que eu e Rajner havíamos sonhado, o amor eterno, a família e a casa em Veneza, todas aquelas coisas estavam mais dentro de mim do que eu mesma.

E, todavia, dentro de mim, ainda estava viva a esperança de que um dia ele voltaria a ser o mesmo de antigamente, e toda aquela espera, aquelas amarguras e dores seriam levadas embora como em um dilúvio, depois do qual nossas almas se renovariam na pureza e se encaminhariam rumo à maturidade. Por isso, fui novamente à casa de Rajner, deparei-me mais uma vez com a sua frieza e tive de renovar a promessa de que não voltaria mais a procurá-lo. Saí da sua casa, mas uma parte de mim ficou lá, como uma sombra no chão.

Anos antes, quando eu era uma menina assustada e desiludida pelo ódio da própria mãe, eu achava que, um dia, chegaria a mão que me elevaria para uma existência melhor. Às vezes, eu até chegava a sonhar com aquela mão e, no sono, esticava a minha, mas a batia na parede e acordava. Então, na infância, eu encontrava alívio para aquela desilusão na convicção de que o peso chegaria ao fim no dia em que eu encontrasse aquela mão, quando a minha mão e a de outra pessoa, unidas, percorreriam a vida juntas. E, assim, dei minha mão a Rajner. Quando a mão dele não precisou mais de ajuda, ele me lançou novamente para a desilusão, como em um vácuo no qual, com a mesma velocidade, com a mesma lentidão, caíam a pluma e o chumbo, o sangue e a alma. Naquele vácuo, todas as desilusões vividas estão uma dentro da outra; através de cada novo sofrimento, doem também todos os sofrimentos anteriores; através da minha desilusão presente, eu também sentia a dor da desilusão da minha infância. Para não reviver as desilusões da infância, a infidelidade de Rajner deveria ser apenas uma dor de breve duração, algo a que eu pudesse dar as costas, fazendo-a desaparecer. Mas a nova dor despertava a velha ferida. A infidelidade de Rajner despertava a garotinha que, desde as primeiras recordações que definiam a sua vida, só tinha dor, como o sangue que escorre de uma ferida oculta. E não era eu, mas aquela garotinha que eu havia sido, e a ferida que continuava a sangrar em mim também nos períodos da vida em que eu não sentia dor, a me obrigar toda manhã, antes mesmo de acordar completamente, a ir até a casa de Rajner cheia de sentimentos de culpa, implorando para que ele me deixasse entrar. Aquela velha ferida me obrigava a perguntar a Rajner que fim tinha levado o Rajner que sentia medo de me perder, assim como havia perdido quem o adotara, o Rajner que tinha medo de ser abandonado, assim como fora abandonado pelos pais. Eu fazia essas perguntas, ele ficava em silêncio e, quando as perguntas se transformavam em pranto ou acusações, ele me mandava embora.

Certa manhã, uma daquelas manhãs em que eu implorava que Rajner me deixasse entrar na sua casa para suplicar ou acusá-lo, ele me disse que o amor entre ele e a jovem pela qual havia me deixado tinha terminado.

— Isso significa que podemos voltar a ficar juntos — disse-lhe.

— Isso significa que vou embora de Viena — respondeu Rajner.

— Então, quero ir com você. Aonde quer que você vá — afirmei, tocando seu ombro com os dedos.

— Não sei para onde vou. Talvez Veneza.

Veneza era o nosso sonho desde os tempos da idade da inocência.

— Vou com você para Veneza.

Ele tirou minha mão do ombro.

— Você pode ir para onde quiser. Mas não comigo. Você nasceu para ser a pedra na qual tropeçarão aqueles que você, mentindo, diz amar. Você não é capaz de amar. Quem ama de verdade não oprime com a própria dor as pessoas que deixaram de amá-lo. Mas você só quer trazer infelicidade. Para si mesma e para aqueles que você, mentindo, diz amar.

Estiquei novamente os dedos em direção ao seu ombro, mas ele os afastou com a mão antes mesmo que eu o tocasse e acrescentou:

— Não quero ver você nunca mais.

Eu queria magoá-lo. Queria causar com palavras a mesma dor que ele havia me causado naqueles meses.

— Você é igual ao seu pai. Não o de criação, mas o ladrão que, assim que soube da sua existência, fugiu daquela que carregava no ventre a sua semente. Você é igual à sua mãe. Não a de criação, que ensinou você a tocar piano e a amar a poesia. Você é igual àquela mulher cujo sangue corre em suas veias e que, para não dar o filho para adoção, jogou-o no meio da rua para que morresse de fome e não atrapalhasse quando os clientes estivessem no meio das suas pernas. Antigamente, você perguntava a si mesmo: "Quem sou eu?"

Agora você conhece a resposta. Você é o fruto de um ladrão e de uma prostituta. É isso que você é.

Rajner sentou-se lentamente na cama. Apoiou os cotovelos nos joelhos, apoiou a testa nas mãos. Aproximei-me e pedi desculpas pelas minhas palavras, mas ele não disse nada. Eu o ouvia respirar. Sentei-me ao seu lado e implorei que dissesse algo, até mesmo a palavra mais ríspida do mundo. Ele permaneceu em silêncio. Ficamos sentados assim por muito tempo, um ao lado do outro, calados. Fez-se noite, e ele não se mexia. Levantei-me e disse que voltaria no dia seguinte. Mas, no dia seguinte, não o encontrei em casa. Nem nos dias posteriores. Depois, um dos seus vizinhos me disse que Rajner tinha ido embora.

...

Certa noite, acordei, o sono ainda me enganava acerca da presença de Rajner ao meu lado na cama e, pela primeira vez, percebi que o coração, o ventre e a virilha palpitavam juntos, como uma coisa só. Até então eu nunca havia conhecido aquela doce dor e aquele desejo amargo de dar à luz uma nova vida. Levantei-me da cama e postei-me diante do espelho. Tirei lentamente a camisola e deixei-a escorregar até o chão. O luar caía sobre o meu corpo. Apoiei a mão sobre o estômago como se estivesse abraçando a vida, embora o ventre estivesse vazio.

Esperei acordada o raiar do dia e, depois, fui visitar Klara na Nido. Lembramos aquela sua conversa com Sara sobre a maternidade. Em seguida, fomos à loja que vendia os objetos feitos pelos internos da Nido. Passei na frente das vitrines, os meus dedos tocaram os objetos de madeira, papel e metal, as roupas e os móveis. Certos objetos chamavam a minha atenção e eu os colocava em uma sacola. Depois, quando fui pagar, tirei da sacola o que havia escolhido e Klara me disse:

— Você quer se tornar mãe.

Olhei o que eu havia escolhido. Na minha frente estavam uma touquinha de recém-nascido, uma manta pequena e um par de sapatinhos do tamanho de um polegar.

Ao chegar em casa, guardei tudo em uma mala no armário. Às vezes, eu pegava a mala, tirava os objetos e os arrumava sobre a cama.

Os anos passavam, mas eu não esquecia Rajner e, da mesma maneira, o meu amor e o meu ódio por ele me feriam. Eu costumava ir até a casa dele; se era dia, eu batia à porta, se era noite, olhava se havia luz por trás das cortinas, mas estava tudo vazio, como dentro de mim. Eu sentia o amor e o ódio me devorando, e ambos me causavam amargura, pois não tinham um alvo: eu não tinha a vida daquele ao qual estavam dirigidos, mas, ao mesmo tempo, gerava a sua presença.

Eu visitava Klara cada vez mais raramente, e uma vez disse:

— Eu gostaria muito de ver você com mais frequência. Mas vir aqui me dá medo.

Não disse do que tinha medo, mas ela intuía que eu não tinha medo do que via ali, mas do que carregava dentro de mim.

Os anos passaram e, em um dia de outubro, meu pai morreu. Dali em diante, minha mãe, ao me ver de manhã, em vez de me cumprimentar quando eu lhe desejava bom-dia, dizia que um outro dia vazio estava à minha espera. À noite, quando eu lhe desejava boa-noite, ela dizia que ficava muito desgostosa de ver a minha cama vazia. Entre a manhã e a noite, dizia provérbios tirados das Escrituras Sagradas, que talvez ela mesma inventasse, como, por exemplo, que a mulher sem prole não é um ser humano. E acrescentava:

— A sua vida é muito insensata.

Meu irmão, após o casamento com Martha, abriu um consultório em casa e trabalhava com os pacientes que tinham problemas psíquicos. Perguntei se podia me mudar para a casa dele, mas ele me explicou que o dinheiro não era suficiente e que eles não tinham espaço porque, a cada ano, nascia um filho: primeiro, Mathilde, depois, Martin, Oliver, Ernst, Sophie e, por fim, Anna. Todavia, quando ficávamos a sós pelo menos por um instante e quando, mais raramente, ficávamos a sós por mais de um instante, eu lhe suplicava novamente que me deixasse ir morar na casa dele. Supliquei até o dia em que ele me disse que Mina, a irmã da sua mulher, se mudaria para a casa deles.

Os anos passavam e eu sentia que não estava muito bem; ao me levantar de manhã, uma parte de mim permanecia na cama. Talvez porque eu quisesse me libertar de uma parte de mim, daquela parte que doía por causa da desilusão, mas a desilusão continuava a doer, por mais que eu me distanciasse de mim mesma. Aquela dor devastadora se tornou a minha única biografia. No cotidiano sempre igual, repetiam-se as mesmas banalidades e eu não percebia os anos que passavam. Até mesmo os meus sonhos se pareciam entre si. Uma vez, sonhei que a casa era inundada. A água chegava de toda parte. "Será o Dilúvio?", perguntava a mim mesma no sonho. Eu queria fugir, mas, das paredes, saía o choro de crianças. Eram os meus filhos, alguém os havia emparedado, eu pensava no sonho. Eu arranhava, escavava, a parede consumia as minhas unhas. A água caía sempre com mais força, cobria a minha cabeça e eu me afogava. E, debaixo d'água, continuava a ouvir o choro dentro das paredes.

...

Eu evitava me olhar no espelho e, cada vez que me encontrava diante de uma reprodução de Dürer, parecia que estava me vendo. Aquela criatura na gravura, com o olhar perdido no vazio, tinha asas, mas não era um anjo, era a alegoria da melancolia. Tinha a cabeça abaixada, que cairia sobre o peito se não fosse sustentada pela mão fechada em um punho. A outra mão, apoiada sobre o ventre, relaxada, mal segurava o compasso. Eu também tinha a cabeça abaixada, que caía sobre o peito; a mão fechada em um punho, como se devesse me defender da dor, mas que, sem se sustentar, tombava sobre as minhas pernas, enquanto a outra estava arriada, sem força, pois eu sabia que não me salvaria do naufrágio agarrando-me a um graveto.

O rosto da *Melancolia* de Dürer estava obscurecido pela sombra e, naquela escuridão, resplandecia o branco dos olhos voltados para o nada. Com o mesmo esplendor do branco dos olhos, o mar reluzia ao fundo e, no céu, havia um cometa com a sua luz maravilhosa que logo desapareceria do céu da Melancolia para afundar-se novamente na escuridão do seu mundo. Em algum canto, na superfície da água, era possível vislumbrar uma cidade. Ali estava o restante do mundo, ali estavam os outros, mas a Melancolia se encontrava abandonada, sozinha. Eu também olhava para o vazio, o meu céu era vazio e a escuridão me cobria. À minha volta estava o deserto e uma eternidade intransponível, que só Zenão poderia explicar; eu me separava de quem estava mais próximo de mim.

A Melancolia da gravura usava duas coisas para se salvar da própria dor: atrás dela, encontrava-se pendurado um talismã de forma quadrada no qual estavam escritos 16 números que deveriam atrair as forças taumatúrgicas de Júpiter, que podia sobrepujar as forças destrutivas de Saturno, que, por sua vez, aumentavam o sofrimento. Ao lado do talismã havia uma ampulheta e, atrás dele, um sino e uma balança. Na ampulheta, metade da areia havia descido, os braços da balança estavam suspensos, assim como o sino, como se, de um momento para outro, devesse soar a última hora. Ou, então, o tempo havia parado e a areia da ampulheta se paralisara, suspensa, e os braços da balança, em seu equilíbrio, mostravam que tudo havia chegado ao fim e não existia mais sentido, e o sino não tinha motivo para dobrar. A Melancolia estava sentada diante da própria construção inacabada, circundada pelos instrumentos, e mostrava uma expressão de quem renunciara a tudo, como se algo estivesse lhe dizendo que a construção nunca seria concluída; uma escada estava apoiada no edifício e, no chão, ao lado da parte inferior da escada, havia um bloco de pedra. Talvez a Melancolia tivesse de usar a escada para colocá-lo sobre o edifício? Mas o bloco de pedra era bruto. A Melancolia estava circundada por muitas ferramentas de carpintaria e de entalhe, mas tudo jazia inutilizado. Ela sabia que não terminaria nada, sabia que tudo seria em vão, que seria em vão fazer qualquer coisa naquele mundo, no qual tudo estava impregnado de inutilidade. Aquele edifício atrás da Melancolia era efetivamente a sua vida, a vida que, a despeito de como fosse vivida e edificada, permaneceria incompleta, uma existência vã. A balança ao lado da Melancolia servia somente para medir os pesos durante a construção, ou então representava o símbolo de um contínuo medir, de um contínuo pesar, de uma contínua hesitação? Viver ou não? Essa era a pergunta que aquela criatura fazia a si mesma com o rosto afundado na escuridão e o branco dos olhos que brilhava. A Melancolia na gravura de Dürer tinha asas que, mesmo sem serem puramente decorativas dificilmente a permitiriam voar. Talvez as asas servissem somente para aumentar seu peso e atrapalhar o seu deslocamento, como um triste fardo, para lembrar que ela poderia ter voado, mas que, agora, era tarde demais.

Viver ou não? A pergunta que a Melancolia de Dürer parecia fazer a si mesma havia se tornado a da minha vida. Eu tentava fugir daquela pergunta feita por uma sombra atrás de mim e, ao mesmo tempo, tentava evitar me olhar no espelho. A própria casa era como um espelho, sombra da sombra que me propunha o dilema entre existência e inexistência, e, assim, até mesmo quando o frio entrava em meus ossos, até mesmo quando o vento soprava com tanta força a ponto de eu ter de fechar os olhos, eu vagava pelas ruas, parava nas pontes e, dessa maneira, refrescava a alma como se fosse um vestido impregnado de um mau cheiro qualquer. Naquele girovagar pela cidade, meu olhar às vezes se detinha casualmente em uma grande janela, ou na água do rio ou de algum córrego, e, sem querer, eu via meu rosto, com o olhar perdido no vazio. E, toda vez, por mais que eu calasse a minha sombra interior, por mais que eu virasse o olhar para uma luz que deveria pôr de lado a sua existência, ela sempre fazia a pergunta: viver ou não?

Uma tarde, tendo eu voltado para casa após o longo vagar pela cidade, minha mãe me disse rindo:

— Um rapaz alegre está procurando você. Pedi que ele esperasse aqui, passamos um tempo no seu quarto, mas ele não é de falar muito.

Entrei no meu quarto. Na minha cama, estava Rajner.

— Voltei — disse.

Levantou-se e eu me aproximei. Nossas cabeças se encostaram na altura das têmporas. O sangue pulsava no sangue. Eu o ouvia respirar ofegantemente.

— Voltei, mas não sei por quê...

Afastei lentamente a minha cabeça da dele. O seu olhar havia mudado; nos seus olhos, eu via o vazio e o vazio me encarava. Rajner tinha 34 anos, um ano a mais do que sua mãe quando a encontráramos em uma manhã de segunda-feira no bairro abandonado de Viena. Parecia-se com ela, mas não no olhar. Ela, anos antes, dissera que o reconhecera porque ele se parecia com o pai. Parecia-se com a mãe na maneira como estava envelhecendo: estava calvo, seus dentes começaram a cair, os ossos estavam se deformando, os dedos haviam se curvado de maneira estranha, ele estava se encarquilhando. Sentamos na cama. Ele me disse que, de tudo o que os pais adotivos haviam lhe deixado, restava apenas a casa na Schönlaterngasse, tudo mais se dissipara em álcool e mulheres, ou, mais exatamente, se dissipara em mulheres enquanto ele bebia.

Apertamos a mão um do outro, como costumávamos apertá-las antigamente, quando, sob a vitalidade do corpo, sentíamos a maciez da alma; depois, sob a vitalidade do corpo, não sentíamos mais nada, mas, naquele momento, sob os corpos abraçados que mostravam uma velhice precoce, estavam novamente as nossas almas, como se tivessem esfriado, quebradiças, e não macias, mas, apesar disso, sentíamos aquelas confusas vibrações da alma.

Saímos de casa acompanhados pelo olhar zombeteiro da minha mãe. Ficamos em silêncio até a casa dele. Ali, tudo parecia abandonado, embora estivesse igual a antes: tudo estava em seu lugar, mas os anos de falta de ar e a poeira acumulada deram àquele espaço um aspecto diferente, como se estivesse morto. Os nossos passos deixavam rastros na poeira sobre o chão. Rajner abriu uma das cortinas e, atrás, surgiu uma figura em pé. Enquanto tirava a poeira dos espelhos com os dedos e as mãos, eu escutava Rajner, que, passeando pelo cômodo, me dizia:

— Sei que você acha que voltei para buscar consolação. Mas não estou buscando consolação. Só quem ainda tem vida dentro de si busca consolação. Dentro de mim, tudo já morreu. E nada mais poderá fazer a vida ressurgir dentro de mim. Perdoe-me, mas nem o seu amor é capaz disso. Antigamente, o seu amor, quando eu estava à beira do precipício, me acompanhava. Mas, agora, não sobrou nem um precipício no qual cair. Agora não existe mais nada para mim. Nem luta nem prazer. Eu lutava com o pensamento de ter sido abandonado. Nunca lutei pelo seu amor; para mim, era um presente. E talvez por isso eu o tenha jogado fora. Eu não sabia que o amor era um troféu que devia ser conquistado. Perdi o troféu e, assim, saí em busca de prazeres. Não encontrava gozo neles, mas gozava através deles. Cada prazer sucessivo era mais insípido, os prazeres mais fortes haviam perdido o gosto. Perdi todos os ideais. E, com eles, perdi a mim mesmo. Agora, tudo é insensato. Tanto a vida quanto a morte. Por isso, disse que não voltei em busca de consolação. Para mim, não existe consolação. Não sei por que voltei.

Tirei o pó do último espelho e, nele, vi Rajner atrás de mim. Virei-me. Enquanto nos beijávamos, sentimos o gosto da poeira que se depositara em nossos lábios. Quando ele afastou os dele dos meus, disse:

— Antigamente, eu perguntava a mim mesmo "Quem sou eu?" e esperava, através dessa pergunta, alcançar a essência que me liga a tudo o que resta no universo, e esse é o estado ao qual deve chegar todo ser humano que faz a mesma pergunta. Antigamente, eu perguntava a mim mesmo "Quem sou eu?". Agora eu sei: sou o nada.

No dia seguinte, falei com meu irmão. Ele concordou em acolher Rajner em seu consultório e, depois de alguns encontros, me disse:

— Ninguém pode ajudá-lo. Ele não quer se libertar do seu próprio tormento. O seu problema é simples: em sua base, está um trauma arraigado no fato de sua mãe tê-lo dado a outras pessoas quando ele tinha um ano. Mas ele não quer resolver o próprio problema. Sobrevive dentro dele.

— Não sobrevive. Sofre — rebati.

— Sobrevive, sofre, é a mesma coisa. Isso se chama sobreviver em um prazer negativo — explicou meu irmão.

Minha mãe partiu por alguns meses para as termas de Gastein, e eu fui morar com Rajner na casa dele. Na primeira manhã em que acordei naquela casa, ele me disse:

— Sonhei que construía uma casa. Mas eu a construía não para cima, mas para baixo. Eu não a construía, apenas escavava.

E perguntava a mim mesmo se aquela seria a minha casa ou a minha fossa. E cavava, cavava, cavava. Ficava surpreso com a velocidade com que escavava com as mãos. Como se estivesse engolindo a terra. E olhava para cima para ver que casa eu havia escavado. E, lá no alto, mal se via a luz: o sol era um pontinho distante. E eu continuava a cavar, até que o último raio de luz desaparecia e, assim, eu esquecia o que havia feito.

Às vezes, observávamos os retratos que o homem que fora como um pai para ele havia feito.

— Isto é tudo o que resta de mim — disse Rajner, recolhendo os retratos —, e isto também se tornará pó um dia. Esse nos retratos não sou mais eu; às vezes, havia um fio que ligava aquele menino, aquele moleque, a mim. Havia um fio que nos unia e conservava uma alma através do tempo. Muitas coisas não existiam mais, haviam surgido coisas novas e até então desconhecidas, mas o raio da alma permanecia igual. Agora, não tenho nada em comum com nenhum deles. Agora, não sou ninguém. Agora, é melhor que eu me torne nada o quanto antes.

Eu disse que aquele fio da alma que o mantinha unido desde o momento do nascimento não podia ter se partido, disse que o desespero impedia que ele o percebesse, mas ele balançou a cabeça e disse que o desespero não impedia que ele visse o fio, mas que fora a própria maneira como ele havia mudado a partir daquele fio.

Em seu corpo não havia nem paixão nem prazer quando fazíamos amor. Com aqueles movimentos, era como se ele quisesse apenas fugir do desespero, mas, desse modo, o desespero estava ainda mais presente em volta dos nossos corpos que se uniam. Mas eu continuava a sentir como pulsavam juntos, como se fossem uma única coisa, coração, ventre e virilha, sentia aquela doce dor e aquele amargo desejo de pôr no mundo uma nova vida.

— Quero ter um filho — disse-lhe certa manhã.

— Para jogá-lo na insensatez da existência?

Algumas semanas mais tarde, não me senti bem e vomitei. Também nos dias seguintes não passei muito bem e também tinha outro motivo muito válido para achar que carregava dentro de mim uma nova vida. Fui ao médico, que, após a consulta, confirmou:

— A senhorita tem razão em estar feliz, está grávida!

Enquanto passeava pelas ruas, eu sentia a felicidade inspirar e respirar comigo.

— Você está tão feliz! — disse Rajner quando me viu. — Eu só gostaria de me unir à sua felicidade, mas o meu desespero é mais forte do que o meu desejo.

— Você também deve ficar feliz. Quer se tornar pai?

— Eu já disse: não quero criar uma nova vida que, desde o nascimento, cairá na insensatez da existência.

— E por que a existência deve ser insensata? Depende de nós como o nosso filho viverá a existência.

Rajner não reagiu às minhas palavras. Depois, enquanto eu me levantava da cama, me aproximava da janela e abria as cortinas, ouvi-o dizer:

— Quero ver minha mãe.

Como muitos anos antes, fomos à casa da sua mãe. No corredor, uma garota pegava o dinheiro de um velho corcunda que, um pouco constrangido, saiu apressadamente. A garota olhou para mim e para Rajner.

— Quero ver Gertrude — disse Rajner.

— Gertrude?

— Sim — confirmou Rajner, e, sem ser convidado, entrou no aposento em que havia nascido. — Conheci-a exatamente aqui há cerca de quinze anos.

— Gertrude morreu — disse a garota. — Já faz muitos anos. Era inverno. Morreu de fome ou de frio. Ou das duas coisas. Nós que fazemos esse trabalho costumamos morrer por esses motivos. Nós a sepultamos da mesma maneira que a maioria de nós é enterrada, não em um túmulo, mas em uma fossa para indigentes. Mas não pense que é uma sepultura mísera. Até mesmo os imperadores foram enterrados dessa maneira. Todas nós que fazemos esse trabalho fomos à cerimônia. Centenas de garotas e mulheres estavam lá, em volta da fossa. As lágrimas se misturavam aos flocos de neve que derretiam sobre os nossos rostos.

Rajner aproximou-se da cama na qual, anos antes, sua mãe ficou sentada enquanto contava que o dera à luz exatamente ali. Ele se sentou no colchão e passou os dedos sobre o tecido rasgado.

— Mas por que o senhor estava procurando Gertrude? — perguntou a garota.

Rajner se levantou da cama, agradeceu à moça e saiu.

Enquanto caminhávamos, ele olhava para o chão. Depois disse:

— Eu poderia ter feito alguma coisa por ela.

Eu queria dizer para ele não se sentir culpado, mas sabia que, só raramente em sua vida, as palavras conseguiam transmitir tranquilidade ou consolação.

Quando passamos perto do Karl Theater, vimos que, no grande cartaz exposto ali na frente, estavam representadas cenas de algumas tragédias antigas. Na parede do teatro, alguém havia escrito com um pedaço de carvão um verso de Píndaro: "O homem é o sonho de uma sombra."

Depois permanecemos em silêncio, até chegarmos à margem do Danúbio. Rajner se lembrou daquele verso e disse:

— O fato de o homem ser apenas o sonho de uma sombra é o que preservou o sentimento do trágico desde o início do gênero humano até hoje. Kierkegaard disse que, apesar de todas as mudanças no mundo, a essência do trágico permanece inalterada, assim como o pranto naturalmente permaneceu inalterado no homem, embora eu não acredite que o trágico esteja sempre ligado às lágrimas. No fundo da alma humana jaz a pergunta sobre o sentido da vida. Quem chegou a tal profundidade, quem se afundou lá embaixo pelo menos por um segundo confrontou-se com a insensatez da existência e com o trágico. Existem pessoas que, tranquila e silenciosamente, vivem a existência de modo trágico. O trágico se alimenta da própria experiência da vida como insensatez, e não do modo em que essa experiência é contada.

Eu não queria que ele continuasse com seus pensamentos tétricos; portanto, disse:

— Eu gostaria de ir a algum lugar. Por alguns dias. Você se lembra de que antigamente sonhávamos morar em Veneza?

Ele anuiu e suspirou. Levantei-me e continuamos a passear ao longo da margem. Parecia que Rajner também queria iniciar uma conversa, mas o acre sedimento depositado dentro dele não lhe permitia falar de outra coisa.

— Viver a existência de maneira trágica significa questionar o sentido da existência e a existência em geral. A pergunta sobre o sentido da existência é a busca do que vai além do visível. É a busca da essência que não é composta apenas de matéria, mas essa busca só nos liberta do desespero quando achamos o sentido da própria vida, pois o sentido está ligado a tudo o que existe, ao sentido do ser humano em geral e ao sentido de tudo o que é e existe, já que as leis do mundo físico, se não houvesse nada além da matéria, acabariam por afundá-lo no esquecimento. Essa busca da essência, esse confronto com o trágico da existência não é algo que optamos por fazer. É um impulso, e a alma não sabe se precisa dele ou se é uma força desconhecida que a obriga a se confrontar com a insensatez. E talvez, a certa altura, a alma dirá: "Não aguento mais."

Falava como se estivesse lutando consigo mesmo e como se conhecesse havia muito tempo a via de escape daquela luta. Eu queria desviá-lo daqueles pensamentos, mas sabia que o ato de contradizê-lo não trataria a sua doença. Por isso indiquei a sombra que uma árvore na margem lançava sobre a água.

— Você se lembra de como brincávamos com as sombras dos dedos quando éramos crianças?

— O homem é o sonho de uma sombra — disse Rajner, e eu fiquei em silêncio. — Você vai se lembrar de mim com prazer? — perguntou-me em seguida.

— Por que você está falando assim? Nada acabou.

— Você não pode se lembrar de mim com prazer. Eu mesmo, além de esquecer a vida de quem me pôs no mundo, além de ter destruído a minha vida, também destruí a sua.

— Não diga isso.

— Por minha culpa, você ficou sozinha.

— Não estou sozinha. Você está aqui comigo.

— Eu já não existo mais. Você vai se lembrar de mim com prazer?

— Não há motivo para lembranças, eu estarei com você.

— Com prazer — disse com voz suplicante.

Enfiou a mão direita no bolso e sacou um pedacinho de tecido vermelho. Muitos anos antes, quando éramos crianças, eu havia arrancado e dado aquele pedacinho de tecido a Rajner no momento do nosso adeus para que ele se lembrasse de mim. E, naquele momento, ele punha aquele pedaço de tecido vermelho, do tamanho do coração de uma criança, na minha mão. Depois as nossas mãos se separaram e ele deu um passo. E outro. E mais outro em direção ao rio. Vi também o seu último passo e, em seguida, ele caiu na água e a corrente o levou embora.

Corri ao longo da margem, pedi ajuda e vi o corpo desaparecer. Depois senti o esgotamento que me afastava da dor e me aproximava da perda dos sentidos.

...

O rio devolveu o cadáver a uma pequena distância da cidade. As pessoas que me viram correr ao longo da margem, pedir ajuda, cair de joelhos, bater as mãos nas pedras e perder os sentidos me levaram para o hospital.

Eu estava deitada na cama e olhava para as mãos ensanguentadas. Uma loucura silenciosa me salvava temporariamente da dor. Eu falava com Rajner; naqueles momentos, ele ainda estava vivo para mim. Era a minha maneira de sobreviver.

— Você vai voltar, tudo passou, a sua busca eterna e a eterna perda de si mesmo, a sua frieza comigo e o meu desejo de aceitá-lo novamente com frieza, toda aquela dor, tudo passou, e também aquela sua pergunta para a vida, "Quem sou eu?", à qual a morte respondia: "Você não é nada!" E o modo como você encarava a morte e queria se abandonar a ela. Você vai voltar, Rajner. O rio era apenas um grande purificador, está me ouvindo, Rajner? É só uma nadada, esperarei você do outro lado do rio, Rajner, esperarei você lá onde tudo se transforma em uma outra existência, sei que você está aqui, Rajner, pegue a minha mão, olhe a minha mão, Rajner, acredite, vai ficar tudo bem, quando você terminar de nadar, quando você sair do rio, só vai precisar se trocar, só vai precisar pôr uma roupa nova e tudo ficará bem, acredite em mim, Rajner, acredite, como eu acredito em você, aqui está a minha mão, Rajner, segure-a e eu pegarei você; depois, iremos juntos rumo a uma vida diferente.

Eu dizia aquelas palavras para mim mesma, com os olhos fechados, e estendi a mão para Rajner, mas a mão bateu na parede. Abri os olhos; à minha volta, havia apenas leitos hospitalares.

Voltei à realidade e senti medo, as moças da minha idade, quando ficavam grávidas e não eram casadas, se suicidavam para não causar vergonha para a família; ou então eram expulsas das famílias, saíam de casa e começavam a trabalhar como prostitutas, ou então abortavam em segredo.

Eu jazia no leito do hospital com as mãos sobre o ventre e olhava o teto branco em cima de mim. Vieram-me à mente as palavras do profeta Jeremias: "Maldito seja o dia em que nasci! Que não seja bendito o dia em que minha mãe me pôs no mundo!" Eu jazia no leito do hospital com as mãos sobre o ventre e olhava para o teto branco em cima de mim. Depois fechei os olhos. Revirava-me na cama e amaldiçoava minha mãe, que não havia fechado as pernas e esmagado a cabecinha ensanguentada que mal saía de dentro dela; amaldiçoava o útero da minha mãe que me acolhera por nove meses e que não se tornara minha tumba; amaldiçoava o sêmen do meu pai e o seu desejo de se aproximar da minha mãe na noite da concepção; amaldiçoava também o primeiro dia das primeiras pessoas e sua primeira paixão. O desespero havia se transformado em dor física, eu me revirava na cama e amaldiçoava, não havia outra cura para a dor. E a dor continuava, como se a carne estivesse se desprendendo dos meus ossos e os ossos doessem por causa do desespero. Eu ficava sem fôlego, amaldiçoava também a respiração e aquela irrefreável necessidade de respirar. Perguntava a mim mesma quando aquela respiração e aquele sofrimento cessariam. Então, eu pensava que aquela dor nunca terminaria e que o desespero continuaria eternamente, eu não sabia que me separaria deles.

Quando saí do hospital, fui, aliás, fomos, eu e a criança dentro de mim, para a margem do Danúbio no ponto em que Rajner havia desaparecido. Fiquei ali por muito tempo, olhando a água. Ajoelhei-me e enfiei a mão na água, mantendo a outra sobre o ventre. Assim, nós três nos despedimos.

Naquela noite, telefonei para Sigmund. Ele disse que teria um pouco de tempo livre no dia seguinte e que poderíamos conversar visitando a exposição "A Mãe e o Filho de Deus", montada no Kunsthistorisches Museum. De todo o mundo chegaram quadros que representavam a Virgem Maria e Jesus.

Ficamos muito tempo diante da *Madona com o Menino Jesus* e da *Crucificação*, de Giovanni Bellini, enviados pelo museu Correr, de Veneza. Olhávamos a Virgem Maria que segurava o pequeno Jesus. No rosto do menino, entrevia-se a tristeza, os olhos entreabertos não tinham um olhar de uma criança, mas o de alguém que havia visto muito mais do que a infância, era um olhar voltado não para diante de si, mas para uma grande dor, para uma perda excepcional, como se aquele menino percebesse o próprio destino e a separação daquela que, naquele momento, o acudia e o protegia tão tranquilamente e que, muitos anos depois, embaixo da cruz, se desesperaria porque nada podia fazer contra a separação e a perda. Aquela dor se manifestava também nos lábios do menino e nos gestos das suas mãos, uma delas mantida no alto do peito, em cima do coração, enquanto, com os dedos da outra, ele se agarrava ao polegar da mãe, quase apontando com o indicador para baixo. A mãe não podia ver a perturbação secreta do filho; olhava para outro lugar, distante, alhures. O ponto no qual se fixava o seu olhar está em algum lugar fora do quadro. Estava totalmente dedicada a proteger o menino, sentado com as costas apoiadas na sua mão e no seu seio esquerdo, exatamente em cima do coração. A mãe não podia ver a perturbação do filho, mas, talvez, apesar disso, ela a intuísse, talvez também soubesse o que aconteceria, mas só não soubesse que seria assim, ela sabia que deveria acontecer e ficava serena na sua placidez. Aquele seu olhar voltado para o horizonte fora do quadro talvez fosse o olhar voltado para outra realidade, onde tudo se encontra, onde tudo foi, é e será, e dava o verdadeiro sentido ao quadro. Depois, olhamos a *Crucificação*, o rosto de Jesus, no qual havia apenas beatitude e horror, o rosto da sua mãe cheio de um tremendo desespero. Beatitude e desespero, como no outro quadro com a Mãe e o Menino, mas, naquele caso, a beatitude estava repleta de horror, a beatitude de Jesus no momento em que expira, e sua mãe, ajoelhada aos pés da cruz, estava desesperada, as mãos unidas, a cabeça reclinada, o olhar cego voltado para tudo o que tinha à sua frente, exceto a dor da alma, os olhos como se estivessem secos nas órbitas e, no seu lugar, apenas desespero. Olhamos por muito tempo um quadro e outro; depois, eu disse que todos os teólogos e filósofos que eu lera e que escreveram sobre aquele tema concordavam em dizer que o cristianismo, com as ideias de salvação e ressurreição, leva à superação do trágico. Eu afirmava que, no cristianismo, o trágico é anulado: quem sofria era culpado e punido com o sofrimento, ou então, se sofria sem culpa, era recompensado no além e o Reino dos Céus seria seu. A ideia da salvação e da imortalidade negava o trágico, afirmavam filósofos e teólogos.

— Todavia — argumentei com meu irmão —, veja aquele quadro. Não parece que ali a tragédia é imensa no momento em que a mãe vê a morte do próprio filho?

Meu irmão ficou em silêncio. Indiquei com a mão o quadro, os olhos da mãe perto do filho que morria, o corpo sem vida que exalava o último respiro diante dos olhos daquela que o havia parido.

— A salvação e a ressurreição negam o trágico ou apenas a consolação? — perguntei enquanto ainda mantinha a mão voltada para a Mãe e o Filho. — Neste mundo não há justiça. Nenhuma punição pode remediar uma injustiça, pois o passado não pode ser mudado e as injustiças sobreviverão junto com a sua derrota. E, se em outro mundo a justiça se realizasse pelo que foi perdido aqui, se, a quem sofreu uma injúria, fosse restituído o que havia sido perdido, não se trataria de uma volta à realização da vida, mas apenas de uma consolação: o que em um dado momento é perdido não pode mais se realizar, porque o que foi perdido era útil apenas no momento em que desapareceu. Assim, mesmo que a vida continuasse em outro mundo após a morte, a existência naquele outro mundo seria apenas consolação. No mundo material, tudo é uma grande injustiça e nunca saberemos se, depois desta vida, viveremos, em outra realidade, uma existência inconsolável qualquer. A única consolação deste mundo é a beleza.

Meu irmão começou a rir.

— E, se essa é uma pura constatação, soa bem: a beleza é a única consolação deste mundo — disse.

Afastei a mão da pessoa que sangrava sobre a cruz e da sua mãe, que, desconsolada, olhava na sua direção, mas meu irmão continuou a fixar aquela beleza, aquela consolação.

— Estou esperando um filho. De Rajner. — Meu irmão desviou o olhar do quadro, mas não me olhou. — Rajner morreu — acrescentei passando a mão sobre o ventre. — Alguém deve tirar o feto de dentro de mim — sentenciei, e meu irmão permaneceu em silêncio e olhou o chão à minha frente. — Quero que você o faça.

— O quê?

— Quero que tire o feto de dentro de mim.

— Não posso.

— Você sabe como fazer.

— Sei. Mas não posso.

Disse que encontraria um bom médico e uma enfermeira que se ocupariam de mim pelo tempo necessário.

— Temos de agir depressa. Depois de amanhã parto para Veneza.

— Veneza — repeti, e pensei que eu e Rajner sonhávamos viver em Veneza. — Não quero ir.

— Para Veneza?

— Não quero ir para o hospital. Não quero perder a criança na ala secreta para os abortos. Quero que aquela coisa — e ao pronunciar "coisa" senti como uma dor no regaço — seja feita na minha cama.

No dia seguinte, eu estava deitada com as pernas abertas sobre a minha cama. Em um canto, o doutor Kraus preparava os instrumentos. Perto dele estava a enfermeira, a senhorita Grubach, a ajudá-lo. Meu irmão estava sentado ao meu lado na cama. Sentia o meu medo.

— Não fique assustada — disse, apoiando a mão direita sobre a minha têmpora esquerda. Sua mão tremia. — Tudo vai correr bem.

— Bem? — perguntei. — Talvez corra bem, mas não tudo. Depois disso, não haverá mais nada.

— Não — retrucou meu irmão, e passou a mão da sua testa suada até a minha têmpora. — Será tudo igual a agora.

— Essa é a coisa mais assustadora — disse-lhe, e coloquei a sua mão entre as minhas. — Que tudo será igual a agora.

Apoiei as minhas mãos e a dele sobre a minha barriga. A maternidade é o dom de uma nova vida, mas, para mim, era algo mais. Era a continuação de uma vida que já havia terminado.

— Tudo será igual e tudo será nada.

— Não fale assim — disse meu irmão, e tirou a mão da minha barriga. Peguei a mão dele e a pus sobre os meus olhos. — Vai correr tudo bem.

O médico pediu que Sigmund saísse. A senhorita Grubach, com uma toalha embebida de um líquido acre que devia me adormecer, já estava sobre a minha cabeça. Meu irmão fez aquele nosso cumprimento secreto de quando eu era criança: com o indicador, tocou a minha testa, depois o nariz e os lábios. Eu queria responder ao cumprimento, mas só apertei os lábios e fechei rapidamente os olhos. Senti meu irmão que se levantava da cama e, depois, através da boca e do nariz, senti a toalha acre. Enquanto eu perdia lentamente os sentidos, materializou-se diante dos meus olhos uma lembrança distante: na idade em que, para mim, muitas coisas no mundo ainda não tinham um nome, meu irmão havia me dado um objeto pontiagudo e dito: "Faca."

Algumas horas depois, enquanto eu recobrava a consciência, a primeira coisa que senti foi uma dor no útero. Lentamente, aos poucos, aproximei os dedos do ventre. Abri os olhos, tudo tremia à minha frente, eu reconhecia com dificuldade os contornos das coisas à minha volta. Eu não sabia onde estava nem quem eu era. E a primeira coisa que me passou pela cabeça foi o nome do meu irmão.

— Sigmund — disse eu com o máximo de fôlego possível, sussurrando.

— Seu irmão está no aposento ao lado — informou-me uma indistinta voz feminina. Era a voz da enfermeira que deveria ficar comigo enquanto fosse necessário. — Devo chamá-lo?

Anuí.

A certa altura, a porta se abriu, olhei um pouco mais atentamente e, de maneira confusa, vi meu irmão Sigmund. Ele se aproximou da cama e se sentou ao meu lado. Pôs as suas mãos entre as minhas.

— Agora você está bem — disse.

— Nunca mais poderei estar bem — respondi.

Virei o rosto para a parede e vi uma mancha de sangue. Meu irmão notou a fixidez do meu olhar.

— Foi por causa da desatenção do doutor Kraus — observou.

Aquela marca na parede era tudo o que me restava da criança abortada.

Ficamos em silêncio. Depois, eu disse:

— Está na hora de você ir.

— Ficarei aqui esta noite.

— Você vai viajar.

— Viajo amanhã.

— Você precisa se preparar.

— Estou pronto.

Senti o pesadelo passar lentamente e, no lugar dele, naufraguei em uma dor amarga; por isso, supliquei:

— Por favor, vá embora.

Fiz aquele nosso cumprimento secreto de quando éramos crianças: levantei a mão e, com os dedos, toquei a testa dele, o nariz e a barba. Minha vista estava ofuscada e eu não conseguia ver se havia lágrimas em seus olhos. Ele se inclinou e beijou minha testa. Virei a cabeça para a parede, para a mancha de sangue, e ele saiu rapidamente do quarto.

Passei aqueles dias em certa confusão, sabendo que não podia sentir a dor, como se, junto com o feto, tivessem tirado de mim também a parte da alma que podia sofrer.

Quando minha mãe voltou das termas, notou a mancha de sangue na parede ao lado da minha cama, mas não perguntou nada. Perguntou se eu queria ir com ela visitar Sigmund, que acabara de voltar com a família dos Bosques de Viena, onde havia passado o restante das férias depois da viagem a Veneza. Eu disse para ela ir sozinha e não a acompanhei mais aos almoços de família. Quando meu irmão ia visitá-la, nas manhãs de domingo, eu saía de casa antes que ele chegasse.

Aproximava-se o dia do aniversário da nossa mãe e tínhamos decidido nos encontrar todos na nossa casa. Fiquei dias arrumando a cozinha, preparei a comida e, na noite de 18 de agosto, os convidados começaram a chegar. Anna havia voltado após muitos anos nos Estados Unidos, e Pauline e Marie vieram de Berlim, todas com as relativas famílias. Rosa estava sentada com as mãos sobre o ventre, grávida. Esperavam ainda que Sigmund e Alexander chegassem para poder dar início aos festejos. Em volta da minha mãe, os netos brincavam. Eu ouvia as vozes felizes e também queria dizer alguma coisa, mas fiquei em silêncio, perto da porta.

— Não há nada mais bonito para uma mãe do que ver os próprios filhos felizes — disse nossa mãe, acariciando as cabecinhas dos netos. — E Adolfine ficou sozinha — acrescentou e virou-se para mim. — Eu dizia que você ficaria sozinha. Via que você não sabia o que era necessário fazer na vida. Dei conselhos, mas você não me escutou. E, agora, veja. Veja a felicidade deles. E a sua vida é um grande vazio.

Anna, a caçula do meu irmão, que mal sabia andar, veio na minha direção e se jogou em cima das minhas pernas. Peguei-a no colo e aproximei-a do meu rosto. Ela ria e batia as mãozinhas no meu rosto.

Então, minha mãe pronunciou as palavras esquecidas havia anos, ditas no início da minha vida:

— Teria sido melhor se eu não tivesse parido você.

A dor sempre estivera presente desde o início da minha vida, algo como um silencioso gotejar de sangue de uma ferida oculta. Uma gota após a outra. E, naquele momento, ouvindo mais uma vez as palavras que muito tempo antes provocaram aquela primeira ferida, notei todo o sangue que escorria dela e de todas as feridas subsequentes.

Fiz com que Anna descesse lentamente para o chão e fui para o meu quarto. Abri a mala onde estavam as roupas de bebê. Abri-a e tirei tudo o que havia dentro, uma touquinha, luvinhas, um par de sapatinhos do tamanho de um polegar, uma mantinha... Arrumei aquelas coisas no armário e enchi a mala com as minhas roupas. Depois, fechei-a, peguei-a e saí. A menina ainda estava me esperando no corredor e veio novamente na minha direção, porém eu me encaminhei para a outra porta, a abri e saí. Enquanto descia a escada, ouvi a pequena bater com as mãozinhas na porta.

Quando entrei com a mala no quarto de Klara, ela não ficou surpresa e se limitou a perguntar:

— O medo passou?

Fiz que sim com a cabeça.

Peguei a minha mala. Nós a abrimos como se estivéssemos tirando as fraldas de uma criança, pegamos as minhas coisas e as colocamos no armário ao lado da cama.

Na primeira manhã em que acordei na Nido, ao abrir os olhos, ouvi a voz de Klara:

— Como você passou a noite?

Virei-me e a vi deitada na cama encostada na parede oposta.

— Bem — respondi e apoiei a mão no peito.

— Alguma coisa está doendo no seu peito? — perguntou-me ela. Permaneci em silêncio. — Essa vida dói dentro de você, mas isso também vai passar.

Até aquele momento, ninguém jamais demonstrara ter notado a dor que eu carregava dentro de mim desde a infância como se quisesse arrancar o coração do meu peito. Se a minha dor sumisse, assim como a ferida oculta que a havia causado, Klara notaria assim mesmo a marca por ela deixada.

À tarde, Klara foi para a cozinha, onde trabalharia naquele dia. Eu não estava me sentindo muito bem e fiquei na cama; depois, uma das enfermeiras de plantão foi falar comigo:

— Tem uma pessoa que quer vê-la.

Enquanto a enfermeira saía, meu irmão entrou.

— O doutor Goethe me disse que você estava aqui — explicou.

— Sim, estou aqui.

Convidei-o a se sentar na minha cama. Levantei-me, peguei o travesseiro entre os braços e sentei-me em uma extremidade da cama enquanto meu irmão se sentava na outra.

— Por que você saiu de casa? — perguntou. Eu não sabia o que responder. — Você poderia pelo menos ter dito para onde ia... — acrescentou. Fiquei em silêncio. — Mas, agora, isso não tem importância... Você vai voltar para casa hoje.

— Não posso voltar para lá.

— Você não tem outro lugar para onde ir. Aquela é a sua única casa. E, mesmo que você não queira, precisa voltar para lá.

Fiquei em silêncio.

Ele me olhou por muito tempo e, depois, com voz abonada, disse:

— Venha comigo.

— Vou ficar aqui — respondi.

# QUINTA PARTE

...

Todas as pessoas normais são normais da mesma maneira; mas cada louco é louco a seu modo.

A clínica psiquiátrica Nido estava situada no coração de Viena, porém era um lugar apartado do restante do mundo.

À noite, os gritos cortavam o silêncio na escuridão dos grandes dormitórios. Eram os gritos de quem está condenado a dividir a própria loucura com a dos outros. Entre os gritos daquelas noites que se seguiam uma após a outra, ano após ano, havia aquelas pessoas que permaneciam mudas, que desejavam o silêncio, que queriam somente um fragmento daquele mundo no qual podiam virar a cabeça com tranquilidade e passar a noite. Naquelas noites, respiravam ofegantemente, ou choravam, ou rezavam, embora não soubessem a quem dirigir suas preces, pois haviam renunciado a Deus fazia muito tempo, desde que Ele renunciara a elas. Ou então respiravam lentamente para suportar uma dor que carregavam no peito, como um emaranhado no qual estava enrolada a pergunta sobre o porquê da sua existência, se é que aquilo era uma existência, e ficavam felizes enquanto o emaranhado envolvia aquele pensamento, pois o pensamento desnudado, sem aquele emaranhado à sua volta, seria insuportável. Depois, o cansaço de terem de enfrentar os ruídos os afligia; os berros e gritos da clínica psiquiátrica Nido, como se estivessem se afastando deles, como se viessem de longe, não eram mais vozes humanas, mas apenas sons provocados pela dor humana transformada em ira, após o gongo do destino.

Nos outros quartos, nos quais dormiam duas pessoas, pares, felicidade e tristeza uniam-se em um nó.

Durante o dia, uma garota contava os dedos do pé, uma velhinha tentava passar uma corda no buraco de uma agulha, um velho falava com a parede, um jovem tremia aterrorizado pela manga direita da própria camisa, uma mulher... um homem... Durante o dia e tarde da noite na Nido, todos faziam algo que os levava para outros mundos, diferentes, separados, sós.

Toda noite, antes de dormir, uma mulher ficava fitando a escuridão por muito tempo e, depois, murmurava:

— Mundo, boa-noite.

Meu irmão escreveu que "cada pessoa permanece sendo uma criança da própria época, até nas características mais íntimas". Teria sido possível dizer que cada louco era uma criança da própria época, mas as características da loucura eram as mesmas em todas as épocas.

A loucura nascera junto com o gênero humano; talvez o primeiro homem, aquele que disse pela primeira vez "Eu", não tenha notado que aquele Eu era fragmentário. Então, na primeira infância da humanidade, os membros da comunidade olhavam para aqueles que eram diferentes da mesma maneira que olhavam para um milagre sem explicação, para o movimento do sol de um lado a outro do céu ou para um raio.

O tempo passou e o homem começou a tentar atribuir uma explicação às coisas, e assim o raio era a lança celeste de uma divindade encolerizada, o sol era o deus que viajava através do céu, a loucura era a consequência da possessão por parte de forças divinas ou demoníacas. Quem sabe os possuídos, tendo fugido de casa, se escondessem nas tocas dos animais sem entender que os bichos que viviam ali dentro os devorariam? Quem sabe se, na caça, em vez de atirarem a lança contra a presa, eles deixassem a arma no chão e se ajoelhassem diante do animal? Quem sabe se lançavam pedras contra o sol, achando que podiam apagá-lo? Em todas as comunidades primitivas, o tratamento para todos aqueles que eram considerados possuídos por forças demoníacas era abrir um buraco em suas cabeças para fazer com que o demônio da loucura saísse. Os corpos que não sobreviviam à saída do demônio eram jogados longe do lugar onde moravam para que o demônio não se apoderasse de outro membro da comunidade.

As épocas passaram e o homem começou a explicar as coisas para si mesmo de uma maneira diferente: o raio era o resultado de um choque de nuvens, o Sol era um corpo celeste que girava em volta da Terra, mas a loucura continuou a ser a consequência da possessão das forças divinas ou demoníacas. Nas Escrituras Sagradas, a loucura era a punição por alguém não ter escutado o Senhor: "Deus o castigará com a fúria, com a cegueira e com a loucura." Essa era a punição segundo o Velho Testamento. No Novo Testamento, a loucura é representada como possessão por parte de forças malignas das quais a pessoa em questão deve se libertar. E também para outras religiões, a loucura significava cair sob a influência de forças obscuras como consequência da luta entre Deus e Satanás. Mas havia alguém que procurava uma explicação diferente. Na época em que os seus conterrâneos e contemporâneos interpretavam o nascimento da loucura como influxo da deusa Hera ou a identificavam com Ares, o deus da guerra, um discípulo de Hipócrates escreveu que a loucura não era provocada nem por forças benignas nem por forças malignas. Era apenas o nosso cérebro que nos tornava "loucos ou delirantes, provocando o horror e o medo". Muitos séculos mais tarde, Areteu da Capadócia, na obra *Das causas e sinais das doenças agudas e crônicas*, escreveu: "O paciente pode achar que assumiu outra forma; alguns acreditam ser um passarinho, outros, um galo ou então um vaso de cerâmica; um outro acredita que é Deus, um orador ou um ator que detém o cetro do mundo; alguns choram como recém-nascidos e querem ser pegos no colo ou julgam ser um grão de mostarda e tremem o tempo todo porque têm medo de ser engolidos por uma galinha." O médico capadócio apontava a melancolia e a mania como os dois polos da loucura: "O melancólico se isola, tem medo de ser expulso ou trancafiado, atormenta-se com as ideias supersticiosas, odeia a vida, a amaldiçoa e deseja a morte; por outro lado, aqueles que não são acometidos por melancolia, mas apenas por mania, estão em um estado de fúria, excitação ou alegria descontroladas e podem se sentir inspirados a realizar grandes empreendimentos para os quais não dispõem dos instrumentos necessários, ou ainda podem matar alguém sem um verdadeiro motivo." Às vezes, os dois polos da loucura se manifestam na mesma personalidade: "Alguns pacientes melancólicos caem na mania", enquanto quem era eufórico por causa da mania e é acometido pela melancolia "se torna, após a afecção, incapaz, triste, taciturno, lamenta-se de ter medo do próprio futuro, sente-se constrangido". E a roda gira mais uma vez, em uma alternância contínua entre melancolia e mania.

Os séculos passaram e ficou claro que não era o Sol que girava em torno da Terra, mas o inverso; para os fenômenos naturais, foi encontrada uma definição; todavia, os intermediários de Deus continuavam a julgar os loucos como possuídos pelo demônio e, realizando a vontade divina, estabeleciam se os possuídos deviam ser tratados com preces ou enviados em peregrinação para um lugar santo, para que obtivessem a cura. Se julgavam ter à sua frente não um caso de possessão, mas um pacto voluntário com o Diabo, a punição era a morte na fogueira, o enforcamento ou o afogamento. Quando iniciou na Europa a época do racionalismo, os loucos não foram mais vistos como pecadores que haviam caído sob a influência das forças malignas, mas como pessoas perigosas ou que não podiam ficar na sociedade, pois sua presença perturbaria o funcionamento da comunidade. Mas, mesmo então, uma das causas da loucura provinha de Deus. No Renascimento, a loucura era vista como a consequência de três pecados principais: a loucura da imaginação, quando a pessoa acreditava ser alguém ou alguma coisa que não era; a loucura como punição divina e a loucura como consequência de uma paixão excepcional. Em todas as grandes cidades havia um cárcere reservado aos loucos. Ali, não eram tratados, mas apenas punidos; a loucura não era considerada uma doença, mas uma maldade. Aqueles que se definiam normais sempre sentiram necessidade de estabelecer um limite entre si mesmos e aqueles que eram considerados loucos. As autoridades das cidades que surgiam à beira-mar pagavam capitães para recolher os loucos. Assim, zarpavam navios com os pobres loucos amarrados na proa. Se sobrevivessem à sede e à fome, se não fossem ceifados pelo vento e pelo frio, eram desembarcados secretamente no primeiro porto e, caso isso não fosse possível, eram abandonados em algum pedaço de terra desabitado ou jogados na água. No século XVII, Reginald Scott, Edward Jorden e Thomas Willis afirmavam em suas pesquisas que a loucura não era uma aliança com Satanás nem uma possessão, mas uma doença dos nervos e da razão. Mas a crença de que o ofuscamento da mente era provocado por forças obscuras sobreviveria entre os intelectuais. Na Universidade de Jena, no fim do século XVII, o professor de medicina Ernst Friedrich Vedel explicou aos seus alunos como o Diabo se manifestava nas pessoas através da loucura. Mas, muito mais tarde, John Locke afirmou que até mesmo a religião podia ser racional, e Thomas Hobbes interpretou a loucura como um erro do pensamento provocado por um mecanismo defeituoso no corpo. E, paralelamente a isso, as prisões para os loucos continuaram a parecer lugares de punição para os seus malefícios: nos dois mais conhecidos, Salpêtrière e Bicêtre, em Paris, os doentes eram tratados como animais, e alguns deles eram trancafiados em celas subterrâneas com correntes no pescoço, amarrados aos postes da vergonha. Se algum estúpido de fora quisesse assistir àquele tormento, os guardas o permitiam em troca de algum dinheiro e, às vezes, até levantavam os chicotes contra os corpos daqueles coitados, como em um espetáculo circense.

No século XIX, a religião e as instituições carcerárias finalmente deixaram os loucos para a psiquiatria. A loucura não era mais um pecado em relação a Deus nem uma malignidade, mas apenas o fruto de uma existência atormentada, de uma vida fracassada, como uma oportunidade não desenvolvida. A experiência que o homem tem uma única vez, a vida, os loucos destruíam com a insanidade, vivendo-a inutilmente. A vida na loucura era um erro ou um investimento falido da natureza e de Deus.

Na Nido, todas as janelas dos quartos davam para o parque no centro do hospital. O parque era recoberto de grama macia, atravessado por aleias ladeadas por filas de bancos. Em certos pontos do parque, havia árvores, agrupadas de maneira que parecesse uma cenografia teatral, que deveriam abafar os sons. À noite, após o pôr do sol, eu e Klara ficávamos perto da janela e olhávamos o cair da escuridão.

Na Nido, havia pessoas que temiam a escuridão como se ela fosse a morte.

Quando percebíamos que o silêncio havia chegado, eu e Klara nos calávamos de repente, a despeito de quanto fosse importante o que estávamos dizendo. Desejávamos o silêncio, que, na Nido, era uma raridade. No quarto em cima do nosso, ficavam Hans e Johan: um caminhava com passos lentos e pesados, como se tivesse tamancos no lugar dos pés, o outro andava depressa e na ponta dos pés. No quarto ao lado, Krista falava sozinha sem parar, sobretudo culpando-se por alguma coisa. No outro quarto ao lado do nosso, ficavam Beata e Herta, que costumavam rir tristemente. Às vezes, batiam a cabeça ou os punhos na parede. Golpes fracos, como uma dor esquecida. Dos outros quartos, provinham gritos, aulidos, choros, risadas, uivos, lamentos e pancadas. O silêncio era tão raro que o desejávamos até nos momentos em que estava presente: talvez sem perceber, ficávamos em silêncio, parávamos de falar, não porque quiséssemos conscientemente ouvir o silêncio, mas porque nossa voz travava como acontece diante de um milagre.

O gênero humano sempre percebeu, mas nunca conseguiu demonstrar se era real ou apenas fruto da imaginação, aquela sensação de possuir uma luz imaterial, algo que continua a brilhar mesmo quando o corpo se apaga. Essa luz é formada por um grande número de raios, e cada um deles representa uma característica essencial do homem. Assim, as pessoas, com base na natureza dos raios que carregam dentro de si, formam constelações. Cada uma dessas constelações é constituída por muitíssimas pessoas, cada indivíduo pertence a um número de constelações correspondente aos raios que compõem a sua luz; a cada constelação está ligado um número incalculável de indivíduos que talvez não se conheçam, que talvez nunca venham a se encontrar: para fazer parte de uma constelação não é importante estar perto das pessoas daquela mesma constelação nem viver no mesmo período, mas apenas ter na própria luz imaterial aquele raio que é a característica da própria constelação. Alguns desses raios são típicos da loucura. As constelações de pessoas criadas pela loucura se entrelaçam com outras, porém é como se cada uma daquelas constelações criadas pela loucura vibrasse em um céu separado, por conta própria.

Na Nido, sobre as mesinhas de cabeceira ao lado das camas, havia várias recordações das vidas passadas.

A nossa vizinha Krista tinha na mesinha de cabeceira a primeira mecha cortada dos cabelos da filha e o primeiro dente de leite dela.

Toda vez que alguém entrava no seu quarto, o seu olhar se desviava para a mesinha de cabeceira durante a conversa. Krista esquecia que já havia repetido infinitas vezes a mesma coisa.

— Esta é a minha pequena Lote — dizia e pegava a mecha e o dentinho, olhando-os como uma criança que olha um caco de vidro, como se fosse algo precioso.

Havia sempre as mesmas coisas sobre as mesinhas de cabeceira da Nido: pedacinhos de tijolos, fotografias, cartões com tinta desbotada, penas de aves, pés de cadeiras, roupas, fragmentos arrancados de cortinas, bolsos, botões, espelhos, pedrinhas, pedacinhos de madeira entalhada, cadarços de sapatos, fitas para bordados, panos, contas, mãos, pés, corpos e pernas de bonecas e algumas bonecas inteiras.

Em cima de algumas mesinhas de cabeceira, os objetos estavam arrumados com capricho, às vezes em uma ordem muito precisa; já em cima de outras estavam espalhados de maneira caótica. A partir do caos e da ordem das mesinhas de cabeceira, da maneira como estavam arrumadas ou bagunçadas, da excepcional geometria da ordem ou do caos, era possível ler a geometria da vida passada, algo que quem estava na cama ao lado daquelas mesinhas e tinha vivido aquela existência com base naquela incrível geometria não podia ou não sabia exprimir com palavras.

Sobre a mesinha de cabeceira de Klara havia um desenho. Ninguém diria que seu irmão o fizera: uma mulher, virada de costas, apoiada sobre a borda de alguma coisa.

A minha mesinha de cabeceira estava vazia. Havia muitas mesinhas de cabeceira vazias na Nido.

No fundo da ala leste do hospital, havia uma pequena biblioteca. Alguns de nós folheavam rapidamente os livros da primeira até a última página e, depois, da última até a primeira. Outros, do momento em que se sentavam até o momento em que se levantavam, não viravam uma página sequer, olhavam fixamente para uma letra, um ponto, uma vírgula, um ponto de exclamação ou de interrogação. Outros ainda liam.

Às vezes, Klara pegava o desenho que mantinha sobre a mesinha de cabeceira. Aquele desenho, feito sobre um pedacinho de papel, estava por acaso no bolso do irmão quando ele foi visitá-la certa vez. Gustav tinha o costume de ficar com as mãos nos bolsos enquanto falava e, depois, no fim da conversa, tirava-as lá de dentro e, dos bolsos, caíam lápis, gizes, borrachas, moedas. Uma vez em que foi visitá-la, tirou as mãos dos bolsos e um pedacinho de papel amarfanhado caiu no chão. Desde então Klara mantinha o desenho sobre a mesinha de cabeceira e, às vezes, o pegava e olhava. Ali, em uma margem daquela pequena folha, havia uma mulher de costas. Além da borda, estendia-se o vazio. Uma vez, depois de ter observado demoradamente o desenho, Klara disse:

— Fico me perguntando se essa mulher está olhando para dentro do abismo ou se está na sua beirada com os olhos fechados.

Nas tardes de sol, saíamos para passear no parque. Todavia, se alguém encontrava uma justificativa suficientemente séria, podia ficar no edifício. Às vezes, eu ficava no quarto, a minha justificativa era dor de estômago ou de cabeça. Então, eu ficava perto da janela e observava quem estava no parque. Alguns rolavam na grama como crianças, outros ficavam sentados nos bancos e conversavam, outros discutiam; alguns ficavam sozinhos, pensativos, sorridentes, impassíveis, ou então choravam. A janela me separava daquele mundo e me levava para outro, a partir do qual eu podia me observar.

Um dia, enquanto eu olhava pela janela, notei um homem que, dando as mãos para duas crianças, se aproximava de uma mulher que estava passeando no parque. Quando ela os viu, levantou-se e ficou como que petrificada, petrificando assim os três visitantes também. Em seguida, o homem disse alguma coisa para ela, indicou as crianças e apoiou as mãos sobre as suas cabeças.

Entre uma frase e outra, parava, provavelmente à espera de uma resposta. Da minha janela só era possível ver a mulher de costas. Eu não conseguia ver a expressão do seu rosto nem saber se ela estava dizendo algo. A expressão do homem revelava que estava tentando em vão extorquir-lhe alguma coisa. A certa altura, pude entender pelo seu rosto que ele havia desistido. Depois, deu um passo na direção da mulher, abraçou-a e as mãos dela se mexeram imperceptivelmente, como se estivesse tentando reagir ao abraço. As crianças se aproximaram: ambas a abraçaram em volta da cintura. A mulher não se abaixou, ou não conseguiu se abaixar. O homem e as crianças encaminharam-se para a saída da Nido; antes de passar pelo portão, viraram-se para a mulher, levantaram os braços e a cumprimentaram. Ela levantou a mão como se estivesse levantando um objeto pesado, fez um movimento que mal dava para se ver no ar, parecido com um cumprimento, e deixou que a mão descesse lentamente ao longo do corpo. Uma das crianças se soltou do homem e deu dois passos na direção da mulher, dois passos que, depois, se tornaram uma corrida, mas, de repente, a criança parou. Em seguida, virou-se. A outra criança e o adulto se aproximaram e todos saíram juntos pelo portão. A mulher ficou muito tempo em pé, como se estivesse petrificada. E, enquanto ela estava ali, no parque, eu tinha a impressão de que ela estava na beirada de um abismo. Tentei imaginar o seu rosto, mas não consegui. Perguntei a mim mesma se ela estava olhando para dentro do abismo ou se estava na sua beirada com os olhos fechados.

A vida havia repentinamente se voltado contra Krista, a nossa vizinha na Nido. Tudo aconteceu antes que a levassem para lá. Talvez o motivo tenha sido a morte do marido, mas, quando se trata de loucura, ninguém pode ter certeza de nada. De repente, ela passou a não reconhecer mais as pessoas à sua volta. Olhava os pais como se estivesse olhando para a parede. Olhava a filhinha nascida alguns meses antes como se estivesse olhando para um objeto. Quando a levaram para a Nido, algo dentro dela acendeu de repente. Ela começou a se movimentar, a comer e a se lavar sozinha, e também a passear no parque e a costurar. Quando os pais e a filhinha iam visitá-la, porém, era como se ela voltasse no tempo, enrijecendo-se completamente. Depois, quando eles iam embora, ela começava a chorar pela filha e implorava que eles a devolvessem. Uma vez, quando os pais souberam o que acontecia depois que voltavam para casa, levaram embora Krista, que passou algumas semanas completamente imóvel com eles. Em seguida, levaram-na de volta à Nido e, assim que foram embora, Krista começou a se mexer e a se queixar por causa da filha.

As suas lamentações em voz alta continuavam por horas a fio depois que os pais tinham ido embora. Nós entrávamos em seu quarto e tentávamos convencê-la de que traríamos a sua filha, mas ela parecia não nos ouvir. No momento em que a mentira alcançava a sua mente, Krista se limitava a balançar a cabeça, ficava em silêncio e a vida continuava.

Na época em que as pessoas ainda acreditavam que a Terra era plana como um ladrilho, tremiam ao pensar no Juízo Final, tinham medo das penas do inferno e esperavam ir para o paraíso; era costume, em todas as cidades, que os loucos às vezes fossem trancafiados em jaulas e levados para a praça. Ali, estavam presentes todos os cidadãos, os dignitários da cidade, os artesãos e os padres, os militares, as mulheres, as lavadeiras, as crianças, os velhos, os médicos, os pescadores, pessoas honradas e ladrões. Todos esperavam o grande evento, que tinha início com a abertura das jaulas, de onde saíam os prisioneiros. Assim que punham os pés do lado de fora, eram acolhidos por gritos entusiasmados da multidão, saíam e olhavam com surpresa, murmurando coisas incompreensíveis, com as roupas esfarrapadas. À sua volta, os guardas da cidade formavam um amplo círculo e se certificavam de que os loucos permaneciam em grupo. Os guardas ficavam firmemente agachados para não atrapalhar a visão dos espectadores. Todos observavam os loucos, e os loucos também observavam as pessoas reunidas na praça, encaravam-se uns aos outros. Alguém em meio à multidão, talvez até um padre ou um ladrão, dirigia palavrões aos loucos. Alguns respondiam, enquanto outros permaneciam submersos no próprio mundo ou na confusão provocada pelo fato de estarem se deparando com tantos olhares. E a multidão esperava. Uma criança pegava alguns pedregulhos, esgueirava-se por entre as pernas de um guarda e fazia pontaria nos loucos. Com uma pedra, mirava em uma mulher que chupava os próprios dedos. Com outra, acertava o pé de um velho que tentava dizer algo aos outros trinando como um passarinho. A terceira não alcançava o objetivo, mas caía em algum lugar entre os loucos. Aquela mulher parava de chupar os dedos e começava a gritar histericamente. O velho parava de assobiar como um pássaro e começava a gritar com os outros. Outros loucos se agitavam, alguns deles apoiavam o velho gritando contra a multidão, outros começavam a correr sem sair do lugar, outros ainda rolavam no chão, alguns riam e emitiam sons semelhantes ao grasnar das aves, outros se coçavam da cabeça aos pés e vice-versa. As pessoas reunidas ficavam empolgadas ao ouvir aqueles gritos, os gritos de raiva e desespero dos malucos. Um dos mais loucos mantinha os braços levantados horizontalmente e implorava para ser crucificado:

— Crucificação! Crucificação! Crucificação! — gritava a multidão de cidadãos.

Alguém berrava dizendo que era o senhor do Sol e que podia apagá-lo com um sopro.

— Mas também consegue apagá-lo mijando em cima dele? — gritava alguém na multidão, e o louco tirava a calça e urinava na direção do sol.

Em seguida, a multidão gritava com alegria.

— Onde está o meu filho? Onde está o meu filho? — esbravejava uma das loucas.

Algumas pessoas na multidão sussurravam que o filho dela tinha morrido no parto; já outros diziam que ela nunca o dera à luz, mas dissera a todos que estava grávida.

— Onde está o meu filho? — berrava a mulher.

— Aqui está o seu filho! — exclamava em meio à multidão alguém que, divertindo-se diante daquela cena, tirava a camisa, enrolava-a apressadamente e a jogava.

— O meu filho! O meu filho! — gritava a mulher, e colocava o pano sobre o seio, abraçava-o e não parava de emitir exclamações de alegria: — Meu filho voltou! Meu filho voltou!

Todos se deleitavam com aquele espetáculo, a alta sociedade, os artesãos, os padres e os militares, as mulheres e as lavadeiras, as crianças e os velhos, os médicos e os pescadores, as pessoas honradas e os ladrões. Depois chegava a parte mais divertida: os guardas começavam a agitar os chicotes como faziam com os animais e conduziam os loucos até as portas da cidade. A multidão reunida os seguia, alguns se abaixavam e atiravam pedras, os guardas agitavam os chicotes e os loucos que gritavam por causa dos golpes e tentavam evitá-los faziam estranhos movimentos acrobáticos provocados pela dor. Por fim, após chegarem à saída dos muros da fortaleza que circundava a cidade, a porta se abria, os guardas estalavam as últimas chicotadas e gritavam:

— Agora, rumo à liberdade! — e deixavam que os loucos saíssem porta afora.

E eles fugiam sem saber que a porta da cidade se fecharia atrás de suas costas, sem saber que, daquela maneira, de vez em quando, os loucos eram expulsos das cidades. Alguns giravam em torno dos muros por muito tempo, outros conseguiam entrar novamente, outros ainda vagavam sem destino, pelos campos, ao longo dos rios. A mulher que chupava morbidamente os dedos congelaria naquele inverno por causa do frio. O velho que assobiava como um pássaro seria trucidado por um lobo. O jovem que andava e se coçava da cabeça aos pés e vice-versa talvez conseguisse chegar aos muros da primeira cidade e tentasse entrar, mas seria morto por um cavaleiro que, alguns dias antes, havia conquistado a sua amada vencendo um duelo e entoando para ela em seguida uma canção com rimas que declaravam o seu amor. A mulher que procurava o filho seria violentada por salteadores, que a levariam consigo e, depois, a abandonariam. Morreria no sono, perto de uma árvore, agarrada aos trapos que acreditava fossem o seu filho.

Na Nido, os filhos de Dora estavam constantemente com ela. Ela contava-lhes fábulas, dava-lhes de comer, levava-os para passear e os punha para dormir. Os filhos de Dora estavam sempre com ela e ninguém, exceto ela, conseguia vê-los. Depois, quando comíamos no refeitório, ela nos pedia para não nos sentarmos nos lugares à sua volta porque ali deviam se sentar seus filhos, e dava-lhes de comer: pegava o alimento invisível com uma colher invisível, enfiava-o em suas bocas invisíveis e os obrigava a comer também aquilo que não queriam. Quando íamos ao parque, Dora ensinava os filhos a fazer brincadeiras de crianças e também brincava com eles, brincava com o invisível à sua volta e passava a bola ao invisível, atirava pedras em um círculo, pulava no mesmo lugar e para a frente. Na biblioteca da Nido, ela abria livros diante do invisível e ensinava os filhos a ler. Antes de adormecer, contava-lhes fábulas e, quando despertava, também os acordava. Alguns afirmavam que Dora nunca teve filhos. Todavia, os filhos estavam sempre ali com ela.

Quando minha irmã Rosa foi me visitar pela primeira vez, ficamos sentadas na minha cama. Ela tocava sempre com as mãos sua grande barriga, como se a acariciasse.

Perguntei quando se tornaria mãe, e ela me respondeu:

— Mais dois meses.

Ao longo da vida, o ego do homem é modelado pela experiência, assim como uma pedra é modelada pelo mar com o passar de muitos séculos. O ego é o que separa o homem do restante do mundo; mas também é através do ego que o ser humano se liga ao mundo. O ego é o centro de gravidade do universo de cada um, é o sentimento de si mesmo e do mundo. Há pessoas que não são seguras de si porque seu ego, muito tempo atrás, sentiu que não tinha direito algum de existir.

Um homem olha para o ar à sua frente como se estivesse olhando um espelho no qual não conseguiu encontrar o próprio rosto e diz:

— Quem sou eu? Quem sou eu? Quem sou eu?

A mesma pergunta também é feita por outra pessoa em outro lugar, e a mesma pergunta também é feita por uma terceira pessoa em outro momento. Essa mesma pergunta em vários lugares e momentos diferentes também é feita por inúmeras pessoas.

Cinco jovens amigos foram a Tübingen com um pouco de esperança no coração, como se estivessem fazendo uma peregrinação, pois ali, na casa do cadeireiro Ernst Zimmer, morava Friedrich Hölderlin. Enquanto os conduzia ao lugar preferido de Hölderlin, atrás da casa, a senhora Zimmer procurava explicar em que estado se encontrava o poeta predileto dos jovens. Depois aquelas cinco pessoas, com a lembrança do retrato do poeta diante dos olhos, aquele rosto cheio de vida, depararam-se com um velho sentado em um balanço pendurado em uma grande árvore. A senhora Zimmer estava perto da casa e explicava que ele se balançava daquela maneira todo dia, quando não tocava piano em seu quarto ou não ajudava o senhor Zimmer na oficina das cadeiras, mas os jovens não a escutavam e se aproximaram daquele velho com o rosto inexpressivo que continuou a se balançar até que lhe fossem feitas perguntas sobre poesia, métrica e Diotima. A certa altura, ele se virou para os rapazes e, com raiva, mandou-os embora.

— Mas viemos por sua causa — disse um dos jovens.

Hölderlin continuou a oscilar e retrucou:

— Tornei-me outra pessoa. E, agora, não posso ser o que era antes.

Aquelas mesmas palavras em lugares e momentos diferentes são repetidas por inúmeras pessoas.

Uma mulher dizia:

— Não estou aqui! Não estou aqui! Não estou aqui!

Essas mesmas palavras em lugares diferentes são repetidas por inúmeras pessoas ao longo do tempo. Para algumas, o ego é uma substância frágil, corroída pela acidez da existência.

John Claire estava tentando dormir e murmurava alguns versos da sua canção *Eu Sou*. Murmurava aqueles versos desordenadamente, sem seguir a ordem:

— Eu sou, mas o que sou ninguém faz caso nem sabe... Meus amigos deixaram-me como uma lembrança perdida... Os meus infortúnios... Aparecem e somem... Como sombras no amor... Mas sou... No nada do desprezo e da algazarra... Onde a vida não tem sentido nem alegria... Até mesmo as pessoas mais caras, que eu mais amava, agora não passam de estranhos, mais até do que as outras... Eu desejava horizontes, um lugar inacessível no qual o homem nunca pôs os pés, um lugar no qual nenhuma mulher jamais sorriu ou chorou. Ali, unir-me-ei ao meu criador, Deus... E dormirei tão docemente como na infância. Estarei diante do imutável e do imóvel... Embaixo, a grama e, em cima, o firmamento.

Repetia essas palavras como se tentasse dizer algo que o fizesse adormecer enquanto se revirava na cama da pequena cela no manicômio de Northampton.

Existem pessoas cujo ego, muito tempo atrás, entendeu que não tinha direito de existir e, agora, se fragmenta diante da realidade e, ao se deformar, cria uma não realidade. As pessoas com esse ego vivem na realidade, mas olham, sentem e pensam uma outra realidade, uma não realidade qualquer toda sua, e, quando a sua realidade se desalinha, elas transformam os sinais e os sintomas da realidade, antes mesmo de aceitá-los, em sinais diferentes e em outros sintomas. Cada uma delas se divide em duas: uma parte delas, do seu ego, cria um mundo de sonhos e fica internalizada, a outra parte do ego se comunica com a realidade, que para elas não existe, mas é apenas a prisão na qual estão encerradas.

Há pessoas convencidas de que os pensamentos que passam pela sua cabeça não são seus. Um homem pergunta a si mesmo acerca de seus pensamentos: "Quem está pensando isso?" Outro acredita que todos os seus pensamentos foram implantados na sua cabeça por uma outra pessoa qualquer. Uma moça tem certeza de que os seus pensamentos são convicções alheias e se opõe a eles. Se, por exemplo, pensa "Vou atravessar a rua neste ponto", muda imediatamente de ideia e a atravessa em outro lugar; se diz "Está na hora de comer", decide logo em seguida ficar em jejum até o dia seguinte; se, enquanto bebe água, pensa "Atenção para não deixar o copo cair", joga imediatamente o copo no chão. Essas mesmas convicções, em pessoas diferentes, em lugares diferentes, se repetem inúmeras vezes no tempo. Uma mulher afunda a cabeça em uma bacia cheia d'água esperando dessa maneira eliminar todos os pensamentos alheios que estão lá dentro e substituí-los pelos seus pensamentos.

Existem pessoas que têm certeza de que os eventos que acontecem com elas ou com os outros são apenas fruto da imaginação, não são reais. Carregam dentro de si mesmas e para as pessoas com quem vivem ou encontram, e até mesmo para as pessoas com as quais apenas cruzam, vidas paralelas imaginárias: algumas estão convencidas de que a mulher que as olhava de uma janela na rua que estavam percorrendo estivesse imaginando algo contra elas; outras acham que a mulher estava se sentindo atraída por elas. Os eventos da realidade e da sua fantasia se chocam e se destroem mutuamente, mas aquelas pessoas querem fazer valer a própria realidade: um funcionário dos Correios tem certeza de que a filha não saiu para se encontrar com o noivo no vilarejo adjacente, mas que foi embora definitivamente para uma ilha distante; uma costureira joga fora a carta recém-lida na qual a irmã conta que o pai, falecido muitos anos antes, logo a visitará; um estudante, enquanto observa o livro que está à sua frente, inventa histórias sobre a vida dos colegas e professores, eventos que eles nunca imaginariam que pudessem se concretizar.

Há pessoas que trocam o próprio ego por outro. Outras, até quando se olham no espelho, enxergam Jesus, Napoleão ou alguma heroína. Outras ainda veem quem tenta convencê-las de que aquela não é a realidade como pessoas invejosas que não querem reconhecer a sua importância ou como seres tolos que não sabem ver a realidade.

Existem pessoas para as quais as coisas têm uma aparência diferente: um homem vê uma nuvem que estica a mão na sua direção, uma mulher tem medo dos buracos na calçada porque vê neles bocas escancaradas, uma garota vê a vizinha com a cabeça de uma ratazana. Para algumas, até o vazio tem uma forma, dele saem aparições e monstros, pessoas e feras, paisagens impossíveis que tranquilizam ou aterrorizam.

Existem pessoas que sentem coisas que os outros não conseguem sentir. Algumas, à noite, estão convencidas de que foram acordadas por batidas à porta, outras brigam o tempo todo com um interlocutor imaginário, outras ainda tapam os ouvidos porque não suportam o contínuo sussurrar.

Para certas pessoas, o ego é uma substância delgada, erodida pela acidez da existência, e, ali onde a erosão é mais forte, abre-se uma realidade paralela.

> ... até mesmo nos estados de afastamento da realidade do mundo exterior, assim como nos estados de confusão por alucinações, os pacientes, uma vez recobrado o juízo, reconhecem que, naquele momento, em um cantinho da sua alma, como eles o definem,

> existe uma personalidade normal oculta que, como um observador impassível, observava o decurso da doença.
>
> Sigmund Freud, *Esboço de psicanálise*

Existem pessoas cujo ego, muito tempo atrás, entendeu que não tinha direito de existir e, agora, se fragmenta diante da realidade e vive muitas coisas de maneira inanimada.

Existem pessoas que percebem os outros como não reais. Acham que as pessoas com as quais cruzam, que encontram, com as quais vivem são parte de um sonho, de uma fantasia, e não existem: a sua tangibilidade não prova que são reais. As mesmas convicções em pessoas diferentes, em lugares diferentes se repetem inúmeras vezes no tempo.

Existem pessoas que se percebem como irreais. Sentem-se inanimadas como objetos. Algumas acham que são apenas imaginadas por outra pessoa, outras acham que fazem parte dos sonhos de alguém, outras ainda acreditam que alguém as criou da mesma maneira como se cria um objeto. Existem também aquelas pessoas que nem sequer tentam explicar a própria irrealidade. Esse não sentimento de si mesmo, em pessoas diferentes, em lugares diferentes, se repete inúmeras vezes no tempo. A sua necessidade de criar algo que seja real, algo passível de ser vivido, é uma ilusão. Algumas delas buscam tudo isso na dor. Um jovem enfia agulhas nos dedos, arranca a pele, arranha o rosto, bate com a cabeça na parede. Quando perguntam por que se comporta assim, ele responde:

— Para estar vivo.

Mas nenhuma dor é suficientemente forte, mesmo que ele arranque os olhos ou se submeta à mais lenta e dolorosa das mortes, pois o seu ego está morto há muito tempo e, se algo pudesse ressuscitá-lo, certamente não seria a dor.

*Ó filha do Éter! Aparece*
*Dos jardins de teu pai, e caso não possas,*
*Espírito da terra, mostrar-te, assusta-me,*
*Assusta-me o coração com outra coisa qualquer.*

Friedrich Hölderlin,
*À esperança*

No decorrer da vida, o ego do homem é modelado pela experiência, assim como a pedra é modelada pelo mar com o passar dos séculos. O ego é o centro de gravidade do universo de cada um, é o sentimento de si mesmo e do mundo; aquele ego separa a pessoa do mundo, mas também a liga ao mundo. Existem pessoas cujo ego não é seguro de si, tendo entendido, muito tempo atrás, que não tinha direito de existir e que, a cada momento, o resto do mundo pode penetrá-lo, pois não há limite entre o ego e o não ego. Essas pessoas veem uma ameaça em cada relação com os outros, temem que a proximidade com outra pessoa possa eliminar o pouco que delas sobrou. Até o sentimento de que o mundo pode sufocar o ego se manifesta em diferentes pessoas, em diferentes lugares, inúmeras vezes no tempo. Elas sentem que os olhares dos outros as aniquila e vivem a presença de outras pessoas como uma anulação da sua presença, como se uma corda fosse posta em volta do seu pescoço, como se sua boca e seu nariz fossem tapados, como se fossem eliminadas do tempo e do espaço, como se fossem condenadas à morte, deixando o próprio corpo intacto. Sendo a existência dessas pessoas desprovida de relações reais com os outros e com si mesmas, o seu ego, criado pela imaginação, é como vapor, inapreensível, à semelhança do que elas querem: não serem apreendidas pelos outros. Mas, ao mesmo tempo, seu ego também está sob a ameaça contínua de desaparecimento a qualquer contato com a realidade. Por isso, algumas delas escondem o próprio ego, apresentando um outro; mostram uma ilusão e se sentem seguras: é como se devessem ser torturadas ou acariciadas, tranquilizadas pela sensação de que isso está acontecendo com seu ego imaginário, com o ludíbrio que apresentaram ao mundo, ao passo que o verdadeiro ego está apenas olhando. Mas, às vezes, elas mesmas sentem que aquela segurança é uma ilusão, que é apenas uma separação da existência. Um homem, percebendo essa separação da existência, uma noite, com amargura, dizia a si mesmo:

— Sinto-me como se estivesse dentro de uma garrafa. Sinto-me como se tudo estivesse fora de mim e não pudesse me tocar. Estou seguro, nada pode me tocar. Como um navio em uma garrafa, protegido pelas tempestades, mas que não pode flutuar.

No decorrer da vida, o ego do homem é modelado pela experiência, assim como o mar modela uma pedra com o passar dos séculos; o ego é o que separa cada ser humano do restante do mundo, mas também é através do ego que o ser humano se liga ao mundo; o ego é o centro de gravidade do universo de cada um, é o sentimento de si mesmo e do mundo. E o fato de estar cheio desse sentimento também trazer a plenitude da vida. Mas existem pessoas que se sentem vazias, e esse não é um vazio que pode ser preenchido com alguma coisa; sentem-se vazias como se, dentro delas, houvesse um deserto, um deserto no qual não se pode plantar nada. Esse vazio as atormenta, as faz sofrer. Cheias de amargura, gostariam de preencher aquele vazio porque vivem a realidade como uma amedrontadora ameaça, algo que pode aniquilar seu ego vazio.

Essas pessoas atravessam a vida levando aquele terrível deserto de gelo no peito, caminham esgotadas pela experiência daquele terrível vazio, mas, no momento em que entendem que ali, no lugar do deserto de gelo, poderiam existir calor e plenitude, escapam do que poderia fazê-las mudar. Quando não conseguem escapar, acham que os outros, aqueles que poderiam esquentar e encher o deserto de gelo, são objetos e que cada ser humano é apenas um mecanismo preciso, tão vivo quanto um relógio, e que, portanto, o inanimado não pode tomar o lugar da horrível morte do seu vazio. E, quando não conseguem nem escapar nem afirmar que os outros são um mecanismo preciso, sentem-se como se o outro estivesse paralisando o seu ego, despedaçando o interior do seu ego, e esse sentimento as enche de medo e de ódio.

O ser humano percebe uma clara diferença entre si mesmo e o mundo, pode sentir e pode ser insensível, mas a minha dor é sempre a minha dor, a minha felicidade é sempre a minha felicidade, por mais que eu a compartilhe com os outros; já a dor e a felicidade do outro nunca poderão ser plenamente minhas. Para os seres humanos, o ego é sempre o ego, e Eu não posso ser Você, e Você não pode ser Eu; e o vento será sempre algo diferente, mesmo que passe perto de mim, e mesmo que, às vezes, com a sua força, pareça que esteja se cravando em meus ossos, o vento continuará sendo o vento e eu serei eu. Existem, porém, pessoas cujo próprio sentimento ou pensamento foge e se estabelece em outra pessoa, em outra coisa; ou talvez, tempos atrás, elas tenham aprendido que sempre doerá menos aquela parte do seu ego que sente algo, que se transforma em outra coisa em vez de permanecer dentro delas. Uma garota, ao tentar adormecer, escuta o vento; parece que é o vento, e não algo no fundo de si mesma, que está sibilando, e ela pensa: "Como o vento assobia mansa e dolorosamente!" Escuta o vento e permanece surda ao próprio sibilo interior, não olha o que está sibilando dentro de si porque, uma vez, ao escutar o próprio sibilo, sentiu uma dor como se estivessem arrancando algo de dentro dela e, por isso, agora escuta o vento, escuta o vento que assobia de dor.

A loucura, às vezes, é fuga da dor no entorpecimento, mas, às vezes, é fuga da dor rumo a uma dor ainda mais forte.

> É assim que explico a mim mesmo o fato de um forte sofrimento interior e acontecimentos terríveis e inesperados provocarem a loucura. Cada sofrimento é sempre um acontecimento real delimitado no presente, ou seja, é apenas transitório e, portanto, não é desmedidamente oprimente; torna-se desmedido apenas quando é cultivado como dor crônica, mas, mesmo que assim fosse, não passa de um pensamento e, por isso, reside na lembrança. Se os sofrimentos espirituais, o estado de sofrimento ou as lembranças são apenas desilusões simplesmente insuportáveis às quais o homem pode sucumbir, então a natureza, assustada, usa a loucura como último meio para salvar a vida. O espírito, a tal ponto atormentado, rompe o fio da lembrança, preenche os vazios com ilusões e, assim, fugindo da dor que sujeitou

> as suas forças, busca a salvação na loucura. É como uma perna que, acometida por gangrena, é cortada e substituída por uma perna de pau.
>
> Arthur Schopenhauer, *O mundo como vontade e representação*

Existem pessoas que não conseguem suportar a realidade da dor e entram em um mundo completamente inventado, perdem-se em seu sonho interior, no qual a lâmina não está apenas encaixada, mas fundida na própria faca da dor; perdem-se no sono interior no qual vibra a realização de cada desejo, e os desejos se difundem ou se concentram em um único ponto. Tudo isso para viver em uma feliz tranquilidade. Existiam pessoas assim na Nido: estavam nas camas, e o sorriso tremia em seus lábios. Pareciam apartadas do mundo, como se tivessem acabado de cruzar as portas do paraíso e voltado para o útero da mãe.

Enrolando a corda em volta do pescoço, Gérard de Nerval se lembrou dos seus versos:

> *A minha única estrela está morta e o meu alaúde constelado*
> *carrega o sol negro da minha melancolia.*

Na loucura, não há diferença entre o que está dentro de mim e o que está fora; na loucura, existem mundos inteiros dentro de mim e, ao mesmo tempo, as partes mais essenciais do meu ego estão alienadas de mim, estão em algum outro lugar, não meu, ou meu, mas sobre os quais outras pessoas têm poder.

Na Nido, havia quartos dos quais os loucos nunca saíam, eram os quartos em que dezenas de corpos jaziam imóveis, ou se rebelavam de maneira animalesca por causa dos cintos e das correntes que os amarravam. Esses últimos eram aqueles chamados de "perigosos". Às vezes, o doutor Goethe permitia que entrássemos naqueles quartos onde as pessoas estavam nas camas sem se mexer ou então cochilando; olhávamos aquelas cabeças pensativas, maravilhadas, aterrorizadas, assustadas; miravam-nos com expressão cansada, com olhares vazios, com olhos cheios de medo, surpresa; enorme felicidade, ódio e amor imotivados, com olhos cheios de asco e deleite; mantinham os lábios apertados quando estavam em silêncio e os enrugavam quando estavam surpresas; pronunciavam poucas palavras, quase ininteligíveis, agradeciam ou amaldiçoavam, gritavam de dor e de felicidade.

Na loucura, rompe-se a conexão entre o ego e a realidade, e o ego cria a própria não realidade sob a influência das ondas do inconsciente. Aqueles que perderam a conexão com a realidade não pensam no próprio destino, mas simplesmente o vivem, são o próprio destino. Ser louco significa ser o próprio destino, sem vivenciar a si mesmos como ego.

Os pacientes da Nido que, segundo previsões, morreriam logo eram levados para o "quarto da morte". Um dia, Klara me levou até aquele longo quarto que tinha cheiro de morte. O cheio da carne viva que se desfaz, o cheiro das fezes, o cheiro do suor e, no meio daquele fedor, corpos que se reviravam intuindo a morte e corpos que a esperavam rígidos. Alguns, jogados sobre colchões colocados no chão, eram atormentados por um último respiro. Estava frio, mas, para mim, parecia que algo evaporava naquele quarto escuro. Olhando aquelas pessoas prestes a morrer, pensei que, ao morrer, todos são diferentes e todos são iguais: todos morrem exalando o último respiro, mas cada um o exala da sua maneira.

Klara me disse:

— Nunca me esquecerei da primeira morte que vi aqui. No refeitório, durante o almoço, a cabeça de Regina caiu no prato de sopa, como se tivesse adormecido.

Quando alguém morria na Nido, a notícia se difundia por todo o hospital e cada um a dava com a sua própria voz, murmurando ou falando distintamente, em voz baixa ou gritando, rapidamente como se quisesse atingir logo o sentido ou lentamente como se quisesse expandir os pensamentos.

Existem pessoas que não sabem mais se orientar no tempo. No seu mundo, cada momento, cada imagem, cada acontecimento está erradicado do próprio lugar e mudou de posição no passado, e também o passado, o presente e o futuro se misturaram. Misturou-se também o que aconteceu e o que não aconteceu. Algumas dessas pessoas tentam pôr ordem no tempo, pôr em fila o que aconteceu antes e depois, muito tempo atrás ou recentemente, o que já aconteceu e o que talvez venha a acontecer em breve, o que realmente aconteceu ou não. Nesses esforços, sentem que cada tentativa é inútil, que não conseguem sequer encontrar o próprio lugar no tempo.

Existem pessoas que não sabem mais se orientar no espaço. Algumas delas não sabem o que é perto e o que é longe; outras não fazem mais distinção entre na frente e atrás, esquerda e direita, em cima e embaixo; outras acham que tudo à sua volta está se expandindo, esmagando-as; existem também aquelas que acham que o espaço desaparece e tocam tudo o que está ao alcance de suas mãos: as paredes, os objetos, o chão, mas, de qualquer maneira, parece que nada daquilo existe.

Muitas vezes, durante a pausa no parque da Nido, a mãe de Heinrich aparecia. Então, Heinrich ficava quase paralisado porque o seu cérebro não conseguia dizer ao corpo para se mexer. Passava os dias na cama, e só quando chegava a hora da pausa no parque os enfermeiros o levantavam, o pegavam e, se alguém o empurrava, ele se mexia como se fosse uma máquina, caminhando espasmodicamente. Faziam com que ele se deslocasse assim ao longo dos corredores até a saída, depois o levavam para um banco, pressionavam seus ombros e ele se sentava. Mexia-se como um autômato. Enquanto estava sentado, olhava para um ponto fixo, mesmo quando sua mãe chegava. Sua mãe se sentava ao seu lado, punha a mão entre as mãos de Heinrich e dizia algo com muito calor e tranquilidade, parecendo não entender em que estado se encontrava o filho. Nos momentos que passava com ele, havia uma vitalidade excepcional nos olhos daquela mulher, e também nos velhos lábios que falavam e nos movimentos da mão que não mantinha entre as mãos do filho e que agitava no ar doce e alegremente, seguindo a entonação das palavras. Olhava o filho e era como se visse naquele rosto a sua mesma vitalidade. Mas Heinrich olhava sem mexer as pupilas, como se não existisse nada à sua volta, como se ele mesmo não estivesse ali. Depois, quando chegava o momento de voltar para o quarto, os enfermeiros o pegavam por baixo dos braços e ele começava a se mexer; depois, com as mãos em seus ombros, encaminhavam-no e ele andava mecanicamente, mexendo as pernas aos solavancos. Quando o filho desaparecia dentro do edifício, a mãe se levantava, o rosto já completamente mudado (como se, ao filho, tivesse acontecido alguma desgraça, não nova, mas velha, que não provoca desespero, mas é apenas suportada com certa tranquilidade, ou seja, tormento), e, com os olhos cansados e movimentos igualmente cansados, dirigia-se para a saída da Nido.

É como se houvesse um abismo entre aqueles que se definem normais e aqueles que os normais julgaram loucos. As pessoas que estão na margem da normalidade muitas vezes se sentem diferentes umas das outras, mas sabem que compartilham uma mesma margem e realidade. Na outra margem, cada ser humano vive segundo o seu próprio mundo, pois a loucura começa quando o ego se afasta da realidade, desagrega-se internamente e cria a própria não realidade. Entre as margens da normalidade e da loucura não há pontes. Às vezes, alguém da margem da normalidade olha tão profundamente para dentro de si mesmo e para o abismo que separa as duas margens a ponto de não conseguir desviar o olhar. Dessa maneira, acaba por se aproximar da borda, e, olhando, cai. Cai no abismo, mas não desaparece lá dentro, simplesmente vai parar na margem da loucura. Às vezes, alguém da margem da loucura para de olhar infinitamente para si mesmo e para o abismo, e, como em um milagre, vai parar na margem oposta. Entre as duas margens não há pontes, todavia certas pessoas passam de uma margem a outra. E, se não morrem no abismo, passam de qualquer forma pela morte. Passar da margem da loucura à margem da normalidade, ou vice-versa, é como passar de um mundo a outro.

> Se olhares por muito tempo para dentro de um abismo, o abismo também olhará para dentro de ti.
>
> Friedrich Nietzsche, *Além do bem e do mal*

Uma velhinha e seu filho passeavam no parque de Kannenfeld, na Basileia. O rosto do filho dizia que tudo para ele estava infinitamente distante, como se os livros que escrevera, os discursos que pronunciara, as lembranças dos dias e das noites que vivera pertencessem a alguma vida passada, a alguma outra vida. Quando via aquelas coisas, via-as através de um vidro embaçado, talvez se lembrasse de tê-las vivido em algum momento, mas, para ele, o passado estava na obscuridade total, ou então, naquele momento, ele estava no escuro e a luz que lhe permitia divisar o passado o cegava, em vez de permitir que ele enxergasse melhor. Encontrava-se entre o estado atual e o precedente, como se a morte tivesse passado e apagado tudo o que havia acontecido antes. A certa altura, enquanto os dois caminhavam no parque, o filho parou para observar o jardineiro que cortava as rosas e começou a tremer; o seu rosto, até aquele momento inexpressivo, se iluminou, como se, daquilo que estava vendo, estivesse puxando um fio que o levava rumo a tudo o que havia existido no passado, mas que não existia mais. Aquele homem não podia seguir o fio de trás para a frente na direção do que havia sido, nem o que ele fora podia ir ao encontro do que ele se tornara; o tremor do fio só fazia vibrar certos sentimentos, como uma lembrança ofuscada, e ele começou a chorar. Chorava como uma criança pequena. A mãe pegou um lenço e enxugou as suas lágrimas, e, depois, o ranho que escorria pelo grande bigode.

— Não chore, Friedrich... não chore — disse; em seguida, pegou novamente a sua mão e o levou um pouco mais à frente no parque.

*No ar desanuviado,*
*quando já a foice da Lua*
*entre rubores purpúreos*
*verde se insinua e invejosa,*
*— inimiga do dia,*
*a cada passo secretamente*
*ceifando pendentes redes*
*de rosas, até caírem*
*pálidas, noite abaixo: —*

*assim caí eu mesmo uma vez*
*de minha loucura da verdade,*
*de meus anseios diurnos,*
*cansado do dia, doente da luz*
*— caí para baixo, para a noite, para a sombra:*
*queimado e sedento*
*de uma verdade*

*— lembras-te ainda, lembras-te, ardente coração,*
*como tinhas sede então? –*
*que eu esteja banido*
*de toda verdade!*
*Somente louco! Somente poeta!...*

Friedrich Nietzsche,
*Somente louco! Somente poeta!*

Uma tarde, Vincent van Gogh escreveu para o irmão uma carta na qual descrevia o manicômio de Saint-Rémy: "Garanto que estou bem e que, no momento, não vejo motivo algum para ir a uma pensão em Paris ou nos seus arredores. Tenho um pequeno quarto forrado de tapeçaria cinza-esverdeada com duas cortinas verde-água e desenhos cor-de-rosa muito pálidos, avivados por tracinhos vermelho-sangue.

"[...] o medo da loucura está passando, estou conhecendo de perto aqueles que são por ela acometidos. Como poderia acontecer comigo com muita facilidade em seguida.

"antes, eu sentia repulsa por esses seres e me parecia desolador ter de pensar que tantas pessoas do nosso ofício [...] acabaram assim. Pois bem, agora penso em tudo isso sem temor, ou seja, não julgo esse destino mais atroz do que se essas pessoas morressem de tísica ou de sífilis.

"[...] Porque, embora haja alguns que gritam ou variam habitualmente, aqui existe muita amizade verdadeira entre uns e outros. Dizem: 'É necessário suportar os outros para que os outros nos suportem.' E há outros raciocínios desse tipo, bastante corretos, que eles põem em prática.

"Entre nós, nos entendemos muito bem; por exemplo, às vezes, posso conversar com alguém que só me responde com sons incoerentes, pois não tem mais medo de mim. Se alguém tem uma crise, os outros o observam e intervêm para que não se machuque. A mesma coisa acontece com aqueles que têm de se ofender com frequência. Então, velhos *habitués* desse zoológico correm e separam os combatentes, se há combate.

"É verdade que alguns constituem casos mais graves, sejam eles sujos ou perigosos. Mas esses ficam em um outro pátio [...]

"A sala na qual ficamos nos dias de chuva é como uma sala de espera de terceira classe de algum vilarejo perdido, ainda mais porque há senhores alienados que usam invariavelmente chapéu, óculos, bengala e roupa de viagem, como nos balneários ou quase, e que parecem passageiros [...]

"Ontem, desenhei para você uma enorme borboleta noturna muito rara que se chama esfinge-cabeça-de-morto, de uma cor muito distinta, preto, cinza, branco esfumaçado e com reflexos carmim que puxam vagamente para o verde-oliva: é muito grande.

"Para pintá-la, eu deveria tê-la matado, e era uma pena, de tão belo que era aquele bicho [...]"

De vez em quando, meu irmão ia me visitar na Nido. O doutor Goethe ficava feliz quando o seu colega, o doutor Freud, aparecia. Eles conversavam longamente e as discussões muitas vezes se transformavam em pequenos desentendimentos. Eu não participava das discussões deles, apenas ouvia o tom e o andamento das vozes, olhava a mímica dos rostos, notava os gestos que faziam com as mãos.

Uma vez, o doutor Goethe propôs a ideia de organizar um grande carnaval na Nido. O carnaval devia ser uma festa, mas também devia servir para angariar fundos entre os visitantes do hospital. Durante semanas, preparamo-nos para o grande evento. Apenas os violentos, os maníacos e as ninfomaníacas foram excluídos, além daqueles que estavam imobilizados na cama.

— Mas por que não posso participar do carnaval? — ressentia-se Augustina, passando a língua nos lábios.

— Porque foi o que decidimos: as ninfomaníacas ficarão trancadas em seus quartos por toda a duração do carnaval — disse o doutor Freud.

— É uma injustiça — queixava-se Augustina —, uma injustiça!

Todos nós na Nido, exceto os excluídos, vivíamos para o carnaval, aguardando-o como se não fosse um evento de uma única noite, mas como se uma nova vida iniciasse para nós. Os médicos nos permitiram decidir sozinhos quais fantasias usar, e nós as cortamos todos juntos; falávamos das fantasias e as cortávamos como se estivéssemos criando um novo corpo para nós mesmos.

— Pronto — disse Karl pondo o chapéu que acabara de fazer —, reconquistarei o meu império.

Karl achava que era Napoleão.

Cada um decidia a própria alegoria com a imaginação ou então com base na vida que desejava. Para quem acreditava ser alguém ou algo que o mundo não queria reconhecer — como Tomas, que, além da túnica pobre, queria que lhe permitissem usar no carnaval uma grande cruz sobre as costas; como Ulrica, que queria diamantes verdadeiros para o seu diadema; como Joachim, que insistia na calça amarela e no capote azul-marinho de Werther —, a roupa era o princípio de uma confirmação total da existência que, de alguma maneira, já haviam realizado em sua não realidade. Aqueles que não desejavam ser alguma outra coisa neste mundo só queriam ser o que, na verdade, eram em outro mundo e fabricavam a roupa que deveria protegê-los deste mundo, criavam armaduras, malhas de arame semelhantes a gaiolas; produziam vestimentas que deveriam ajudá-los a combater contra o novo mundo, transformando-se em animais perigosos ou em feras fantasmagóricas; preparavam o traje que poderia ajudá-los a fugir daquele mundo, criavam asas para sair voando, recortavam roupas que não eram roupas, mas algo parecido com uma parede móvel, um caixão, uma pedra.

Eu ia todos os dias à sala onde as fantasias eram feitas. Uma vez, enquanto eu observava os outros medindo, cortando e costurando, o doutor Goethe me perguntou:

— Por que a senhorita ainda não começou a se preparar para o carnaval?

— Simplesmente, não sei como me disfarçar — respondi.

— Ah! — disse o doutor Goethe. — O carnaval não é um disfarce, mas uma transformação. A pergunta não é "Do que quero me vestir no carnaval?", mas "No que quero me transformar? O que quero ser para não ser o que não quero, mas sou?". Essa é a pergunta.

— O que quero ser — disse sem fazer uma pergunta, como se estivesse afirmando que não queria ser nada. — Não quero ser nada.

— Mas certamente a senhorita já quis ser alguma coisa, algo que, naquele momento, não era — insistiu o doutor Goethe.

Então, vi um longo pedaço de tecido jogado ali perto, enrolei-o e ajustei-o ao seio esquerdo, apertando-o com as mãos como se estivesse segurando um lactente.

— Pronto — disse eu. — Serei uma mãe. No carnaval.

Toda a cidade foi convidada para a noite de carnaval na Nido e o grande parque se tornou pequeno demais para acolher todos os que queriam participar.

— Os ingressos já foram todos vendidos — disse o doutor Goethe uma semana antes da representação, esfregando as mãos com satisfação. — Até os seus irmãos virão — acrescentou, virando-se para mim e para Klara.

— Que venham — respondeu Klara. — Por isso, nessa noite vou ficar no meu quarto.

Naquela noite, o parque da Nido ficou repleto. A multidão, em círculo, recolheu-se na parte central e empurrava para ver os pacientes com as fantasias de plumas, aqueles com chapéus em forma de bico e as grandes caudas de peixe, aqueles com os trajes completamente pintados de vermelho-sangue, aqueles com asas de anjo ou de borboleta ou de pássaro, aqueles escondidos dentro de enormes ovos com buracos para os olhos, aqueles embaixo de longos lençóis azuis, que eram rios, aqueles com as trombetas que anunciavam o Apocalipse, aqueles enfiados em um pano vermelho que ardiam no fogo eterno, aqueles deitados sobre um lençol azul e que flutuavam na paz do céu, e aquele com a cruz sobre os ombros que olhava para o alto e gritava:

— Senhor, Senhor, por que me abandonaste?

Por toda parte, havia tochas, faróis e grandes fogueiras cujas chamas se erguiam no céu escuro. Procurei meu irmão com os olhos, mas não o achei. Alguém segurou minha mão. Virei-me, era Gustav.

— Klara está no quarto — disse-lhe.

— Mais tarde vou visitá-la — retrucou Gustav. — Agora preciso resolver uma questão urgente.

Piscou um olho para mim e foi embora rumo às moitas nos fundos do parque com uma garota que, certamente, havia conhecido ali, em meio à multidão.

Continuei procurando meu irmão entre as pessoas. Quando desisti definitivamente e me encaminhei para as mesas dispostas na frente da entrada do hospital, ao lado das quais algumas enfermeiras vendiam bebidas e comidas, vi Sigmund, que apoiava um copo vazio, pagava e pegava outro cheio. Aproximei-me.

— Vejo que você está se divertindo — observei.

Ele começou a rir.

— Quer um pouco de *schnapps*? — perguntou mostrando o copo.

— O álcool é permitido para os visitantes, mas não para nós.

— Posso pegar como se fosse para mim, depois você bebe.

— Você sabe que não bebo álcool.

— Eu também não bebo — disse. — Não sei por que agora...

Subimos a escada da entrada, de onde podíamos ver bem o que estava acontecendo na parte central do parque: ali, uma dezena de pessoas compunha um peixe gigante feito de almofadas costuradas entre si e gritava:

— Vamos voar! Vamos voar!

Em outro lugar, uma mulher idosa segurava um sapatinho de vidro e perguntava:

— Mas onde está o príncipe? Que venha ver se este sapatinho calça bem o meu pezinho!

Um velho e uma velha em transe com enormes asas de borboleta saltitavam de uma perna para outra.

— Parece uma cena de teatro — comentou meu irmão.

— Ou melhor, a arena de um circo — opinei.

— Sim, como na Idade Média. Quando em uma cidade acumulavam-se muitos loucos, a administração municipal os reunia na praça e o povo fazia com eles uma espécie de espetáculo circense. Depois, expulsavam-nos da cidade, fechando atrás deles as portas dos muros.

— Acho que a maioria aqui não teria nada contra ser expulsa da Nido depois do carnaval. Só ficaríamos eu, Klara e poucos outros.

— Isso significa que este não é o seu lugar.

— Ou então, que este lugar é só para nós — disse eu. — E você? Por que veio assim?

— Assim como?

— Sem fantasia. Veja, até os visitantes vieram fantasiados.

— Só alguns.

— Mas você devia ter se fantasiado.

— Você sabe que não gosto dessas coisas.

— Você também não gosta de álcool, mas esta noite está bebendo.

Ele desceu a escada, aproximou-se das mesas, pagou, deu o copo vazio para uma das enfermeiras e pediu que o enchesse novamente.

— Vamos — disse-lhe. — Venha se vestir — e o conduzi para a entrada do hospital.

Disse aos vigias que meu irmão precisava se vestir e eles nos deixaram entrar.

Fomos ao auditório, onde estavam amontoadas as fantasias que tínhamos pegado emprestadas do Burgtheater e que não foram usadas porque cada um quis inventar a própria alegoria sozinho.

— Pronto, esta é para você.

— Você sabe que não gosto de parecer ridículo — retorquiu meu irmão segurando a fantasia.

— Sim, eu sei. E é exatamente por isso que vou transformar você em um bufão. Pelo menos por uma noite, abra mão da sua máscara de seriedade.

— Tarde demais. Ela se agarrou ao meu rosto há tempo demais.

— Vamos, vista-se — disse eu, e me virei para a parede para não ver o doutor Freud de cueca.

A certa altura, ele declarou:

— Estou pronto.

Virei-me e desatei a rir. Para a parte de baixo, ele escolheu uma calça cor-de-rosa justa, a camisa tinha as mais diversas cores e, por cima do rosto sério com a barba e os óculos, pôs um chapéu laranja com duas pontas que terminavam em pompons verdes.

— Sou um verdadeiro bufão, não? — perguntou Sigmund, mas não respondi, simplesmente continuei a rir. — E você? Você também não está fantasiada.

— Para mim é fácil — disse eu.

Peguei uma camisa do monte de roupas, embolei-a e a coloquei embaixo do vestido. Apoiei as mãos sobre o ventre, segurando a camisa embolada, e disse:

— Pronto, agora somos o que deveríamos ser.

Meu irmão olhava para as minhas mãos e para a barriga que elas abraçavam.

— E agora vou mostrar a você os aposentos coletivos da Nido. O que estamos usando hoje como vestiário é o auditório, no qual o doutor Goethe às vezes dá aulas, estuda a nossa loucura, acha que assim nos ajudará a entender nós mesmos.

— Ele ainda usa essa palavra, "loucura"?

— Usa, diz que é melhor assim, e tem razão.

— Mas a ética médica está procurando palavras diferentes há tempos.

— O doutor Goethe diz que, se chamasse a loucura de psicose, se chamasse os pacientes de psicóticos, se o manicômio se chamasse clínica psiquiátrica, se as nossas loucuras e tolices fossem chamadas de sintomas, um distanciamento surgiria entre nós e ele. Não sei de que serve não ter distanciamento, mas, para nós, é agradável. Quando algum de nós fica com raiva, pode gritar com ele, pode golpeá-lo, e o doutor Goethe não nos pune por isso. Somos como amigos para ele.

— Vocês não devem ser como amigos. Deve haver distanciamento, e essa é uma das bases da relação médico/paciente, é a precondição para a cura.

— E quem falou de cura? Aqui ninguém está doente, cada um vive no próprio mundo — observei e ajeitei os óculos no seu nariz avermelhado por causa da bebida. — Vamos continuar, vou mostrar os outros cômodos — disse, e saímos correndo da sala para o corredor. — Esta é a biblioteca. Veja, é pequena, mas tem belos livros, suficientes para aqueles que ficarão aqui por toda a vida.

Depois voltamos pelo corredor e chegamos ao refeitório.

— É aqui que comemos.

Em seguida, levei-o às oficinas: aquelas onde eram feitos objetos de madeira, a sala dos alfaiates, a da tecelagem e a sala na qual bordávamos e fazíamos tricô.

— Eu e Klara ensinamos o doutor Goethe a fiar.

— Ele também trabalha?

— Às vezes respondi, e levei-o ao último aposento que eu queria mostrar. — Já aqui, morremos — disse eu entreabrindo a porta. Meu irmão sabia o que veria ali dentro e não quis entrar. — Por favor, entre, você é bem-vindo.

Entrei primeiro e, depois de mim, ele também entrou. Ali, como sempre, havia fedor de morte. O cheiro da carne viva que se desfaz, o cheio das fezes, o cheiro do suor e, em meio àquele fedor, os corpos que se reviravam intuindo a morte e os que a esperavam rígidos. Alguns, jogados sobre colchões colocados no chão, eram atormentados por um último respiro.

— Na vida, cada pessoa é diferente, mas ao morrer todos são diferentes e iguais: todos morrem exalando o último respiro, mas cada um o exala à sua maneira.

— Um pouco d'água... um pouco d'água — suplicava um idoso que estava morrendo no colchão colocado embaixo da janela.

A enfermeira de plantão estava distribuindo bebidas no carnaval, mas não havia ninguém para dar água a quem estava morrendo.

Tirei as mãos da camisa enrolada que eu mantinha em cima da minha barriga por debaixo do vestido para poder pegar a jarra com água que estava sobre a mesa e deixei cair algumas gotas na boca do velho. Ele me agradeceu. Enquanto eu estava recolocando a jarra sobre a mesa, a camisa que eu havia posto embaixo do vestido caiu no chão. Inclinei-me, peguei a camisa, enrolei-a novamente e a encostei no seio esquerdo, aproximando-a como se estivesse segurando um lactente. Meu irmão me olhava.

— Vamos — disse eu, e saímos do quarto que cheirava a morte.

Saímos do hospital e paramos em cima da escada da entrada para olhar para o parque. Ali, os visitantes haviam se misturado aos habitantes da Nido e brincavam, cantavam, gritavam, se misturavam, falavam ou brigavam.

— Às vezes, penso naquelas suas palavras — disse meu irmão.

— Quais palavras?

— Que a beleza é a consolação deste mundo.

— Veja quanta beleza existe à nossa volta. Significa que existe muita consolação. Ou seja, muita dor, pois o consolo se manifesta sempre por um motivo.

— Sim, existe muita beleza.

Descemos a escada e chegamos às mesas. Meu irmão já estava bêbado, seu rosto ficara corado, os movimentos do seu corpo estavam mais velozes do que de costume, ele tinha o calor de quando éramos crianças.

— Bebi o suficiente — disse, e pagou por outro copo, depois nos afastamos. — Penso com frequência em você.

— Com frequência — repeti.

— Você também pensa...?

— No quê?

— No mundo fora daqui...

— Não — respondi. — Desde que cheguei aqui, é como se não houvesse nada além destes muros.

Bebeu um pouco, depois deu um tranco com a mão ou com a boca e o resto da bebida caiu no chão.

— Aí está, um motivo para outro copo — disse e se encaminhou para as mesas onde serviam as bebidas.

Tropeçou, eu queria ir ao seu encontro, mas ele, levantando-se, fez sinal para que eu o esperasse onde estava. Pagou, serviram outra bebida e ele voltou até mim.

— Prometo que este é o último — disse Sigmund, e eu comecei a rir. — Sim — continuou. — Há tantas coisas que eu gostaria de dizer a você, mas não sei se você gostaria de escutá-las nem se faz sentido dizê-las...

— Que coisas?

— Sobre mamãe, sobre mim e Martha, sobre as crianças, sobre Mina. Sobre as nossas irmãs. Sobre a cidade. Sobre tudo... Você está aqui há vários anos... Há muitas coisas que eu gostaria de dizer a você, mas não sei se você gostaria de escutá-las nem se faz sentido dizê-las — falou olhando para o chão. Depois me encarou. — E você tem coisas que gostaria de me dizer?

— Não sei se você quer que eu diga alguma coisa. Não sei o que você quer que eu diga.

— Tudo — disse ele.

— Tudo — repeti. — E o que tenho a dizer é como se não existisse nas palavras. Existe apenas nas imagens, mas elas também se fundem umas nas outras.

Ficamos em silêncio.

— Alguma coisa dói? — perguntou. Poucas vezes na vida eu havia ouvido sua voz tremer.

— O que deveria doer?

— Algo do passado.

— Não — respondi. — É como se nunca tivesse acontecido nada. Como se a vida tivesse começado no momento em que pus os pés aqui. Ou como se tivesse terminado naquele momento.

Ele pegou o copo de *schnapps* para levá-lo à boca, mas, em vez do copo, aproximou o dedo dos lábios e dentes e o mordeu. Depois virou o copo, bebeu de um só trago e o deixou cair ao chão. Tremia todo. Pegou minha mão entre as suas e beijou a palma. Depois abraçou-me e, com as mãos, aproximou a minha cabeça do seu peito e disse:

— Minha irmã... Minha irmã... — como se pronunciando o grau de parentesco enunciasse todo o meu destino, tudo o que sabia e o que não sabia. E, ao pronunciar aquele parentesco, chorava, e chorava pelo que dizia enquanto pronunciava aquele "minha irmã". Depois beijou minha testa. Lembrei-me de quando éramos pequenos e ele me beijava a testa quase escondido quando nossa mãe não estava por perto, pois ela certamente teria começado a rir diante daquela ternura. Parecia que eu não podia respirar, que não podia sentir nada, apenas o toque dos seus lábios na minha testa, o calor da sua respiração fedendo a álcool e a força das suas mãos que apertavam minha cabeça contra o seu peito.

— Ah, mas que paixão! — disse de repente a voz de Augustina ao nosso lado.

Senti o aperto das mãos do meu irmão se afrouxar. Levantei a cabeça e afastei-me dele.

— Senhor, eu também preciso de um pouco de ternura — estridulou Augustina enquanto meu irmão enxugava as lágrimas. — Dê a mim também um pouco de ternura, Senhor.

Aproximou-se de Sigmund e começou a tocá-lo entre as pernas.

— Não dissemos que as ninfomaníacas deviam ficar em seus quartos sem participar do carnaval? — gritou de longe a enfermeira Hilda. Meu irmão afastou Augustina com um empurrão e os guardas foram pegá-la. — E verifiquem se as outras ninfomaníacas estão bem trancafiadas! — gritou Hilda para eles.

As pessoas com as asas, com as cabeças de serpente, vestidas com barbatanas de peixe brincavam, formando uma roda à nossa volta. Meu irmão cambaleou e começou a vomitar. Levantei a sua cabeça mantendo a mão na testa dele. De algum canto, surgiu o doutor Goethe.

— Quando eu disse que o álcool era permitido apenas para os visitantes, não pensei que eles beberiam mais do que os loucos, mais do que deveriam! — observou.

Meu irmão limpou com um lenço o vômito em volta da boca; o doutor Goethe continuou:

— E quanto à escolha da fantasia, só posso elogiá-lo. Parece feita sob medida — disse, segurando os pompons do chapéu que meu irmão usava. — Mas está na hora de pegar as suas vestes falsas e voltar para casa.

Fomos até o auditório. Meu irmão começou a se despir e eu me virei para a parede, escutando a conversa entre o doutor Goethe e o doutor Freud.

— Sabe — disse o doutor Goethe —, admiro as suas tentativas de chegar a novos conhecimentos a respeito do ser humano, mas o método que o senhor utiliza e que chama de psicanálise, aquela técnica de fazer com que os pacientes se deitem no divã enquanto conversam sobre algo, enquanto o senhor os observa sem que eles possam vê-lo... é coisa de charlatães.

— Como assim, charlatães? — acalorou-se meu irmão. — Os meus pacientes não conversam enquanto estão deitados no divã do meu consultório. Eu os induzo a falar de seus problemas através de livres associações, através de um diálogo espontâneo, para poderem ir além dos sintomas de sua doença e chegar aos traumas da infância que, junto com os instintos primários, estão sepultados em seu inconsciente. Assim, posso chegar à compreensão completa de suas doenças e ao tratamento dos transtornos que neles se manifestam nos processos do sentimento, do pensamento e do comportamento. Ao escutar atentamente os meus pacientes, fiz importantes descobertas acerca de como funciona o ser humano. Com a minha descoberta do inconsciente, com a teoria segundo a qual é exatamente a parte oculta e desconhecida de nós a estabelecer os nossos pensamentos, sentimentos e comportamentos, estou prestes a mudar o mundo. Essa será a terceira grande revolução na compreensão humana do mundo e de si mesmos após as de Copérnico e Darwin: Copérnico provou ao gênero humano que o homem não estava no centro do universo, Darwin mostrou que o homem não descendia de Deus, mas do macaco, e eu estou demonstrando que o homem não é o que pensa ser.

— Está enganado. A invenção da descarga para os vasos sanitários foi uma revolução maior do que todas essas três teorias reunidas. Até algumas décadas atrás, as pessoas tinham em casa penicos nos quais descarregavam o conteúdo do intestino para, em seguida, esvaziá-los pela janela. Às vezes, na cabeça da alguém que estava casualmente passando lá embaixo. Alguns proprietários de casas tinham um banheiro no pátio. Em 1863, Thomas Crapper, alguns anos após Darwin ter comunicado ao mundo a teoria das espécies e da seleção natural, patenteou a descarga de banheiro com caixa. E, se descobríssemos que a Terra gira em volta do Sol e que não estamos no centro do universo? E se descobríssemos que descendemos dos macacos? E se tivéssemos consciência de que somos completamente inconscientes? Não mudaria nada. Mas preciso explicar como a descarga de banheiro impactou a vida das pessoas?

— Mesmo que o senhor tivesse razão quanto às descobertas de Copérnico e Darwin, as minhas não são a mesma coisa. Porque falam da essência mais profunda do homem. A teoria de Copérnico diz o que o homem é em relação com o cosmo, a teoria de Darwin explica de onde descende a espécie humana, mas a minha teoria explica o que o homem é em relação a si mesmo e aos outros e de onde vêm os seus pensamentos e emoções. Por isso, diferentemente das teorias de Darwin e Copérnico, as minhas serão aplicáveis.

— Pior ainda — disse o doutor Goethe. — Pense no que poderia acontecer se as pessoas interpretassem mal as suas teorias e as aplicassem de modo errado. E se nem todas as suas teorias estiverem exatas e fossem mal utilizadas pelas pessoas que delas precisam. Insisto, doutor Freud, a descarga com caixa para vasos sanitários é a maior invenção depois da descoberta da roda.

Vi que o meu irmão havia se trocado e vestido novamente as próprias roupas.

— Talvez a descarga com caixa para vasos sanitários seja a maior invenção da espécie humana depois da roda, mas só no que diz respeito à técnica. A psicanálise vai além, é algo mais substancioso, como o próprio nome já diz: de psique, alma... — explicava meu irmão bêbado, e o doutor Goethe, rindo, o interrompeu:

— A descarga limpa muito bem as necessidades do vaso sanitário, caro colega, mas não estou por nada convencido de que a sua psicanálise possa limpar as necessidades da alma humana — disse e estendeu a mão para Sigmund. — E o senhor esqueceu de tirar o chapéu, que não combina muito com o seu traje nem com o seu ofício — completou e tirou o chapéu com os pompons verdes da cabeça do meu irmão. — E agora vamos. Vou acompanhá-lo até em casa e, na tepidez do leito matrimonial, o senhor poderá sonhar em paz, consciente ou inconscientemente — brincou e, ao pronunciar as últimas palavras, virou-se para mim, deu uma piscadela e continuou: — Sabe, seu irmão, não muito tempo atrás, publicou um livro a respeito dos sonhos, certo complexo de Édipo, parricídio e desejo de maternidade, sobre o consciente e o inconsciente. Mas, veja só, não é capaz de aguentar uns copinhos de álcool.

Os dois médicos se dirigiram para a saída do hospital e eu subi para o meu quarto. Klara estava ao lado da janela e, através do vidro, olhava para o parque. Sem se virar, assim que ouviu os meus passos, disse:

— Quanta diversão!

Deitei na minha cama, apoiei a camisa embolada como se fosse um recém-nascido e afundei a cabeça no travesseiro.

— Os festejos, ao que me parece, continuam. Por que você não ficou lá? — perguntou.

Não respondi. Ouvi os seus passos se aproximando e senti quando se sentou ao meu lado na cama, passando a mão na minha cabeça para me confortar enquanto eu chorava inconsolável naquela noite cheia de beleza. Fazia muitos anos que eu não chorava, dos meus olhos não havia escorrido nem uma lágrima desde que meu filho fora tirado do meu ventre, mas, naquele momento, eu estava chorando, inconsolável. Klara deitou-se ao meu lado na cama e me abraçou. Eu estava me sentindo desfalecer na dor e no sono, ou então era um estado de inconsciência, e escutava a voz de Klara que me consolava:

— Vai passar... Vai passar...

Em uma carta de 21 de abril de 1889, Vincent van Gogh, plenamente consciente do próprio estado, escrevia ao irmão Theo: "Hoje, senti como nunca todos os seus atos de bondade para comigo; não consigo dizer o que sinto, mas garanto que a sua bondade foi de grande virtude e que, mesmo sem ver o resultado, caro irmão, você não deve ficar triste, pois a sua bondade ficará para sempre comigo... Eu gostaria de ter notícias do que dizem nossa mãe e nossa irmã. Se estão bem, diga que encarem a minha situação como algo que não os deve afligir mais do que o necessário, porque sou relativamente desventurado e, apesar de tudo, terei à minha frente alguns anos quase normais. Trata-se de uma doença como as outras..." E, na mesma carta, como se pedisse desculpa, escreve: "... eu não teria escolhido especificamente a loucura, se tivesse tido opção." Pouco menos de um mês depois de ter sido transferido para o manicômio de Saint-Rémy, Vincent escrevia a Theo: "Queria dizer que acho que você fez bem em vir aqui, primeiramente porque, vendo a *realidade* da vida dos loucos ou dos vários desequilibrados deste zoológico, me passa o vago tempo, o medo da coisa em si. E, aos poucos, posso chegar a considerar a loucura uma doença como as outras." Em seguida, em uma carta de 5 de julho, disse que o medo havia novamente se apoderado dele: "Durante vários dias, fiquei *completamente fora de mim*, como em Arles, ou talvez pior, e deve-se presumir que essas crises voltarão, *é atroz*." Em outra carta escrita em setembro daquele ano, Vincent dizia ao irmão onde procurava tratamento: "Meu caro irmão... é sempre entre um intervalo e outro do trabalho que escrevo — estou trabalhando como um obcecado mais do que nunca, tenho um furor surdo de trabalho. E acho que isso ajudará a me curar." Na mesma carta, dizia: "Tento me curar como alguém que quis se suicidar e, achando a água fria demais, procura voltar até a margem." Trabalhava realmente como um louco, conseguindo muitas vezes terminar uma pintura por dia. Uma noite, após completar *Campo de Trigo com Corvos*, pegou o revólver que escondia na cama e deu um tiro no próprio estômago. Quando Theo chegou ao manicômio, o irmão ainda estava vivo. Tentou consolá-lo, ou consolar a si mesmo, disse que ele sobreviveria. Mas Vincent respondeu:

— Seria inútil, a tristeza continuará para sempre.

Meu irmão foi me visitar novamente algumas semanas depois do carnaval. Sentamos um na frente do outro e mal pronunciamos algumas palavras, como costumava acontecer quando ele ia ao meu quarto. Antes que ele fosse embora, perguntei:

— Você se lembra daquela fábula do pássaro que você me contava quando éramos crianças?

— Qual fábula? — perguntou.

— A fábula do pássaro que rasgou o peito e arrancou o coração porque a sua amada foi embora e nunca mais voltou.

— Não fui eu que contei essa fábula a você.

— Tente se lembrar — insisti —, era você que a contava para mim.

— Essa fábula não existe — respondeu meu irmão.

— Se essa fábula não existe, então você a inventou.

— Se eu a tivesse inventado, me lembraria.

— Mas eu lembro que você me contava essa fábula.

— Você mesma inventou essa fábula e a contou para si mesma.

Quando meu irmão ia embora após suas breves visitas, eu sempre me deitava na cama, me cobria com o lençol e, segurando-o com as mãos a um palmo acima da cabeça, observava o céu branco.

Há momentos em que os loucos se separam de suas não realidades e, naquela breve pausa no tempo, percebem uma realidade mais elevada, como um pressentimento do emaranhar-se final dos destinos que constituem o firmamento sobre a Terra e que só podem ser vistos a partir de uma estrela distante.

Os destinos humanos na Nido teciam redes maravilhosas e, muitas vezes, invisíveis. Em algumas ocasiões, no refeitório do hospital, comiam sentados lado a lado uma senhora que havia envenenado o marido e um senhor cuja mulher tentara, sem sucesso, acertá-lo com um machado. Uma garota corria no parque e arrancava lâminas de grama para, em seguida, espalhá-las à sua volta; uma velha, antes de adormecer, pensava em como rastelava a grama na frente de casa e, depois, a jogava fora. Havia pessoas que não conseguiam dormir e outras que, ao contrário, jaziam em sono eterno.

Pessoas que tinham medo de adormecer e outras, de acordar. Um jovem havia sido levado para a Nido porque repetia para todos que não tinha cabeça; outro fora levado para a Nido porque tentava convencer a todos que eles não tinham cabeça. Na pequena biblioteca, uma pessoa sempre segurava a cabeça enquanto gritava:

— As palavras saem voando das páginas! As palavras saem voando das páginas!

Continuava a repetir essa frase, até que os outros leitores se rebelavam e os guardas o levavam de volta para o seu quarto. Uma mulher, enquanto alguém falava com ela, mexia continuamente a cabeça para a direita e para a esquerda porque achava que as palavras voavam na sua direção e se cravavam na sua testa. Havia pessoas que enrugavam a testa, impostavam a voz e se apresentavam como diabos que buscavam se apoderar de almas, anunciavam o Apocalipse e atemorizavam os outros dizendo que o advento do reino das trevas era iminente. Havia pessoas que procuravam infinitamente se salvar das forças demoníacas, não as que se apresentavam como demônios, mas seres diabólicos invisíveis para nós: cuspiam no ar, corriam no ar, golpeavam o ar, tinham medo do ar, gritavam aterrorizados olhando para o ar. Toda vez que os vigias nos diziam que a hora do passeio no parque havia acabado e que tínhamos de voltar para os nossos quartos, uma moça abraçava a árvore mais próxima, jogava-se no chão, lutava por muito tempo para não ser levada embora e gritava:

— Sou um sonho desta árvore! Se vocês nos separarem, ela vai parar de sonhar comigo e eu vou desaparecer!

Outra moça repetia às vezes:

— Os meus sonhos têm folhas e ramos, os meus sonhos têm tronco e casca, os meus sonhos têm flores e raízes... Os meus sonhos são árvores, ou talvez as árvores sejam os meus sonhos.

Os destinos humanos na Nido teciam redes maravilhosas e, às vezes, invisíveis.

No nosso quarto, quase nunca havia silêncio. Do quarto de cima, ouvíamos os passos de Hans e Johan, um caminhava com passos lentos e pesados, o outro rapidamente e na ponta dos pés. Dos quartos próximos ouvíamos autoacusações, risadinhas maléficas, cabeçadas, socos, chutes nas paredes. Até quando aqueles sons próximos se aplacavam, pela janela entravam os gritos provenientes dos outros quartos da Nido.

Às vezes, durante a noite, a voz de Klara me acordava:

— Acorde, temos silêncio!

Às vezes, quando eu acordava à noite, se não ouvia nada, o que era raro, dizia a Klara:

— Acorde, temos silêncio!

Esse era o nosso acordo. Cada uma devia acordar a outra se houvesse um segundo de silêncio. Depois, ficávamos na escuridão, caladas em meio ao silêncio, e, quando ouvíamos o primeiro som ou o primeiro grito, fechávamos novamente os olhos e tentávamos dormir.

Eu e Klara estávamos entre os internos que tinham permissão para sair do hospital e passear na cidade, sempre em grupo e acompanhados pelos enfermeiros. Contudo, nem eu nem ela jamais queríamos sair da Nido e ficávamos com aqueles que não tinham permissão para sair da clínica psiquiátrica. Alguns imploravam ao doutor Goethe para sair, pelo menos alguns minutos, e, com as mãos unidas, ajoelhavam-se diante dele, mas o médico não os deixava ir, mesmo que fossem tranquilos e não tivessem como fazer mal a ninguém ou fugir. O doutor Goethe explicava que uma ida à cidade teria um impacto negativo em sua saúde psíquica. Assim, eles esperavam no portão da Nido aqueles que voltavam do passeio lá fora, esperavam com o olhar de quem espera uma notícia de uma terra distante; depois, suplicavam que os outros falassem da cidade, das pessoas, de tudo o que começava a poucos passos do lugar onde eles ficavam espiando.

Gustav visitava Klara sempre na primeira quarta-feira do mês. Durante um daqueles encontros, disse:

— Mamãe morreu.

Klara ficou em silêncio.

— Quer voltar para casa?

Klara continuou em silêncio.

— Casa... — disse Gustav.

— Não — respondeu Klara.

Quando na Nido se propagavam gritos infernais, quando os gritos se sobrepunham, explodiam, tornavam-se mais fortes, eu achava que estavam nos jogando em um extraordinário mundo desconhecido, no qual, todavia, estávamos protegidas pelas paredes do nosso quarto;

às vezes, quando na Nido se propagavam aqueles gritos infernais, quando os gritos se sobrepunham, se entusiasmavam, se tornavam mais fortes, Klara me dizia:

— Este nosso quarto é como um útero.

No primeiro sábado do mês, o doutor Goethe dava aulas no auditório da Nido. Explicava-nos a loucura, certo de que, daquela maneira, provocaria mudanças em cada um de nós, e ríamos, jogávamos bolinhas de papel, gritávamos para impedir que ele falasse. Mas ele continuava a nos explicar a loucura.

— E o que é a normalidade? — perguntou Klara durante uma daquelas aulas.

— A normalidade...? — disse o doutor Goethe, e interrompeu-se apenas por um instante. — A normalidade é funcionalidade no respeito das leis do mundo em que vivemos.

— Mas também seria possível dizer, de acordo com a lógica usada para explicar a loucura, que a normalidade é apenas o respeito das normas preestabelecidas.

— E o que é a loucura? — perguntei a Klara antes de dormir.

Se eu tivesse perguntado ao meu irmão, ele teria dito que a loucura é quando o ego inconscientemente cria um mundo novo, ao mesmo tempo externo e interno, e que aquele mundo novo é construído de acordo com os desejos do inconsciente; o motivo daquela ruptura com o mundo externo é a contraposição concreta e aparentemente insuportável da realidade e dos desejos.

Klara permaneceu em silêncio. No dia seguinte, propus ao doutor Goethe que fôssemos nós a falar das nossas doenças, em vez de escutar as suas explicações. Depois, várias vezes naquele mês, nos reunimos no auditório da Nido; o doutor Goethe nos perguntava o que era para nós a loucura e falávamos.

Dizíamos:

— Ser louco é como estar em perigo, tentar pedir socorro sem que nenhum som saia da boca. A garganta, a língua e os lábios se movem, mas em vão. E, ao lado de quem está em perigo, existem pessoas, mas que estão viradas de costas e não conseguem entender o que está acontecendo porque o olhar de quem está em perigo e os olhares daquelas pessoas estão dirigidos para direções diferentes, para paisagens diferentes, para céus diferentes. Sim, olhamos para céus diferentes.

— A loucura é um remo que bate em um muro em vez de bater na água, e bate no muro, bate, bate, bate...

— A loucura é um ponto que corre, mas fica parado.

— A loucura é a porta sem maçaneta.

— A loucura é quando você olha alguma coisa que é verde, mas todos dizem que é vermelha.

— A loucura é quando todos esperam que você fale, querem que você fale, fale, fale, mas ninguém escuta, e a boca não sente a si mesma, fica fechada enquanto você fala, fala, fala, e todos dizem que você é louco porque querem que você fale, mas você permanece em silêncio, silêncio, silêncio, e os outros não ouvem que você está falando, falando, falando.

— Uma boneca viva imperfeita.

— O sonho goteja na pupila. A pupila goteja no sonho.

E o doutor Goethe repetia para nós:

— Vocês só falam bobagens.

Mas Klara uma vez retrucou:

— Nós, loucos, dizemos um monte de bobagens, inúmeras coisas sem importância, desconexas entre si, e, entre todas essas coisas, colocamos também algumas outras que são importantíssimas para nós e ficamos vendo se os outros notam a diferença.

> Precisamos rejeitar a ideia de um plano de tratamento das personalidades psicóticas, talvez para sempre, mas talvez apenas temporariamente, até encontrarmos um caminho mais bem-traçado.
>
> Sigmund Freud, *Esboço de psicanálise*

Só poucos dentre nós iam aos encontros no auditório da Nido. Reuniam-se apenas aqueles que, sempre ou temporariamente, estavam tão cansados da loucura a ponto de discutir temas filosóficos; naqueles encontros, parecíamos pessoas sedentas de conversa e, ao mesmo tempo, obrigadas a conversar, como uma força que nos atormentava e não nos dava paz, e que queríamos afastar de nós com as palavras. Discutíamos com muita frequência por que a normalidade e a loucura eram como dois mundos separados.

— A incompreensão é o que separa normalidade e loucura. A loucura não entende a normalidade, a normalidade não entende a loucura — disse uma vez o doutor Goethe.

— Não — contradisse-o Klara. — A loucura não entende a si mesma e a normalidade não entende a si mesma. O que separa a normalidade e a loucura é o medo. A normalidade tem medo da loucura e a loucura tem medo da normalidade. Se a loucura aceitasse a realidade da normalidade, veria as coisas não reais que criou e elas desapareceriam, levando junto a própria loucura. Se a normalidade olhasse atentamente para a loucura, veria verdades inaceitáveis não somente para a loucura, mas também para si mesma, a sua fachada cairia, a armadura desapareceria e todas as anormalidades que aquela que se autodenomina normalidade carrega dentro de si sumiriam. No lugar da normalidade destruída, reinaria a loucura. O confronto com o outro, tanto para a loucura quanto para a normalidade, significa morte e transformação no próprio oposto e na própria negação.

> Poderíamos definir o sonho como uma loucura de breve duração, e a loucura como um sonho longo.
>
> Arthur Schopenhauer,
> *O mundo como vontade e representação*

Havia uma moça que todos chamavam de Almaboa porque sempre perguntava a quem quer que fosse:

— Precisa de alguma coisa?

Quando íamos para o parque, ela colhia flores, arrancava folhas de grama ou quebrava pequenos galhos das árvores e, depois, procurava alguém com olhar aflito, aproximava-se e dava as flores, as folhas de grama, os pequenos galhos.

Quando minha irmã Rosa foi me visitar, depois da morte do marido, ficamos muito tempo sentadas na minha cama. Ela segurava uma fotografia que retratava os seus filhos, Hermann e Cäcilie.

— Agora, vivo só para eles — disse várias vezes durante a nossa conversa quando o seu olhar caía na fotografia.

Erika era ligada à família. Aonde quer que fosse, levava consigo os seus caros. Às vezes, suplicava para que as enfermeiras a deixassem ir ao quarto onde eu e Klara vivíamos. Depois de entrar, ficava sentada o tempo todo em uma das camas, tirava um lenço do bolso e o punha sobre os joelhos. Depois o abria e nos mostrava o conteúdo: pequenos gravetos. Tocava-os, passava os dedos sobre eles como se quisesse acariciá-los.

— Esta é a minha família. Esta é a minha mãe, este é o meu pai, este é o meu marido e estes são os nossos filhos — dizia enquanto separava os gravetos. — Somos uma família feliz.

Mexia ainda um pouco nos raminhos, um por um, depois os enrolava novamente no lenço e guardava a família no bolso. Sempre levava aquele lenço consigo e, com frequência durante as refeições, as pausas no parque ou o trabalho na sala de costura, tirava-o do bolso e arrumava os gravetos que continha. Um dia, não encontrou mais o lenço; ela o perdera ou alguém o havia roubado. Ficou muito triste por causa dos gravetos, por isso médicos enrolaram alguns outros em um lenço e deram a Erika. Ela abriu o lenço, tocou os raminhos e disse:

— Esta não é a minha família.

Às vezes, durante os passeios vespertinos no parque, Krista se aproximava do doutor Goethe e dizia:

— Quero ir para casa.

— E onde fica a casa? — perguntava o doutor Goethe, querendo confundi-la.

— A casa fica na casa.

— A casa fica aqui — dizia o doutor.

— Não — contestava Krista. — A casa fica lá onde está a minha filhinha.

O doutor Goethe mantinha-se em silêncio.

— Quero ficar onde está a minha filhinha.

— Uma coisa de cada vez. Vamos deixar vocês irem embora. Assim que terminar o passeio no parque, vamos deixar vocês irem embora.

Assim, Krista se tranquilizava. Ficava em silêncio por uns dois dias e, depois, pedia novamente para ir para casa.

Às vezes, os pais iam visitá-la. E, naqueles momentos, ela desaparecia. Quando estavam perto, ela não conseguia falar nem olhar para eles. Fixava os olhos em um ponto, como se algo invisível, como se algo na direção em que estava olhando capturasse o seu olhar e o prendesse. Os pais tentavam distraí-la, mas ela continuava a fixar o ponto em que o seu ego desaparecia. Ocasionalmente, os pais de Krista levavam a neta também à Nido. A menina levava consigo cadernos da escola ou desenhos. Arrumava-os na frente da mãe, explicava o que havia naqueles desenhos, lia os cadernos, mas Krista continuava a ser engolida por aquilo que estava fixando e que nenhuma outra pessoa conseguia ver. Depois a filha parava de falar, recolhia os desenhos e fechava os cadernos. Olhava o avô e a avó; depois, a mãe. Ficavam todos calados. A filha olhava na direção em que Krista estava olhando, sabia que ali havia algo que só a mãe conseguia enxergar, algo que eles não conseguiam ver, apenas imaginar, podiam imaginar o que ela olhava até ser engolida por aquela visão. Depois, os avós se levantavam e diziam:

— Vamos...

Os pais acariciavam as mãos de Krista para se despedir, a menina se atirava em seu pescoço e a abraçava até ela se levantar petrificada; então, todos iam embora. Depois daquelas visitas, Krista ficava sentada por muito tempo na cama, encolhida. Em seguida, voltava repentinamente para este mundo, sempre da mesma maneira, revirando-se na cama, resmungando, esperneando, dando tapas, batendo na parede. Os enfermeiros sabiam o que ela faria depois da visita e, antes mesmo que ela começasse, amarravam-na e ela gritava:

— Quero ir para casa! Quero ir para onde minha filhinha está! Estão ouvindo? Quero ir para casa! Deixem-me ir para casa!

Os seus lamentos ecoavam pelos corredores.

— Por que vocês não a deixam ir para casa? — perguntou Klara certa vez ao doutor Goethe.

— Ela só se sente mal quando trazem a filha. Não deve mais ver a pequena. Deve desaparecer para sempre.

A filhinha de Krista não apareceu mais. Talvez o doutor Goethe tenha dado ordens aos avós da menina. E eles, já velhos, apareciam cada vez mais raramente.

Às vezes, Krista parava Klara no parque.

— Vou revelar um segredo — dizia. — Vou revelar um segredo, mas você não deve contá-lo a ninguém.

— Não contarei a ninguém — prometia Klara.

— Vão me deixar ir embora da Nido. Vão me mandar para casa. Para sempre.

— Vão deixar você ir embora — dizia Klara com o mesmo tom de voz confiante.

— Vão realmente me deixar ir embora — repetia como se estivesse se consolando, como uma criança que repete uma mentira não tanto para acreditar no que está dizendo, mas para não pensar na verdade.

Uma moça, cujo nome eu desconhecia, levantava os ombros, ondulava os braços como se fossem asas e olhava para o teto do hospital.

— Ali fica a minha casa. Ali fica o meu ninho — repetia.

Passeávamos quase sem notá-la porque estávamos acostumados às suas tentativas e às suas palavras; todo dia ela tentava alcançar a sua casa, o seu ninho.

Muitos dos que haviam sido levados para a Nido à força queriam ir embora; alguns suplicavam silenciosamente, com as mãos unidas, diante dos médicos ou se ajoelhavam, outros gritavam implorando, outros ainda ameaçavam.

— Vou mandar todos vocês para o inferno! — gritavam aqueles que achavam que eram divindades, divindades caídas apenas temporariamente na Terra; os que acreditavam ser grandes chefes militares capturados pelo inimigo lançavam ameaças, dizendo que, se não fossem espontaneamente libertados, se vingariam assim que retomassem o poder; e havia aqueles que ameaçavam os médicos dizendo simplesmente que quebrariam seus pescoços ou os esfaqueariam.

Alguns se iludiam e iludiam os outros:

— Estamos aqui de passagem, vamos ficar no hotel só hoje, e amanhã... — fantasiavam, indicando com a mão algum outro lugar.

Os pedidos eram particularmente frequentes durante as horas de trabalho, quando os médicos trabalhavam conosco, costurando, fiando, criando objetos de madeira. Então, na sala, alçavam-se como em um coro as vozes daqueles que imploravam para ir embora da Nido: entre as paredes, criava-se uma sinfonia de vozes humanas com súplicas, queixas, convicções; misturavam-se dezenas de vozes naquela sinfonia em que se entrelaçavam diversos ritmos, tonalidades, velocidades e, no meio das palavras pronunciadas, introduziam-se murmúrios indistintos e gritos, sons maravilhosos de dentes rilhados, de bocas cantarolantes, de repetições unívocas, de sons imitados que só era possível ouvir em um sonho ou em um pesadelo, mas, em algum lugar entre as palavras, era possível perceber também o destino de quem as pronunciava, de quem as bufava, de quem as cantarolava, de quem as resmungava, de quem as murmurava e gritava.

— Por que vocês não deixam ir embora aqueles que o desejam? — perguntou Klara ao doutor Goethe uma tarde, enquanto estávamos na sala de costura.

— Porque o lugar deles não é lá, mas aqui — respondeu o doutor Goethe.

— E como o senhor sabe que o lugar deles não é lá, mas aqui?

— Porque a lei estabelece que o louco deve ser protegido da sua loucura e os normais devem ser defendidos dos loucos.

— Eles não querem ficar aqui e têm o direito de ser livres até o momento em que infringirem uma lei — disse Klara. — Ou a própria loucura é uma violação da lei?

— Na própria loucura, existe a possibilidade de a lei ser infringida.

— Em todo ser humano, existe a possibilidade de a lei ser infringida. Por que, então, não prender toda a espécie humana em cárceres e manicômios?

— Às vezes, acho que a senhorita não quer ir embora daqui só pelo prazer de fazer objeções e encontrar erros. Os erros existem em todo lugar. Devem existir porque nenhum sistema é perfeito. Todavia, o sistema de tratamento dos pacientes com doenças mentais é o melhor possível.

— Não. A liberdade é a primeira condição para qualquer tratamento. E a maior parte de nós aqui se sente como prisioneira.

— A senhorita deve considerar que os loucos, onde quer que estejam, sentem-se prisioneiros. Talvez o primeiro passo rumo à loucura seja sentir que o mundo é uma prisão, que o mundo, com as suas leis — e não penso apenas nas leis da sociedade, mas também nas leis naturais —, é vivenciado como uma prisão. Daí talvez derive também a criação de mundos com regras próprias, mas a sensação de escravidão permanece para sempre.

O novelo de lã caiu dos joelhos do doutor Goethe e foi parar no chão. Ele se levantou, pegou-o, sentou-se novamente e, continuando a costurar, prosseguiu:

— Mas, para a senhorita e para a sua amiga — disse fazendo um gesto na minha direção —, é fácil, vocês interpretam uma semiloucura, uma seminormalidade. Para vocês, o que vocês chamam de cárcere é uma libertação do aprisionamento que sentiram fora daqui. Logo entendi. Vocês estão aqui como em um longo período de férias. É lindo, realmente lindo: seus irmãos pagam pela sua estadia, vocês gozam da liberdade nesta prisão, como chamam o nosso hospital, o oposto da não liberdade e da coação que sentiram fora daqui. Aprisionamento e coação são males menores em comparação com as dores verdadeiras que os outros sentem, o aprisionamento e a coação de vocês certamente se devem exclusivamente ao conflito com a família, e não a um conflito profundo dentro de vocês mesmas. Sim, vocês estão aqui como em um longo período de férias. Respeito isso, respeito a escolha de vocês, mas peço que apreciem o meu trabalho e não se intrometam — disse o doutor Goethe, e continuou a tecer o longo xale preto.

Um dos métodos de tratamento praticados pelo doutor Goethe consistia em denegrir a loucura. Reunia uns vinte pacientes em uma das grandes salas do hospital e, depois de chamar um deles, começava o jogo no qual apresentava a loucura como estupidez. Às vezes, esses jogos pareciam uma sutil gozação: se, por exemplo, alguém quisesse convencê-lo de que era Casanova, o doutor perguntava sobre as suas aventuras amorosas, ou se alguém afirmava ser Napoleão, ele o interrogava sobre as suas expedições militares. Às vezes, aqueles jogos eram um tormento, quando o doutor Goethe negava as declarações dos pacientes que falavam obsessivamente dos entes queridos que haviam perdido ou quando ele insistia em fazer perguntas a Hans, que, assim que ouvia "por que", batia com a cabeça na parede.

— Por que você está batendo com a cabeça na parede?

Quando o jogo se transformava em tormento, Klara perguntava ao doutor Goethe:

— Por que faz isso?

Em uma dessas ocasiões, o doutor Goethe levantou um braço para deter uma paciente que se deslocava pela sala sem parar. A mulher, porém, se abaixou, evitando o obstáculo, e continuou a vagar pela sala. O doutor Goethe respondeu:

— O meu objetivo não é fazer com que vocês se perguntem por que eu estou fazendo algo, mas sim que vocês se perguntem por que a paciente reage dessa maneira.

— E como ela deveria ter reagido?

— Deveria ter parado quando levantei o braço, e não evitado o obstáculo. É isso que vocês deveriam ter notado. Esse era o objetivo: algum dos presentes deveria ter notado que, no seu comportamento, havia algo de errado.

— Tudo o que notei é que o senhor é violento com ela — rebateu Klara.

— Não. Não considero isso um tormento, mas apenas uma espécie de teatro.

— Uma espécie de teatro?

— Exato, um teatro. Se alguém tivesse entendido que a paciente estava reagindo da maneira errada, teria tirado dessa observação uma espécie de catarse, um modo para sair do seu estado. Não me refiro à senhorita, as suas condições são ótimas. Entendi há muito tempo que a senhorita está aqui apenas para descansar. Mas estava pensando neles — disse o doutor Goethe, indicando os outros na sala. — Sim, se eles tivessem entendido que a paciente estava reagindo da maneira errada, essa observação teria tido neles um efeito realmente catártico.

— Todos nós entendemos que o senhor agiu de maneira errada, mas isso não provocou catarse alguma em nós — disse Klara.

— Isso porque entenderam errado — retrucou o doutor Goethe e, mais uma vez, levantou o braço na frente da moça que vagava pela sala. — Uma das características principais dos loucos é que, com as suas ações, intenções e declarações, eles demonstram conduzir uma vida sem sentido, mas sem terem consciência desse fato. Se os loucos entendessem a insensatez das próprias ações, intenções e declarações, muito provavelmente interromperiam uma existência encurralada pela insensatez e voltariam a uma existência sensata — explicou o doutor Goethe.

— Todas essas ações, intenções e declarações não são uma consequência do fato de os loucos terem entendido que a existência, racional ou irracionalmente, é insensata e se diferencia no modo em como se apresenta? E de talvez terem decidido viver essa insensatez da maneira irracional que chamam de loucura?

— Não tenho respostas para essas perguntas. Faça perguntas mais simples — respondeu o doutor Goethe, e se aproximou de uma das moças que estavam em um canto da sala. Era Almaboa. — Veja, esta moça não se opõe nunca à coação.

O doutor Goethe tirou do bolso uma agulha e a enfiou levemente na sua testa. Ela permaneceu serena, não se mexeu nem mesmo quando o doutor Goethe se aproximou com a agulha, permaneceu tranquila até mesmo com a ponta da agulha cravada na testa.

— Estou causando-lhe dor, mas ela nem se defende, nem sequer tenta impedir a agressão. Entendeu? Não está se comportando de maneira racional.

— Não é Almaboa que não está se comportando de maneira racional em relação às suas ações, mas as suas ações é que são irracionais — contrapôs-se Klara, e continuou a discutir com o doutor Goethe.

Enquanto a discussão prosseguia, um rapaz chamado Max se afastou do grupo de pacientes que estavam perto da janela, aproximou-se de Almaboa e tirou a agulha da sua testa.

> Precisamos rejeitar a ideia de um plano de tratamento das personalidades psicóticas, talvez para sempre, mas talvez apenas temporariamente, até encontrarmos um caminho mais bem-traçado.
>
> Sigmund Freud, *Esboço de psicanálise*

O amor entre Almaboa e Max iniciou no momento em que ele esticou a mão em direção à sua testa e tirou a agulha. É claro, aquilo não era amor, pois o amor é somente o que os enamorados definem como tal, ao passo que Almaboa e Max não davam nome algum ao que havia entre eles. Era como um fogo silencioso no qual esquentar a alma.

Max passava horas na oficina de carpintaria da Nido enquanto Almaboa ficava na sala de tecelagem e, quando se encontravam durante os passeios no parque, ela pegava um lenço, um guardanapo, um avental que havia escondido entre o sutiã e o coração, e ele lhe dava um cavalinho, uma flor ou um anjinho de madeira. Ele ajeitava o lenço, o guardanapo, o avental em cima e embaixo do travesseiro, e dormia sobre ele. Almaboa ajeitava os cavalinhos, as florezinhas e os anjinhos em cima da mesa de cabeceira ao lado da cama. Depois, conversavam. Almaboa sussurrava o nome dele no sono. E Max falava, tentava descobrir o nome dela, mas ninguém sabia qual era, pois, desde a sua chegada, todos a conheciam como Almaboa.

Max e Almaboa se aproximaram como se aproximavam o céu e a Terra em um ponto distante, unidos apenas pelo olhar voltado para o horizonte, mas, para eles, aquilo não era união nem divisão. Naquela primavera, houve momentos em que, na Nido, todos nós nos esquecemos das nossas loucuras e pensamos em Almaboa e Max, e muitas vezes pronunciamos a palavra "amor".

— Um amor não pode ter início aqui — disse o doutor Goethe.

— O que falta aqui para que um amor tenha início? — questionou Klara.

— Eu não estava me referindo ao lugar. Entre loucos, a realização do amor é impossível porque a loucura carrega consigo um medo mortal do amor. Na loucura, o ódio em relação aos outros e em relação ao amor dos outros se traduz em perigo, e o amor e o ódio ameaçam destruir o ego do louco.

— E isso não é o pior — observou Klara —, pois o ego que mal vibra deseja acima de tudo ser amado; algo nas pessoas com o ego fragmentado diz para elas que, até mesmo quando não querem admitir, só o amor pode conservar seu ego, mas o medo do amor é sempre mais forte do que a consciência e a empurra para o esquecimento, ou então a aniquila com um medo ainda maior.

— Na loucura, o amor só pode ser dirigido a uma personalidade inventada, sonhada; o amor por uma personalidade verdadeira, e portanto o amor verdadeiro e real, é impossível, pois, se o outro se apaixona pelo louco, é porque é igual a ele, e ser igual a ele significa perder a si mesmo. Por isso ama-se uma figura inventada, que é apenas um reflexo de uma parte do eu fragmentado. Para o louco, amar e ser amado é mais perigoso do que odiar e ser odiado mortalmente.

— Mas amar e ser amado não é para alguns loucos uma ilusão, uma necessidade intensa como a vida e a morte? — perguntei. — É a necessidade de fugir da loucura, de voltar à vida.

Aquela primavera, a primavera em que Almaboa e Max não deixaram que se apagasse o fogo silencioso que aquecia a alma, teve, para eles, a duração de uma vida inteira. Max prometeu a Almaboa o que ele mesmo gostaria que a vida lhe prometesse, prometeu coisas totalmente normais, coisas que as pessoas não se prometem porque são corriqueiras e não há necessidade de que sejam desejadas, não há motivo para que sejam desejadas, pois o desejo só pode nascer do que dificilmente pode ser realizado. Ouvimos Max prometer simplesmente uma cama em um quarto com uma janela da qual era possível ver a rua na qual as pessoas caminham (tão semelhante e tão diferente das janelas das quais víamos o parque em que passeavam os pacientes e médicos). Prometeu dias nos quais ensinariam os filhos a falar e a serem felizes, prometeu que os seus corpos ficariam juntos tanto antes de dormir quanto durante o sono. Prometeu coisas totalmente normais, coisas normais que as pessoas nem sequer pensavam em prometer.

Aquela primavera, a primavera em que Almaboa e Max não deixaram que se apagasse o fogo silencioso que aquece a alma, teve, para todos nós na Nido, a duração de uma vida inteira, como se todos nós sentíssemos, após eras glaciais inteiras, que algo ainda conseguia aquecer as nossas almas. Enquanto os víamos no parque, enquanto escutávamos as suas conversas e as comentávamos e pensávamos no que aconteceria em seguida, esquecíamos as nossas loucuras e as nossas loucuras se esqueciam de nós.

Em uma cinzenta tarde primaveril, enquanto esperávamos a chuva e, portanto, em vez de irmos para o parque, ficamos na cama, chegaram na Nido os irmãos de Almaboa. Alguém havia contado a eles falsidades a respeito da irmã, alguém havia contado aquela história do fogo silencioso entre ela e Max de outra maneira, sabe-se lá como, e, quando eles entraram no gabinete do doutor Goethe, a primeira coisa que disseram foi que não haviam levado a irmã para uma clínica psiquiátrica para que ela se tornasse uma puta, mas apenas para que fosse tratada, e quiseram ir vê-la. Depois, entraram na grande sala na qual, em camas dispostas em duas filas, havia cerca de quinze mulheres. E, embora o doutor Goethe tivesse suplicado para que eles não dissessem que a levariam de volta para casa, mas apenas que a levariam para dar um passeio, os irmãos disseram a Almaboa que a levariam para casa, para sempre.

— Quero ficar aqui — disse Almaboa, atirando-se na cama.

— Não existe mais *aqui* para você — disse um dos irmãos, pegando-a pelos ombros e levantando-a da cama. — Vamos levá-la para casa, para sempre!

Almaboa esticou as mãos na direção da mesinha de cabeceira ao lado da cama, pegou alguns cavalinhos, florezinhas e anjinhos de madeira e conseguiu enfiá-los nos bolsos da camisola antes que os irmãos a pegassem para levá-la embora.

Algumas mulheres que estavam no mesmo quarto para o qual Almaboa havia sido transferida abriram a janela e gritaram em uníssono:

— Genteeeee! Estão levando Almaboa embora! Genteeeee! Venham se despedir de Almaboa! Almaboa está indo embora! Vai embora para sempre!

As janelas da Nido se abriram, ficamos atrás das grades olhando o portão do hospital que se escancarava e os dois homens fortes que levavam embora a irmã. Ela estava de camisola e pantufas e, enquanto se debatia entre os dois, caíram dos seus bolsos os cavalinhos, florezinhas e anjinhos de madeira.

E, naquele momento, ouvimos o lamento de Max, tenso e doloroso, como um uivo para a lua. Os irmãos de Almaboa pararam por um instante, e ela também entre eles, e viraram a cabeça na direção do homem do qual a estavam afastando. O lamento de Max também se interrompeu. Olhávamos pálidas atrás das grades das nossas janelas, olhávamos Almaboa, que se afastava enquanto virava a cabeça para as grades atrás das quais estava Max. Nós a observávamos andando assim, virada, com as pernas que seguiam para uma extremidade do mundo e os olhos fixos na outra. Depois, quando ela chegou na saída, ao passar pelo portão da Nido, soltou uma das mãos, levantou-a e se despediu. Parecia alguém se despedindo pela última vez. O irmão a agarrou pela mão e a levou para fora. Seu corpo saiu do nosso campo de visão.

Naquela tarde, tudo mergulhou em um estranho silêncio.

Falamos de Almaboa dias a fio, esperávamos que ela voltasse, mas, depois, a esquecemos. Nós nos lembrávamos dela apenas quando olhávamos o rosto de Max, o que fazíamos cada vez mais raramente. Ele ficava imóvel na cama durante horas, dias, semanas, mordendo os lenços, aventais e guardanapos que guardava embaixo do travesseiro.

— Acorde — ouvi no meio da noite a voz de Klara. — Temos silêncio.

Aquele era o nosso acordo desde os primeiros dias na Nido; se uma de nós estivesse acordada durante um momento de silêncio, deveria acordar a outra. Levantei e me aproximei de Klara. Ficamos perto da janela aberta, olhamos para a escuridão do parque. Era uma noite de verão e, à nossa volta, havia um silêncio denso. Virei-me para Klara, que havia fechado os olhos. Fiz a mesma coisa, entrecerrando os olhos, respirei a paz. De um quarto distante, ouvimos um grito que atravessou o espaço e sumiu. Depois, ouvimos uma risada maléfica seguida de um choro seco. No chão do quarto embaixo do nosso, ressoavam passos pesados como tamancos; de um quarto próximo, ouviam-se golpes na parede; de outro ainda, gemidos; em algum lugar, levantavam-se vozes que pediam socorro, vozes que agradeciam e vozes que protestavam, palavras que pediam liberdade; em outro lugar, ouviam-se vozes humanas que pareciam água gotejando, vozes de animais, gritos de pássaros, vozes que soavam como o vento através dos ramos e vozes que soavam como pedras que se chocavam.

De repente, tudo se aplacava novamente, como se alguém estivesse sufocando aquelas gargantas escancaradas. Silêncio. Depois, novamente, as vozes se reacendiam, o pranto e a risada, os berros e os choros, os estalos e os assobios, os pedidos e o desespero, os agradecimentos e as maldições.

Klara fechou a janela e disse:

— Todas as pessoas normais são normais da mesma maneira, mas cada louco é louco a seu modo.

# SEXTA PARTE

— Todas as pessoas normais são normais da mesma maneira, mas cada louco é louco a seu modo — repetiu Klara, ficando perto da janela. Eu já havia me coberto com o lençol e estava tentando pegar no sono. — O que tem ali embaixo?

— O quê?

— Ali... Perto daquela árvore — disse Klara.

Levantei e me aproximei da janela. Klara estava indicando as árvores no parque.

— Está escuro — observei —, não enxergo nada.

— Tem algo pendurado na árvore. Algo ou alguém.

— Você não está vendo direito.

— Não — respondeu Klara. — Tem algo ou alguém pendurado.

Ficamos na janela e olhamos através da escuridão. Depois, a escuridão começou a ficar menos densa, diluiu-se com o rubor claro da alvorada.

— Tem mesmo alguém pendurado — concordei.

De manhã, retiraram Max de um galho de pinheiro. Ninguém sabia como ele havia deixado o quarto e saído do edifício sem ser notado. Depois, subira na árvore e pusera uma corda em volta do pescoço.

Naquele dia, Klara pegou da mesinha de cabeceira o pedacinho de papel no qual o irmão havia desenhado uma mulher, de costas, em pé na beira de um abismo, e o colocou no bolso.

— Quero ir embora daqui — disse. — Quando Gustav vier, vou embora. E você também irá.

A partir de então, começou a falar cada vez menos. Ficava em silêncio como alguém que estivesse esperando algo, tensa. Não repetiu mais que iria embora, mas, mesmo sem dizê-lo, sabia que aconteceria. E assim foi quando seu irmão chegou.

— Quero ir embora daqui — anunciou para ele.

— Quer voltar para casa? — perguntou Gustav.

— Quero ir embora daqui — repetiu ela.

— Tudo bem — disse Gustav.

— Adolfine também irá embora — acrescentou Klara.

Embalamos as poucas coisas que tínhamos; coloquei as minhas na mala em que, antes, eu guardava as roupinhas para a criança que não pari; Klara arrumou as próprias coisas em outra pequena mala e, depois, fomos embora da Nido. A clínica ficava no meio do caminho entre a casa para a qual Klara deveria voltar e a casa para a qual eu deveria voltar. Abraçamo-nos, separamo-nos, continuei pelo meu caminho. Ao chegar ao edifício do qual eu havia ido embora muitos anos antes, subi a escada e peguei a chave no envelope. A fechadura era a mesma, girei a chave duas vezes. Abri a porta e entrei. Fiquei no vestíbulo, o cheiro era o mesmo de antes de eu ter ido embora, aquele cheiro que leváramos conosco ao nos mudarmos para aquela casa, quando eu tinha 11 anos, e que ficara inalterado mesmo depois de Sigmund, aos 21 anos, ter ido embora, seguido por minhas irmãs quando se casaram e, depois, por meu irmão Alexander, quando ele saiu de casa. Aquele cheiro da nossa casa permaneceu igual mesmo depois da morte de papai, quando eu tinha 34 anos, um ano antes de ir para a Nido. Permaneceu o mesmo até sem mim, durante aqueles sete anos. Movimentei-me lentamente por todos os cômodos e, no final, entrei no meu quarto. Ali, na parede perto da cama, ainda estava a marca do meu filho nunca parido. Aproximei-me, passei o rosto sobre a mancha desbotada. Se eu tivesse conseguido chorar, a mancha teria se misturado às lágrimas; esfreguei o rosto seco naquela mancha seca. Fui para a cozinha. Sobre a mesa havia uma caixa com os talheres. Sentei-me. Comecei a passar um pano nas colheres, garfos e facas. Depois, ouvi a porta de casa se abrindo. Peguei uma faca. A porta da cozinha se abriu.

— Você voltou — ouvi a voz da minha mãe perguntando e, ao mesmo tempo, constatando.

— Voltei — respondi, passando o pano na faca.

Minha mãe sentou-se perto de mim. Pegou a vela do candelabro colocado no centro da mesa e começou a passá-la entre os dedos, como alguém que não tem nada a dizer ou que tem tanta coisa a dizer que não sabe por onde começar. Larguei a faca brilhante, peguei outra da caixa e comecei a lustrar a lâmina com o pano.

— Está na hora de aprendermos a conversar — disse minha mãe.

Continuei a esfregar a faca, embora ela já estivesse brilhando. Meu olhar caiu sobre os dedos da minha mãe, que continuavam a girar a vela. O pano deslizou e meus dedos passaram sobre a lâmina da faca. Mamãe se levantou de repente, pegou o álcool, despejou sobre um chumaço de algodão e o enrolou nos meus dedos. Depois, voltou a se sentar atrás da mesa.

— Está na hora de aprendermos a conversar — repetiu.

Pegou novamente a vela, cravou as unhas na cera e começou a escavá-la. Fragmentos de cera caíram no chão. Olhei o seu rosto, olhei-o pela primeira vez depois de muitos anos. Ela levantou o olhar e nos encaramos. Baixei os meus olhos para os dedos enfaixados. Mamãe se inclinou para recolher do chão os fragmentos de cera.

— Como está Anna? — perguntei.

— Está bem — respondeu, levantando-se e sentando-se novamente atrás da mesa. — E os outros pequenos de Sigmund também estão bem — acrescentou. Era assim que chamava os filhos de Sigmund, "os pequenos de Sigmund", e só quando falava deles dizia "Sigmund", e não "o meu Sig", como sempre. Olhava os pedacinhos de cera na palma da mão. — Quer vê-los?

— Quero — respondi.

Ainda não era o crepúsculo quando fomos à Berggasse, número 19. Pela primeira vez, na maneira como caminhávamos uma ao lado da outra, na maneira como ficávamos em silêncio e, de vez em quando, rompíamos aquele silêncio com algumas palavras, entendi como eu havia mudado durante aqueles anos passados na Nido e como minha mãe havia mudado. Como se um abismo tivesse se aberto entre aquelas nossas vidas de antigamente, engolindo a amargura e o ódio e deixando apenas uma surda tranquilidade e um denso silêncio.

Na casa do meu irmão, Martha nos recebeu. De algum lugar, Anna surgiu.

— Sua tia veio fazer uma visita — disse Martha.

Aproximei-me, abracei-a e beijei sua testa. Ela se afastou, limpou a marca úmida dos meus lábios na sua testa e fugiu.

— Onde está Sigmund? — perguntei, virando-me para Martha.

— Está em Veneza, com a minha irmã — respondeu.

Nos anos passados no manicômio, onde a existência era uma fuga da realidade, esqueci que eu nunca havia saído de Viena, esqueci que, quando jovem, eu sonhava em ir morar em Veneza com Rajner.

— Já estiveram em Veneza há alguns anos — acrescentou Martha. Lembrei que aquilo havia acontecido no dia após terem tirado meu filho. — Naquela época eu não podia viajar por causa das crianças e, também desta vez, minha irmã foi com ele. Vocês ficam para jantar? — perguntou.

— Não, obrigada — respondi.

Enquanto eu e minha mãe voltávamos para casa, vieram-me à mente os anos da infância, quando me afastei de Sigmund e passei a só sair de casa com ela. Caminhávamos uma ao lado da outra até o mercado ou até a loja de papai, e algo naquela nossa volta para casa me lembrou daqueles passeios.

— Hoje de manhã, fiz sopa de vitela — disse mamãe quando entramos em casa. — Vamos tomar.

— Só deve ter o suficiente para você.

— Vamos dividir — propôs minha mãe.

— Quero descansar.

Entramos no quarto. Minha mãe se aproximou da janela e fechou a cortina.

— Troquei os lençóis regularmente — comentou. — Sempre achei que você poderia voltar de repente. Tudo mais permaneceu igual, como antes de você ter ido embora.

Olhou para a mancha de sangue desbotada na parede. Depois, saiu do quarto fechando a porta. Aproximei-me do armário no qual, anos antes, eu guardara as roupinhas para a criança que carregava dentro de mim. Abri a porta e vi na minha frente fraldas, sapatinhos do tamanho de um polegar, uma touquinha e uma mantinha de recém-nascido. Peguei-os, eram infinitamente simples, como se, naquele intervalo, minha alma tivesse sido aliviada da amargura. Levantei-os um por um diante dos meus olhos, estavam carcomidos por traças, pareciam teias de aranha. Peguei a touquinha e deitei-me na cama. Fiquei olhando por muito tempo para os fios partidos, aquele tecido carcomido, e peguei no sono.

Meu irmão e Mina voltaram de Veneza alguns dias depois. Durante o almoço de domingo, falaram demoradamente sobre a viagem. Interrompi-os com uma afirmação banal:

— Então, é realmente tão bonita quanto dizem.

— É mesmo — confirmou Mina. — Mas não consigo descrevê-la. Você precisa vê-la.

— Há coisas que devem ser vistas no momento certo. Nem antes nem depois — disse eu. — Se você as vê antes ou depois do momento certo, é pior do que se não as tivesse visto, porque, mesmo não as vendo, elas viverão dentro de você com a ajuda da imaginação, ou você as sonhará antes e, depois, as tornará vivas dentro de si. E, se você as vir antes ou depois, é como se estivesse matando algo dentro de si mesma, algo que, até aquele momento, havia vivido dentro de você ou deveria ter nascido de você.

— Você continua a pensar como uma fatalista. Como antes de ir para a clínica — observou Mina.

— A despeito do que você pensa, é tarde demais para que eu vá embora para Veneza.

— Não estou falando de ir embora para Veneza, mas apenas visitá-la — retrucou Mina.

— Antigamente, eu sonhava em ir embora para Veneza.

Depois, a discussão tomou outro rumo. Mina tentava me falar do sucesso que meu irmão havia obtido enquanto eu estava ausente e do qual ele nada dizia quando ia me visitar na Nido; falava dos seus livros que mudaram para sempre a compreensão do homem para aqueles que os leram; falava do seu trabalho com os pacientes, da sua carreira universitária, da fundação da associação para a psicanálise. Eu escutava com atenção, Mina falava, os outros comiam.

Meu irmão, apesar dos compromissos, continuava a visitar mamãe todos os domingos pela manhã e, no almoço de domingo, éramos nós que íamos à casa dele. Toda manhã, eu descia a escada do edifício, ia até o final da rua e, depois, voltava para casa. Toda vez que eu saía, ia um pouco mais longe, caminhava sem destino, como se passasse por um quarto no qual não estava procurando nada, no qual eu não esperava encontrar nada e nada me esperava, um quarto pelo qual eu simplesmente tinha de passar. Durante um desses passeios, encontrei o doutor Goethe. Perguntou como eu me sentia na minha nova vida depois de ter ido embora da Nido.

— Aqui estou eu, caminhando — respondi.

Perguntei como andava a vida na Nido. Ele me contou que os irmãos de Almaboa, assim que souberam da morte de Max, levaram a irmã de volta para a Nido. Ela não podia ou não queria acreditar que Max havia morrido e falava o tempo todo com ele, quase sem notar os outros. Cada vez mais raramente, perguntava:

— Precisam de alguma coisa?

Olhava para o vazio, fazia perguntas para o vazio, dava respostas ao vazio; naquela ausência à sua volta, Max estava por toda parte. Eu sabia que a luta de Almaboa contra a insensatez, com a ajuda da coisa mais insensata que pudesse existir, ou seja, conversar com o vazio, significava dar sentido à insensatez; desde sempre, o mundo está cheio de pessoas que se encaram e conduzem conversas vazias.

Quando encontrei Klara, entendi que a vida podia ter um sentido. Desde a saída da Nido, ela começara a cuidar de 14 crianças como uma mãe. No período em que estava na Nido, seu irmão se tornara pai diversas vezes. Engravidara mulheres que demonstravam ter dez anos a mais do que realmente tinham e que iam fazer faxina no seu ateliê; garotas que posavam como modelos para as suas pinturas, operárias que ele encontrava ao raiar do dia, cansadas do trabalho na fábrica, enquanto voltavam para casa. As crianças que Gustav tinha com elas eram, para ele, o fruto de um ato breve e levado a cabo apressadamente.

— Não cuido nem do que concebi de maneira consciente — dizia ele a Klara, pensando nas próprias pinturas. — Imagine se vou me preocupar com algo que eu nem imaginava conceber enquanto estava fazendo outra coisa.

Era como se os seus filhos não tivessem pai e cada um deles tivesse duas mães. Klara cuidava deles como se fossem seus. Eram todos meninos e tinham sobrenomes diferentes, os sobrenomes das mães, mas todos se chamavam Gustav. "Os meus 14 pequenos Gustav", era como ela os chamava. Corria de um canto a outro da cidade para ajudar as mães. Levava ao médico o Gustav filho da costureira Elsa; cuidava do Gustav da comerciante Hana, doente, toda vez que ela não estava bem; corria até a prisão central de Viena para implorar que fosse libertado o maior de todos os Gustav, que havia sido preso por ter esfaqueado um coetâneo em uma briga. Uma vez por mês, recebia dinheiro do irmão. Servia para manter os seus filhos, e ela o entregava às mães deles. Três vezes por ano, passeava por Viena com todos os Gustav para comprar roupas. Eu a via cada vez menos. Falava dos 14 Gustav só se eu perguntasse, após ela ter perguntado como eu estava. E, quando eu perguntava como eles estavam, ela falava dos meninos com alegria, com certa ponta de orgulho e certo constrangimento, como se estivesse se desculpando pelo que estava dizendo. Depois, falava das outras coisas que a tornavam feliz: perguntava se eu sabia que as mulheres haviam ganhado o direito de se divorciar e de dispor dos próprios bens durante o casamento, se eu sabia que as mulheres tinham obtido o direito de voto nas eleições, se eu sabia que os trabalhadores já podiam lutar pelos próprios direitos. Eu a encontrava cada vez menos, com algum novo filho do seu irmão; tinha ela cada vez menos tempo e uma casa a mais. Nos anos seguintes, os nossos encontros se reduziram a um cumprimento com a mão enquanto eu a via correr pelas ruas com algum dos 14 Gustav.

No verão de 1914, começou a Grande Guerra, que se propagou rapidamente por toda a Europa. Os jovens foram mobilizados, o filho da minha irmã Rosa foi mandado para o front em setembro e, poucos meses mais tarde, também os filhos de Sigmund: Martin foi para a Rússia; Ernst, para a Itália; Oliver, para a engenharia militar para construir túneis e quartéis nos Cárpatos. Nas entradas das cidades, eram penduradas listas com os últimos caídos nos campos de batalha; pelas ruas, encontravam-se os mutilados. A guerra trouxe a pobreza: não havia sabão, não havia gasolina, não havia farinha, não havia pão; a refeição habitual se reduziu a batatas e arroz. Naqueles anos, quem queria um pouco de carne ia caçar esquilos nos parques ou criava coelhos nos apartamentos. Não havia carvão nem lenha a ser queimada; no inverno, ficávamos enrolados nas cobertas, usando chapéus e luvas. Um dos invernos da guerra foi o mais gélido de que tenho lembrança; o frio não nos permitia sequer dormir à noite; ficávamos acordadas, eu e mamãe, na escuridão da sala de estar, batíamos os pés no chão e esfregávamos as mãos para nos aquecer, dizíamos poucas palavras e, depois, quando a alvorada mitigava o frio, íamos dormir cada uma no próprio quarto. Às vezes, alguma notícia nos alegrava, como quando recebemos o telegrama dizendo que Sophie, que três anos antes se casara com o fotógrafo Max Halberstadt e se mudara para Hamburgo, tinha tido um filho. Era o primeiro neto do meu irmão. Chamaram-no Ernst. Uma noite, alguns dias mais tarde, Sigmund me disse que Hermann, o filho da nossa irmã Rosa, havia morrido com uma centena de soldados quando, em sua trincheira, foram lançadas algumas granadas. Os corpos foram despedaçados, misturando-se troncos, mãos, pernas e cabeças, e, em vez de colocá-los em um túmulo, deixaram-nos ali, na trincheira.

No dia seguinte, quando fui visitar Rosa, encontrei-a encarquilhada na cama, com a cabeça apoiada no ombro de Cäcilie, sua filha. Era como se tivesse encolhido em menos de um dia, como se toda a força que fora necessária para criar o filho tivesse abandonado seu corpo depois que ele morrera.

— Agora vivo apenas para Cäcilie — disse. — Se não fosse por ela, eu não viveria nem um instante a mais.

Então, recomeçou a choramingar, como se estivesse lentamente desfiando um tecido.

Durante os anos de guerra, às vezes eu dormia na casa de Rosa. Outras vezes, enquanto conversávamos, andávamos pelo apartamento, circulávamos pelos cômodos, pelo corredor, pelo terraço. Naqueles longos passeios em um espaço limitado, só não entrávamos no quarto de Hermann, onde ele dormia antes de partir para a guerra. Rosa só abriu uma vez a porta daquele quarto e, antes de voltar a fechá-la, disse:

— Sempre acho que ele vai voltar. Por isso, conservo as roupas e mantenho os objetos como ele deixou quando foi para a guerra. À noite, quando me sento perto da janela, ouço passos e reconheço os sons do seu caminhar; levanto-me e abro a janela, mas não tem ninguém na rua. Uma vez, a sua risada me acordou, fui, abri a porta, e o seu quarto estava vazio, mas com o mesmo cheiro que ele tinha quando era pequeno e eu lhe dava banho. Quando como, penso que ele está com fome. Se tivessem trazido o seu corpo, teria sido diferente. Mas como posso acreditar que ele morreu na trincheira com outras centenas de soldados?

No final da guerra, durante um dos encontros de família em sua casa, Sigmund leu em voz alta um telegrama recém-chegado no qual diziam que os filhos logo voltariam do front, e pensei em Rosa, mas não tive coragem de olhá-la. Pensei nela naqueles dias, ao ver pelas ruas as mães que abraçavam os filhos que voltavam do front.

Na primavera após o fim da guerra, encontrei Johana Klimt. Um ano antes, eu soube que Gustav havia morrido, mas não fui ao funeral, não fui visitar Klara nem telefonei.

— Depois do derrame, meu irmão ficou paralisado na cama um mês antes de morrer — disse Johana. — Klara passou aqueles trinta dias na sua cabeceira. Algumas semanas mais tarde, morreram no front, um depois do outro, os seus filhos mais velhos. Desde então, Klara só fica sentada em um canto, sem dizer nada, sem responder às nossas perguntas. Levei até ela os Gustav dos quais ela tanto cuidou; achei que, cuidando de alguém, ela voltaria a estar entre nós. Mas ela permaneceu em outro mundo. Então, decidi mandá-la de volta para a clínica psiquiátrica. Agora, eu é que cuido dos Gustav, vou visitá-los nas casas onde moram com as respectivas mães. Quando estão doentes, eu os levo ao médico; uma vez por mês, levo o dinheiro que sobrou da herança do pai. Mas sei que não posso cuidar deles da mesma maneira que Klara. As mães dos Gustav dizem: "Sua irmã era a melhor mãe do mundo", e os Gustav também. Pedem o tempo todo que eu os leve à Nido para visitar a tia, mas eu me nego. Aquele não é um lugar para crianças.

Johana foi embora para a sua casa e eu, para a minha. Depois, mudei de ideia e me encaminhei para a Nido. No caminho, pensei em Gustav na cama depois do derrame, inconsciente, e Klara, que permanecia ao seu lado, sabendo que ele estava indo embora e, pela primeira vez, vendo-o não como irmão e protetor, mas como uma criança. Tentava acordá-lo daquele estado que não era sono e do qual ele nunca mais voltaria, falava com ele, e não mais com a voz da irmã que pedia para ser protegida da mãe, mas com uma voz de mãe, diferente da voz da mãe deles, uma voz com a qual Klara procurava convencê-lo de que tudo ficaria bem, que tudo passaria, sem perceber que estava tentando convencer a si mesma. Depois, quando soube da morte dos dois Gustav mais velhos, não conseguiu mais convencer a si mesma.

— A senhorita quer ver Klara agora? — perguntou o doutor Goethe quando entrei no seu consultório na Nido.

— Eu a verei quando vier com os seus Gustav — respondi.

Fui com todos os 12 uma semana depois. O doutor Goethe nos disse que Klara havia sido transferida para outro quarto.

— Por que não está no quarto em que ficou durante tantos anos? — perguntei, mas o doutor Goethe fez apenas um gesto com a mão.

Percorremos os corredores. De alguns quartos surgiam rostos pensativos, rostos perdidos, rostos assustados, rostos aterrorizados; olhavam-no com olhos cansados, com olhos vazios, com olhos cheios de medo, de emoção, de louca felicidade, de ódio e amor imotivados, com olhos cheios de náusea e felicidade; mantinham os lábios cerrados, em silêncio, escancaravam-nos surpresos, pronunciavam palavras quase imperceptíveis, abençoavam ou amaldiçoavam, gritavam de dor e de felicidade. Alguns dos Gustav estavam aterrorizados. O menor, com quatro anos, apertava com força a minha mão e ficava grudado em mim, fazendo-me tropeçar.

No quarto em que o doutor Goethe nos levou, havia uma dezena de mulheres deitadas em camas; algumas estavam imóveis, outras se reviravam e se queixavam, uma estava com as mãos e pernas amarradas. Em uma cama no fundo, no canto, estava Klara, vestindo uma túnica branca. Estava encolhida, as pernas dobradas, os joelhos no queixo. Mantinha as mãos cruzadas, apertadas sobre o peito. Olhava para a parede. Eu e os 12 Gustav nos dispusemos em volta da sua cama. Depois, o garoto mais velho, que tinha 17 anos, sentou-se ao seu lado.

— Tia Klara — disse.

Nem o nome fez com que ela se mexesse, nem a voz de uma pessoa conhecida. Klara continuava a respirar regularmente, olhando para a parede.

— Viemos fazer uma visita — continuou ele. — Estamos todos aqui.

O menor dos Gustav se aproximou da tia e acariciou seus cabelos. Era baixo demais para ver o seu rosto virado para a parede. O maior, o que estava sentado na cama, apoiou a mão na da tia. Seus punhos estavam fechados. Não apertados, apenas fechados.

Uma mulher, em uma cama do outro lado do quarto, começou a gritar. O seu grito provocou uma série de berros, prantos, risadas das outras mulheres. Uma delas ameaçou incendiar tudo. Só Klara permaneceu em silêncio. O seu silêncio era mais forte do que todos aqueles gritos.

O irmão mais velho se voltou para o doutor Goethe.

— Talvez aqui seja barulhento demais para ela... Todas gritam. E ela fica em silêncio.

O doutor Goethe fez um "não" no ar com o indicador e, depois, com a voz, repetiu aquele "não" diversas vezes e disse:

— Até pouco tempo atrás, ela estava sozinha em um quarto. No mesmo quarto em que viveu durante vários anos. Mas, desde que chegou, não disse nada. Por isso, na semana passada, nós a trouxemos para cá. Sem dúvida, o silêncio do seu quarto a deprimia ainda mais. Ela precisa ser provocada. Acho que esses gritos a farão falar.

— Esses gritos farão com que ela afunde no silêncio para sempre — disse o maior dos Gustav.

— Está enganado — rebateu o doutor Goethe.

— Não importa se estou enganado. O importante é que o senhor pare de atormentá-la mantendo-a no meio desses gritos.

— Acho que ela não está atormentada aqui. Veja o rosto dela. Quando a trouxemos do seu quarto para cá, seu rosto estava inquieto. Naquele quarto, Klara ficava sempre em silêncio e imóvel como agora, mas o seu rosto estava contraído de uma maneira indescritível. Agora, irradia tranquilidade.

De fato, o rosto de Klara tinha uma expressão de paz espectral. Os filhos de Gustav Klimt olhavam a tia na cama, em posição fetal, com o rosto impassível como um embrião. O Gustav menor aproximou-se das suas pernas e acariciou seus pés. Apoiei minhas mãos sobre as mãos do menino, sobre os pés de Klara. Estavam frios como os de um cadáver. Klara continuava a olhar para a parede branca e a respirar regularmente. Eu disse:

— E se isso fosse uma autoanestesia? E se ela tiver se apagado sozinha para se salvar desses gritos?

— A senhorita está falando de coisas que não entende — disse o doutor Goethe. Depois, voltou-se para os Gustav: — Vamos, crianças. Vocês já viram sua tia. Está na hora de voltarem para casa.

Fomos rumo à porta. Deixei que os 12 Gustav passassem na minha frente no corredor, mas, depois, antes que eu saísse, o menor voltou. Foi até a cama de Klara, aproximou-se da sua cabeça, aproximou os lábios para beijá-la, mas ela estava virada para a parede e a cama era alta demais, e ele não conseguia chegar até o rosto da tia.

Então, foi até a beirada da cama e beijou seus pés. Virou-se e correu em direção à saída.

No dia seguinte, fui à casa de Sigmund e pedi que ele convencesse o doutor Goethe a transferir Klara para o quarto dela, mas, poucos dias mais tarde, ele me disse que o seu colega havia rejeitado o pedido. Naquele período, quando eu acordava, sempre dizia a mim mesma que precisava visitar Klara novamente, mas logo arrumava uma desculpa. Em Viena, havia uma epidemia de pneumonia e febre espanhola, todo dia morriam centenas de pessoas; as ruas, os teatros, a Ópera e os cinemas estavam fechados, era recomendado sair de casa somente em caso de necessidade. Naquele ano de 1919, imediatamente depois das doenças que se alastraram no final do conflito, o Império Austro-Húngaro, destruído pelas guerras, ruiu e nós ficamos naquela parte que, desde então, passou a se chamar Áustria.

Era uma tarde de domingo quando Sigmund nos disse que Sophie havia comunicado que estava grávida do terceiro filho. Desde o casamento, seis anos antes, ela nunca mais voltara a Viena e, em todo aquele período, Sigmund e Martha só foram visitá-la em Hamburgo duas vezes. Nesse ínterim, deflagrou-se a Grande Guerra e não era possível viajar, e, depois do fim da guerra, as linhas ferroviárias entre a Áustria e a Alemanha ficaram interrompidas. Naqueles meses, meu irmão telefonava diariamente para Sophie; um mês antes de dar à luz, ela disse que estava se sentindo muito mal e, no dia após o parto, Max Halberstadt, o genro, telefonou para dizer que a situação de Sophie era complicada e que ela havia sido levada às pressas para o hospital. No dia seguinte, Max telefonou novamente e disse que Sophie havia morrido.

Quando o vi pela primeira vez após a morte de Sophie, meu irmão estava sentado imóvel, com o olhar fixo em algum ponto no meio da mesa. Assim que ouviu que tínhamos começado a falar de Sophie, disse:

— Não há tristeza maior do que sobreviver aos próprios filhos.

Muito tempo antes, quando as palavras "morte" e "filho" eram pronunciadas uma após a outra, parecia que eu sentia uma pontada no útero.

— Não há tristeza maior do que sobreviver aos próprios filhos — repetiu minha irmã Rosa.

No quarto, ouvia-se o choro silencioso de Martha misturado ao tilintar da faca e do garfo que se tocavam em suas mãos murchas e batiam no prato.

No outono daquele ano, chegou de Berlim minha irmã Marie, alguns dias após sua filha Martha ter se jogado de uma ponte no Spree, onde, anos antes, seu filho Theodor havia se afogado. Seu marido morrera havia muito tempo. Ela ficou na nossa casa até o fim do inverno e, quando a conversa entre nós — eu, mamãe e ela — terminava, Marie saía em silêncio do quarto e retornava muito tempo depois com os olhos avermelhados. Voltou para Berlim no final do inverno, quando a neve já estava derretendo.

No verão de 1922, mamãe, Rosa e todos os outros da casa de Sigmund foram nas férias para os Bosques de Viena. Foi um verão quente, tudo estava escaldante e a cidade tremia diante dos olhos, como se estivesse prestes a derreter. De manhã, quando ainda era possível sair, eu passeava perto do edifício no qual ficavam os apartamentos de Sigmund e Rosa, às vezes; tocava a campainha da minha irmã para acordar Cäcilie. Minha sobrinha tinha 23 anos e era tão bonita quanto Rosa havia sido, a mais bela de todas nós, irmãs. Certa manhã, vi que Cäcilie tinha escancarado as janelas, era uma das raras manhãs em que havia um pouco de vento e as cortinas voavam para fora, como asas brancas estendidas na direção da rua. Entrei no edifício, subi a escada e toquei a campainha. Esperei e toquei novamente. Apoiei a mão na maçaneta. A porta não estava trancada. Entrei no apartamento. Todas as portas e janelas estavam escancaradas, ouvia-se apenas o ruído do vento. Fui até o quarto de Cäcilie; ela estava na cama e, ao seu lado, havia uma carta e uma caixa de comprimidos vazia em cima da mesinha de cabeceira. Estava deitada tranquilamente, como se estivesse dormindo. O seu corpo ainda estava quente. Olhei-a e pensei na minha irmã Rosa. Sentei-me na cama, ao lado do seu corpo morto em uma camisola branca. Peguei a carta na qual ela explicava o porquê do seu gesto: apaixonara-se por um oficial casado, engravidara, ele dissera que não se casaria com ela. "Sei que não é possível comparar o horror da vergonha com o horror da perda", escreveu, "mas é como se a vergonha tivesse me matado, e eu também não seria capaz de garantir uma vida de verdade à criança que eu poria no mundo. Eu não poderia criá-la como você criou a mim e a Hermann", continuava, dirigindo-se à mãe, "não poderia amá-la como você nos amou nem fazer por ela os sacrifícios que você fez por nós. E também não poderia dar-lhe a vida que ela teria merecido, aquela vida que eu seria obrigada a dar-lhe como foi dada a mim. A melhor coisa é que eu não dê vida alguma a nada e tome a sua para mim. Sei que não é possível comparar o horror da vergonha e o horror da perda, mas eu não poderia me perdoar se, para me salvar do horror da vergonha, eu tivesse dado a você dois horrores: o da vergonha e o da perda. Mas sei que você pode me perdoar e imploro por esse perdão." A grafia era calma, como se Cäcilie tivesse escrito uma simples mensagem, um aviso dizendo que tinha saído de casa e voltaria logo. Mas, depois de um pequeno espaço, com uma grafia totalmente diferente, as letras separadas, certamente escritas quando ela já sentia que estava lentamente afundando em algo semelhante ao sono, escreveu: "Seja forte, como sempre."

Deixei a carta sobre o travesseiro. Acariciei os cabelos de Cäcilie, os seus longos cabelos negros espalhados sobre o travesseiro, em meio às folhas da carta. Pensei em Rosa, nas palavras que ela dissera quando o marido morrera e os filhos ainda eram pequenos:

— Agora, vivo apenas para os meus filhos; se não fosse por eles, morreria imediatamente.

Pensei novamente nas palavras que ela dissera quando o filho morrera:

— Agora, vivo só para Cäcilie; se não fosse por ela, eu não viveria nem um instante a mais.

Apoiei as mãos sobre o ventre de Cäcilie, ali onde uma vida havia terminado, e senti uma dor no meu ventre. Apoiei as mãos sobre o ventre de Cäcilie como que para sustentar algo vivo, algo que não devemos deixar cair, e continuei a sentir dor no meu ventre. Depois, inclinei-me e beijei sua testa.

Minha irmã voltou a Viena naquela mesma noite. Passou a noite na cama, abraçada ao corpo sem vida. Sigmund e eu estávamos sentados no canto; vez por outra, nos levantávamos um de cada vez e tentávamos convencer Rosa a ir descansar em casa. Ela não nos dava ouvidos, permanecia deitada, abraçava e acariciava aquele corpo sem vida, sussurrava coisas incompreensíveis e, só pelas nuanças da voz, entendíamos quando ela estava implorando e quando estava repreendendo a filha, quando suplicava e quando a amaldiçoava.

— Agora, não tenho mais ninguém para quem viver — eram as únicas palavras que minha irmã Rosa repetia depois do funeral da filha; todos os outros pensamentos passavam e desapareciam, até mesmo os cotidianos, os que repetíamos por hábito, era como se nunca mais fossem voltar à sua boca depois de ela tê-los pronunciado; só aquele pensamento voltava o tempo todo, como se Rosa estivesse tentando se convencer de que o seu corpo devia morrer. O seu corpo enfraquecia mais a cada dia, os médicos aconselharam que ela fosse para algum lugar para se recuperar. Ela e mamãe foram para as termas de Gashtajn e voltaram seis meses depois. Na primeira noite após a volta, minha irmã não quis dormir sozinha em casa e eu fiquei lá com ela. Antes de ir para a cama, Rosa me disse:

— Fico sempre pensando se fui uma boa mãe. Se dei aos meus filhos tudo o que eles precisavam, nenhuma palavra a mais nem a menos. Mas sempre parece que eu disse algo que não era necessário e que deixei de dizer algo que eles deveriam ter pedido. É inútil pensar assim, pois, agora, as vidas deles, assim como a minha, são como uma conversa encerrada.

Pegou duas fotografias, uma da filha e outra do filho, acariciou-as com os dedos úmidos de suor ou de lágrimas.

Naquele período, meu irmão se queixava de uma excrescência qualquer na boca que o impedia de comer. Os médicos disseram que era a reação do seu organismo ao excesso de fumo. Ele pensou não ser necessário falar aos parentes da pequena cirurgia, tudo se resolveria em uma tarde e, à noite, ele voltaria para casa. Durante a cirurgia, Sigmund perdeu muito sangue e ligaram do hospital para que Martha e Anna levassem as suas coisas. No dia seguinte, porém, ele quis voltar para casa. De noite, fui visitá-lo. Por causa da ferida não cicatrizada na boca, ele não conseguia falar; então, escrevia as suas perguntas e respostas em uma folha.

No dia seguinte, o genro, Max Halberstadt, foi visitá-lo. Falou com Anna, pediu que eles fossem visitar Heinerle, que acabara de ter as amídalas operadas em Viena. Estava adoentado, os médicos o examinaram, mas, fora os problemas com as amídalas, não encontraram nada e disseram que certamente o clima de Hamburgo não era o ideal para ele. Desde o primeiro momento em que o vimos, ficou claro que ele não viveria muito. Mas todos guardavam esse pensamento para si, um pensamento que podia ser visto em nossos olhos quando o víamos, mas ele ria quando notava os nossos olhares distorcidos fixados em seu rosto. No seu sorriso havia algo de velho, ele não ria como uma criança de quatro anos, mas como um velho sem medo de rir da morte. Seu avô Sigmund, com a desculpa da recente operação, dos vários pacientes e do compromisso de escrever, deixou Heinerle com a filha, Mathilde, para que ela cuidasse dele. Ela ficou feliz de cumprir essa tarefa; em tenra idade, passou por uma cirurgia que o impediu de ter filhos, e essa era a desgraça da sua vida. Agora, ficava feliz em poder cuidar do pequeno como uma mãe, substituindo a irmã morta. Dizia que, durante a noite, no quarto de Heinerle, ouvia algo como um sussurro, um canto ou um soluço. Quando entrei no quarto, vi que seus lábios se mexiam emitindo um som leve, como se ele estivesse cantando algo incompreensível. Cantava ou sussurrava, ou então soluçava no sono. Era assim todas as noites.

Heinerle não se lembrava da mãe. Sophie Freud Halberstadt morreu quando ele tinha 13 meses. Conhecia o seu rosto só por algumas fotos que o pai havia tirado e pelo que o irmão Ernst, alguns anos mais velho, havia contado a seu respeito. Quando viu a foto da mãe emoldurada na primeira vez que foi à casa do avô, reconheceu-a prontamente e disse que o irmão contara que ela estava dormindo na terra. Mathilde raramente o levava à casa de Sigmund.

— Talvez o vovô queira que eu vá visitá-lo — disse quando ela o levou à nossa casa.

— Claro, mas, agora, ele não pode receber visitas — respondeu Mathilde. — Ele foi operado há duas semanas.

Na verdade, estava ocupado. Recebia pacientes o tempo todo e, à noite, escrevia.

— Eu também fui operado duas semanas atrás — observou Heinerle.

Todos sabíamos, mas ninguém perguntava como ele estava, se a garganta doía quando ele engolia a comida, esquecíamos de medir a sua temperatura todos os dias, embora o pai tivesse dito que, segundo os médicos, era algo que devia ser feito taxativamente. Estávamos todos pensando em Sigmund; Anna se preocupava com a cura do ponto que havia sido operado, minha mãe ficava assustada ao pensar que podia ser alguma doença mais grave, e não uma simples excrescência. Mina cuidava para que ele não fosse perturbado e pudesse se dedicar à escrita, Martha não permitia que ele se cansasse com o trabalho com os pacientes, Mathilde comprava o tempo todo novos remédios, eu fazia todo o possível para não ser pedante demais quando acompanhava mamãe à sua casa. E, assim, não percebíamos que Heinerle ficava cada vez mais magro, que os cabelos louros raleavam em sua cabeça, que seus olhos estavam esbugalhados e que sua pele estava escura e esverdeada. Enquanto discutíamos com Sigmund, não pensamos que ele precisava falar um pouco quando sussurrava palavras sozinho, não perguntamos no que ele estava pensando quando percebemos que ele tinha medo de um copo virado de cabeça para baixo sobre a mesa.

Uma tarde, no início de junho, quando Mathilde o deixou lá em casa enquanto procurava remédios para Sigmund por toda a Viena, Heinerle me disse que os parques deviam ser muito bonitos, e eu só acenei com a cabeça.

— As flores também devem ter um perfume fantástico — continuou, e eu murmurei algo para lhe dar razão.

Ele acrescentou que os pássaros certamente também cantavam de maneira estrepitosa e assobiou duas vezes imitando um deles. Só o vi poucas vezes, mas, naqueles encontros, entendi que ele nunca procurava nada. Até os desejos estavam escondidos entre as palavras com as quais exprimia os pensamentos, o entusiasmo ou a decepção. Olhava para mim como se esperasse que eu reconhecesse os seus desejos e, de fato, eu os entendia, mas não dizia nada. Heinerle ouvia aquele silêncio e desviava o olhar para as moscas que voavam pelo cômodo.

— É verdade que existem moscas que só vivem um dia?

— É, sim. Chamam-se efemerópteros.

— Se nós só vivêssemos um dia, iríamos ao parque para sentir o perfume das flores e ver os pássaros ou ficaríamos em casa?

— Não sei — respondi.

— Os efemerópteros têm medo da morte?

— Não podem ter medo porque, vivendo só um dia, não sabem o que é a morte.

— Então, é melhor não saber e não ter medo ou saber e ter medo?

— É melhor saber e não ter medo.

— Não é possível — disse ele.

— É, sim — menti.

Ele parou para pensar e perguntou:

— E o que fazemos se temos medo da morte?

Na sua voz, reconheci o mesmo medo que eu tinha quando criança.

— Com a morte, nós não desaparecemos — respondi. — A pessoa é como a mão que mexe uma boneca. Quando nasce, a pessoa se enfia no corpo como a mão se enfia na boneca. Quando o corpo morre, o homem sai como a mão sai da boneca.

— Nunca tive uma boneca em que se enfia a mão.

Ocorreu-me que ele nunca procurava nada.

— Um dia, vou dar uma boneca assim de presente para você.

— Vou esperar. Não sou um efemeróptero, tenho tempo.

Quando Mathilde voltou, enquanto se preparava para ir para casa com Heinerle, algo bateu do lado de fora da janela e nos assustou.

— Era um pássaro, certamente estava achando que a janela era um outro céu — disse Heinerle. Fingimos não ter ouvido quando ele acrescentou: — Eu teria gostado muito se tivéssemos ido ao parque ver os pássaros.

Todos nós sabíamos que ele nunca queria nada. Os seus desejos estavam sempre escondidos entre as palavras com as quais exprimia os pensamentos, o entusiasmo ou a decepção. Olhava-nos como se esperasse que reconhecêssemos os seus desejos e, de fato, nós os entendíamos, mas não dizíamos nada. Heinerle percebia aqueles silêncios e desviava o olhar para uma mancha na parede, para as moscas que voavam pelo cômodo, para a janela. Cada vez mais, Mathilde o deixava em casa sozinho quando ia comprar e levar remédios para Sigmund. Contava que, ao voltar, encontrava Heinerle sentado no chão com o tabuleiro de xadrez aberto à sua frente, falando com as peças que estava segurando.

Durante uma consulta de revisão, os médicos notaram que, na cavidade oral de Sigmund, estava se formando uma nova excrescência. A nossa preocupação com a sua saúde aumentava cada vez mais e não percebíamos que Heinerle estava ficando cada dia mais fraco, achávamos que a temperatura alta em sua testa fosse causada pela emoção do ambiente diferente, que a tosse fosse um sintoma de resfriado. Até que, uma manhã, ele não conseguiu se levantar da cama e os médicos diagnosticaram uma tuberculose miliar. Foi internado na ala pediátrica do Hospital Geral. Naqueles dias, eu e Mathilde nos revezávamos em seu quarto. Quando os médicos constataram que ele estava piorando de maneira irreversível, o pai saiu de trem de Hamburgo, esperando encontrá-lo ainda vivo.

Enquanto ficava sentada ao lado do leito de Heinerle, eu tentava distraí-lo dos seus sofrimentos. O menino respirava com dificuldade, e a respiração era interrompida pela tosse, que arranhava seus pulmões. De vez em quando, ele enxugava as mãos suadas no pijama.

— Como está o vovô? — perguntou.

— Está doente — respondi. Sigmund estava se preparando para a nova cirurgia. Assim como toda a família. — Não pode vir.

Queria dizer algo, mas as palavras foram sufocadas pela tosse. Limpei a sua boca e ele enxugou a mão suada no pijama; depois, passou-a na testa e, novamente, enxugou o suor no pijama.

— Uma vez, você me prometeu que me daria de presente uma boneca — disse ele, e a lembrança da minha promessa era a coisa mais próxima de um pedido entre todas as coisas que ele jamais havia dito.

— Vou cumpri-la.

— Quando?

— Quando você quiser.

— Pode ser agora?

Tentou se levantar um pouco do travesseiro, mas não conseguiu e permaneceu deitado.

Ajeitei o travesseiro apoiando-o na parede para que Heinerle pudesse manter a cabeça um pouco levantada.

— Não sei se vou encontrar aqui tudo de que preciso — disse-lhe, e olhei à minha volta para achar um pedaço de pano para confeccionar a boneca. Era tudo branco, material fornecido pelo hospital. — Vou fazer em casa e trago amanhã.

— Por favor! — suplicou. Antes daquele momento, ele nunca havia suplicado nada a ninguém, como se os pedidos soassem como ordens impostas à força. — Agora — e passou a língua nos lábios.

Peguei um dos dois lenços de tecido apoiados em cima da mesinha de cabeceira ao lado da cama. Arranquei um fio e enrolei-o onde deveria ficar o pescoço. Tirei da bolsa uma caneta-tinteiro e, com duas gotas de tinta, fiz dois olhos azuis na cabeça da boneca.

— Tome — disse, e entreguei-lhe o lenço. — Quando encontrarmos todo o necessário, faremos também os cabelos, a boca e o nariz.

Ele me agradeceu e, com a minha ajuda, enfiou a mão no lenço.

— Como você vai chamá-la?

— Heinerle. A boneca sou eu — respondeu e sorriu. — Você me disse que, quando uma pessoa morre, ela sai do corpo como a mão sai da boneca.

— Isso mesmo — afirmei.

Heinerle tossiu e cobriu a boca com a mão ainda enfiada no lenço. Quando a tirou, o rosto da boneca estava ensanguentado. Heinerle revirou os olhos e perdeu a consciência. Peguei o lenço úmido da mesinha de cabeceira ao lado da cama e passei na sua testa. Heinerle se recuperou e olhou para a boneca na própria mão. Depois, virou-se para mim. Tentou dizer alguma coisa, mas a sua voz estava fraca demais, o olhar lentamente se apagava, dirigindo-se para a boneca com a mancha de sangue no rosto. Sua mão caiu na cama. Fechei seus olhos e tirei sua mão do pedaço de tecido, da boneca. Uma pancada repentina na janela me assustou, fui olhar, mas não havia nada. Certamente, algum pássaro havia batido no vidro "pensando que fosse um outro céu", como dizia Heinerle.

Seu pai chegou naquela noite. No dia seguinte, ele partiu de trem para Hamburgo levando consigo o filho em um pequeno ataúde.

Naquela tarde, Sigmund sofreu a segunda cirurgia. Alguns dias mais tarde, por conselho dos médicos, partiu com Anna para Roma. No segundo dia de viagem, um pedacinho da casca da ferida ainda não cicatrizada se soltou e eles mal conseguiram estancar o sangue, que encheu a sua boca. Quando voltou para Viena, foi diagnosticado um câncer; em outubro daquele ano, realizaram duas cirurgias; em novembro, mais outra; removeram as glândulas inferiores, retiraram o maxilar superior e o palato. Inseriram uma grande prótese que separava a sua cavidade oral da nasal, permitindo que ele falasse e comesse.

No primeiro almoço juntos depois da inserção da prótese, recordamos Heinerle e como ele falava sozinho. Depois, conversamos sobre outras coisas. Enquanto eu escutava os outros falarem, passei várias vezes a mão sobre o bolso do meu vestido. Ali eu guardava o pedacinho de tecido, aquela boneca desajeitadamente feita a mão com a marca de sangue no rosto. Guardei durante anos aquele pedacinho de tecido em uma gaveta, entre os álbuns de fotografias, no armário em que ficavam as minhas roupas, e, às vezes, o levava comigo. Uma vez, depois de tê-lo movido de um lugar para outro, não o encontrei mais. Depois, vi minha mãe, que o segurava e olhava para a mancha de sangue.

— Parece sangue — disse quando me viu entrar no quarto.

— Não é sangue — retorqui. — Sangue é vermelho, essa mancha é marrom.

— Então, talvez seja sangue de muito tempo atrás, que ficou marrom e desbotou — observou e abriu a janela. — Vou jogá-lo fora para que saia voando — disse, e jogou o lenço pela janela.

Nos últimos anos de vida, minha mãe teve um declínio repentino. Antes, vivia como uma mulher jovem, ia todos os dias jogar cartas com as amigas (era meio século mais velha do que algumas); uma vez por semana, ia ao cinema e não perdia nenhuma estreia no teatro. Quando os primeiros automóveis atroavam por Viena, disse ao meu irmão, entre o sério e o faceto:

— Meu Sig de ouro, compre um automóvel para mim, vou aprender a dirigir.

Foi assim até os noventa anos; depois, começou a envelhecer, recuperando até mesmo o tempo que parecia ter parado, e só as suas feições permaneceram iguais, angulosas, como se fossem esculpidas em pedra. Ela não queria mais ver ninguém, exceto os parentes, caminhava com incerteza e só saía de casa acompanhada por alguém, e aqueles passeios eram breves: parava, dizia que não reconhecia mais a cidade e voltava para casa. Quando encontrava alguma amiga pela rua, não a reconhecia. Se a paravam, escondia a confusão atrás de perguntas genéricas, para não dar a entender que não havia reconhecido a pessoa com a qual estava falando. Em seguida, começou a não reconhecer as coisas, se confundia, pegava a faca para cortar o pão, pensava que fosse uma agulha e queria que eu fosse pegar uma camisa para que ela a costurasse; arrumava as batatas na sapateira, e aquela boneca, o lenço com a mancha desbotada de sangue, havia naquele momento se transformado em um pássaro que ela deixara voar.

Era agosto quando mamãe não pôde mais sair de casa. Todas as tardes, ela se apoiava em mim e, juntas, íamos até a varanda. Depois, sentávamos para olhar a rua através das barras da balaustrada. Antigamente, mamãe fazia comentários sobre todas as pessoas que passavam; agora, ficava em silêncio, com o olhar ausente. Durante aquele verão, as suas feições, que sempre foram angulosas, tornaram-se mais suaves. Nos olhos, no lugar do olhar penetrante, surgiu algo semelhante a ternura. Mas ela estava desorientada, com os lábios que, em vez de ficarem fechados, permaneciam um pouco abertos nos cantos e se curvavam para baixo. Não parecia mais a mulher de antigamente. Uma tarde, enquanto estávamos sentadas na varanda, mamãe perguntou:

— Ele virá?

— Quem?

— Sigmund.

— Virá, sim. Ele sempre volta para Viena no final de setembro.

— Dessa vez ele precisa vir mais cedo.

Sigmund passava a primeira metade do verão na Itália, na Grécia ou nas termas e a segunda metade, nos Bosques de Viena, onde tinha uma casinha. Ali, nos Bosques de Viena, uniam-se à família de Sigmund mamãe e Rosa, que também o acompanhavam de vez em quando às termas. Naquele verão de 1930, o último da sua vida, mamãe ficou comigo em Viena. Sentia que não veria nunca mais nem as termas nem os Bosques de Viena, e, por isso, quando conversávamos, relembrava os verões de antigamente, o que acontecia, os encontros com os netos, as conversas com Sigmund, Rosa, Martha e Mina; depois, de repente, mudava o tom de voz e dizia apenas:

— E você ficava aqui sozinha todos os verões.

Uma tarde, depois de ter posto as cadeiras na varanda, enquanto eu segurava mamãe para que se sentasse, notei que na beirada da varanda havia uma andorinha morta. Quando me viu colocá-la em uma caixa, ela perguntou:

— O que é isso?

— Uma andorinha — respondi, fechando a caixa.

— E o que você está fazendo? Vai deixá-la fechada?

— Está morta. Peguei-a para jogar fora.

— Morta... Para jogar fora... — repetiu e apoiou as mãos nos braços da cadeira, como se quisesse se levantar. Depois, virou-se para mim. — Sigmund virá?

— Virá, sim — respondi. — Ele sempre volta das férias no final de setembro.

— Dessa vez vai demorar mais.

— Não. Dessa vez também vai chegar naquele período.

Quando Sigmund telefonava, eu dizia que mamãe queria vê-lo. Já fazia muitos anos que ela havia ficado surda e não conseguia ouvir mais nada pelo fone. Enquanto eu falava com Sigmund, ela entendia pelas minhas palavras que eu estava falando com ele e me olhava com a expressão com que as pessoas idosas, sem medo, mas apenas com incerteza, se preparam para morrer. Assim que eu acabava de falar, ela me dizia:

— Leve-me lá para fora.

Eu a pegava por baixo dos braços e íamos lentamente para a varanda. Curvada, encolhida, sentava-se com as mãos sobre os braços da cadeira, sem apoiá-las, mas com um espasmo para se sustentar e não cair no chão. Ficava em silêncio por muito tempo; depois, pronunciava as palavras que guardava na boca desde o momento em que eu estava ao telefone com Sigmund:

— Então, ele não virá...

E se ajeitava na cadeira. À nossa volta, tudo fervilhava de calor, a rua estava deserta, as moscas voavam. Mamãe se debatia e dizia:

— Nunca fez tanto frio.

Antigamente, na época da minha impotência, quando as suas palavras e as suas ações me esmagavam, desejei que chegasse o momento em que ela estaria fisicamente fraca, desejei o instante em que eu acertaria as contas, me vingaria. Agora, ela estava fraca e eu talvez pudesse devolver a dor sentida por causa da minha fraqueza física, mas a Amalia Freud que me destroçara com as palavras não existia mais. Na sua impotência, eu reconhecia a impotência da minha infância e da minha juventude, e qualquer palavra ou ação desagradável em relação àquele ser que estava lentamente morrendo não seria uma vingança: pelo contrário, eu só ressuscitaria minha mãe através da lembrança da menina, da moça e da jovem mulher que eu havia sido.

No início de setembro, a perna direita da minha mãe gangrenou. Quando eu fazia o curativo, ela olhava a ferida aberta de uma maneira sossegada. Eu entendia que ela queria ir para a varanda quando começava a bater com a bengala no chão. Levava-a para fora sustentando-a; ela ia mancando de uma perna, apoiando-se em mim e na bengala. Ficávamos sentadas e observávamos a rua.

— Estou com fome — disse ela.

— Acabamos de comer — respondi.

— Estou com desejo de comer os alimentos da minha infância. Quero pão. Só pão.

Levei-lhe pão. Ela o aproximou dos lábios, babando e esmigalhando mais do que conseguia engolir. Depois, apoiou o que sobrou nos joelhos, despedaçado como estava, e ficou muito tempo olhando para as migalhas. Quando levantou a cabeça, disse:

— Veja como aquele menino voa.

— Aquilo não é um menino — observei —, mas apenas um balão.

— Balão — repetiu como se não conhecesse a palavra. — Até olhar me cansa — acrescentou e fechou os olhos.

A certa altura, as mãos que até um instante antes apertavam os braços da cadeira relaxaram, a cabeça se inclinou lentamente para a frente, como se estivesse fazendo uma mesura profunda para alguém. Adormecera. Era um dia quente de setembro, mas eu sabia que ela estava com frio, sabia que aquilo a fazia sonhar com o inverno e as baixas temperaturas, ela sonhava que era abandonada em algum lugar enquanto a neve caía sobre o seu corpo. Levantei-me e entrei no quarto para pegar uma coberta. Quando voltei, vi que haviam pousado em seu colo pássaros que estavam bicando as migalhas de pão. Ela continuava a dormir tranquilamente; talvez, no sono, os pássaros a ninassem com os seus pios. Quando me aproximei, os passarinhos saíram voando; limpei o colo da minha mãe da sujeira que eles haviam deixado. Depois, enrolei-a na coberta.

Quando ela acordou, já era noite. Fiz com que ela se levantasse lentamente da cadeira, levei-a para dentro e a acompanhei até a cama.

— Fique comigo esta noite — disse ela.

Embora nos trinta anos desde a minha volta para casa nós tivéssemos de alguma maneira nos aproximado, havia ficado entre nós o rastro do ódio de antigamente, e algo não permitia que eu me deitasse perto dela, no lado da cama em que meu pai dormia antes de morrer.

— Vou me sentar — respondi, afastando os lençóis.

Passamos a noite uma ao lado da outra, pronunciando apenas algumas palavras. Eu sentia que ela queria ter dito muitas coisas, mas acabou não dizendo nada. Em volta dela, como a luz azul em torno da lua, vibravam pensamentos e sentimentos, mas nenhum se transformou em palavra. Olhei-a, tive o pressentimento de que aquela seria a sua última noite. E lembrei-me das noites de desespero da minha juventude, daquela época em que minha mãe tinha enorme prazer em jogar sal na ferida aberta da minha alma. Lembrei que, naquelas noites, eu havia desejado esta noite, a sua última noite; então, dez mil noites antes desta, eu incubava a vingança, e a única vingança só podia chegar no momento da sua maior impotência, a sua impotência antes da morte, quando eu lhe recordaria a minha impotência, a sua brutalidade no meu sofrimento. E, agora, eu olhava para aquela Amalia que não tinha nada em comum com a outra Amalia, a impotência daquela mulher que morria me lembrava da minha impotência de antigamente, mas eu não queria, ou não podia, despertar dentro de mim a brutalidade que, no passado, minha mãe tinha dentro de si e com a qual me fazia afundar cada vez mais, aquela brutalidade que, se despertada por mim, me transformaria realmente em sua filha não apenas de sangue, aquela brutalidade que a teria feito sofrer por causa da sua própria brutalidade, a minha brutalidade que deveria ressuscitar na amargura do seu remorso. Eu a olhava e ela me olhava, permanecíamos em silêncio. Antes da alvorada, ela adormeceu; o sono, o seu último sono, foi tranquilo, breve. Antes de acordar, esticou a mão, como se estivesse procurando alguém no sono. Abriu os olhos, eu não reconhecia o seu olhar, como se ela não estivesse olhando para mim, mas para outra mulher. Esticou a mão para mim e eu lhe dei a minha.

— Mamãe — disse-me.

Quando ouvi alguém me chamar de "mamãe" pela primeira e última vez em minha vida, os tempos se inverteram: em um dado momento, sua mãe havia visto nela a própria mãe e pensado que eu era a filha, Amalia; agora, minha mãe estava pensando que eu era a sua mãe. Ela segurou por um tempo a minha mão e, depois, as suas pupilas viraram para trás, ela começou a roncar e, da sua boca, começou a sair espuma. Liguei para o médico; ao chegar, ele olhou para minha mãe e disse que ela morreria naquele dia. Sentei-me perto da cama, segurei a sua mão e fiquei ouvindo-a roncar. Ao anoitecer, a sua mão soltou a minha. Fechei os seus olhos, levantei-me e fui para a varanda. Caía uma silenciosa chuva setembrina; levei para dentro as duas cadeiras nas quais eu e mamãe havíamos nos sentado nas tardes daquele verão.

Muitos meses se passaram após a morte da minha mãe, mas ninguém foi à casa na qual eu havia ficado sozinha. Fui algumas vezes à casa de Rosa, que passava a maior parte do ano nas termas; aos domingos, nos encontrávamos sempre para almoçar na casa de Sigmund, mas ele, depois da morte de nossa mãe, não foi mais me visitar nas manhãs de domingo. Uma vez por mês, eu fazia o gesto de uma mendiga e esticava a mão para pedir ao meu irmão dinheiro para viver. As noites mudaram, o silêncio se fez mais denso e eu achava que até chegaria a falar comigo. Não me importava mais arrumar a casa todos os dias, a poeira se acumulava no chão e nas vidraças, das paredes e das luminárias pendiam teias de aranha, os pratos ficavam dias a fio sem serem lavados e eram cobertos pelo mofo. Eu comia como um vira-lata, sem ordem, sem um lugar fixo, não sabia qual era o lugar nem qual era o horário em que eu mordia, mastigava e engolia o alimento. Naqueles dias que se fundiam uns nos outros, eu passeava pelas ruas com o olhar voltado para baixo, como fazem as pessoas sozinhas, como se acreditassem que a monstruosidade do mundo fincou-se em seus olhos. O outono e também o inverno passaram; depois, como em toda primavera, levei para a varanda as duas cadeiras. Naquela primavera e naquele verão, sentei-me sozinha na varanda, nem olhava mais para a rua, mas apenas para a outra cadeira vazia. No outono, quando o tempo se enrijeceu, levei de volta para dentro a minha cadeira, mas a da minha mãe ficou do lado de fora. Eu olhava o vento que, às vezes, depositava ali folhas secas, ou uma ave, um passarinho, um corvo ou uma pomba que se apoiava ali em cima para descansar, para afiar o bico nos braços metálicos ou para sujá-la. Depois, em uma manhã de inverno, fui até a varanda e vi que, sobre a cadeira da minha mãe, havia caído neve, cobrindo o seu lugar vazio.

Em um daqueles dias solitários de inverno, assustou-me o som da campainha. Fazia muito tempo que ninguém a tocava e eu havia esquecido a sua existência. Fui até a porta, girei a chave e abri. Na soleira, estava Klara Klimt. Mais de dez anos haviam se passado desde a minha ida à Nido com os 12 Gustav para visitá-la.

— Lembra de mim? — perguntou.

Eu lembrava, embora a Klara que eu conhecia e a Klara que estava na minha frente fossem duas mulheres diferentes, e, entre elas, se abrisse aquele abismo que separava a margem da loucura da margem da normalidade. Aquela não era a Klara imóvel que eu vira dez anos antes; era a mesma Klara que eu encontrara precedentemente, quando circulava por Viena com os pequenos Gustav, a Klara com a qual eu vivera na Nido, a Klara que eu conhecera muitos anos antes, quando a vida se abria à nossa frente e nos fazia promessas. Aquela Klara agora estava na outra margem, para além dos dez anos transcorridos desde o nosso último encontro e do pequeno deslocamento da mandíbula e do olhar; nela era possível notar aquela mudança de aspecto que acontece durante o cruzamento de uma margem até a outra.

— Lembro — respondi. Ela me abraçou.

Fomos para a sala de estar, ela olhou pela porta-balcão que dava na varanda e disse:

— Você lembra, uma vez estávamos aqui na varanda, você olhou para a calçada e falou: "Quero que chegue o mais rápido possível o dia em que eu também ajudarei meu filho a andar"?

— Lembro, sim — respondi. Senti a garganta seca e pigarreei.

— Você está doente? — perguntou Klara.

— Sim, estou doente — menti.

— Vou cuidar de você — disse ela, e me abraçou. — Vou ficar ao seu lado e cuidarei de você. Também cuidei do meu irmão quando ele adoeceu. Cuidei dele, mas ele morreu. Você não vai morrer. Agora sei cuidar muito melhor. Você não vai morrer.

Perguntei se ela estava com fome. Fomos até a cozinha e, enquanto acabávamos de tomar a sopa de verduras que havia sobrado do dia anterior, ela me falou dos habitantes da Nido que continuavam vivendo lá. Sorvendo a sopa, Klara disse:

— Quero pedir desculpa.

— Por quê?

— Porque eu não falava quando você ia me visitar. Eu queria falar, mas não podia — disse e tocou os meus dedos. — Perdão.

— Você não fez nada de errado. Não precisa me pedir perdão.

— Às vezes, quando tenho medo de dormir sozinha no quarto, fico em silêncio e me transformo em pedra. Então, levam-me embora do nosso quarto — disse e começou a rir, como quando alguém recorda os bons tempos passados — e me põem em um daqueles quartos onde todos gritam, gritam e gritam. Os gritos dos outros são a punição pelo meu silêncio. Fico imóvel na cama e sinto que estou sufocando, mas não sei o que está me sufocando, se são os gritos dos outros ou o meu silêncio. E, quando aquela sensação se torna insuportável, começo a falar. Mas não muito, só algumas palavras, o suficiente para que alguns dos médicos ou enfermeiros me ouçam e me levem de volta para o nosso quarto.

Levantou-se, catou as migalhas da mesa, encaminhou-se para a janela, abriu-a e as jogou fora.

— Para os pássaros — disse, e tornou a fechar a janela. — Gustav sempre dava comida aos pássaros — acrescentou e sorriu. Era como se, do seu rosto, tivessem sido removidas todas as camadas do tempo e, na sua frente, tivesse se materializado o irmão. — Você se lembra de Gustav?

— Lembro — respondi.

— Eu também — confirmou ela e olhou pela janela, vendo passarinhos que se aproximaram para bicar as migalhas. Klara começou a falar rápido, com voz monótona: — Gustav corre pelos quartos. Gustav faz xixi atrás da casa. Gustav desenha com um pedacinho de carvão na estaca da cerca. Gustav se masturba. Gustav briga com mamãe quando ela bate com a minha cabeça na mesa. Gustav me mostra o desenho de uma mulher nua que se apalpa no meio das pernas. Gustav tem um derrame enquanto tomamos o café da manhã. Gustav morre. Enterramos Gustav — completou e se virou para mim. — O doutor Goethe me disse que se passaram trinta anos. — Balançou a cabeça, incrédula. — É verdade que se passaram tantos anos assim?

— É verdade — respondi.

— E, agora, o doutor Goethe também morreu.

— Morreu?

— Sim, no mês passado. Você lembra quando... — E começou a falar de quando ensinamos o doutor Goethe a fiar.

Lá fora, escureceu. Fomos para o meu quarto e conversamos por muito tempo, mas Klara iniciava cada fala com "Você lembra...". Estava voltando ao passado, corria ao seu encontro e o perseguia achando que o superaria, assim como antigamente fugia do presente rumo a um futuro qualquer, rumo ao que desejava que acontecesse, rumo ao que queria fazer. Continuamos a conversar, até que sentimos que nossos olhos estavam se fechando por causa do cansaço. Deixei-a dormir na minha cama e fui para a cama na qual, antigamente, dormiam meu pai e minha mãe. Eu não conseguia dormir, pensando que, durante todos aqueles anos, eu não tinha ido visitar Klara. Não era suficiente para me tranquilizar o pensamento covarde de que ela certamente justificava o meu ato. Eu sabia que ela achava que havia me assustado, que havia me destroçado quando, durante os nossos encontros, ficava em silêncio; eu sabia que, na sua opinião, o meu dever de visitá-la novamente, de perguntar como ela estava, de ouvi-la caso ela quisesse me dizer algo ou caso quisesse continuar a sufocar no silêncio, devia ser mais forte do que o meu medo do seu silêncio e da sua rigidez.

Era mais de meia-noite quando a porta rangeu e Klara entrou no quarto dos meus pais. Nos braços, carregava o travesseiro da minha cama.

— Tenho medo de dormir sozinha — disse, aproximando-se.

Deitou-se ao meu lado e apoiou a cabeça no travesseiro que havia pegado na minha cama.

Fiquei acordada a noite toda, repensando nas suas noites; eu tentava sentir aquelas noites em que a escuridão engolia tudo o que era possível ver, tentava ouvir os gritos que rompiam a escuridão, escutar os condenados forçados a ficar confinados com a própria loucura e a misturá-la com a dos outros: uma voz chamava os seus meninos, outra dizia que ela estava queimando e que o fogo envolvia o seu corpo; eu ouvia a voz rouca de uma mulher repetindo que havia matado o marido. Entre todas as vozes, não havia a de Klara Klimt; nos gritos daquelas noites que se fundiam entre si e se seguiam durante anos a fio, nas minhas tentativas de sentir as suas noites, Klara permanecia muda. Klara cobiçava o silêncio, Klara desejava apenas um pedacinho do mundo no qual pudesse virar a cabeça e dormir tranquila. Eu a ouvia arquejar naquelas noites, chorar, rezar, embora não soubesse a quem dirigir a sua prece, pois renunciara a Deus havia muito tempo, desde que Ele renunciara a ela, eu a ouvia interromper a prece, parar de chorar, fungar e respirar. Depois, ouvia a respiração lenta com a qual afastava uma dor que carregava dentro do peito, como um emaranhado que envolvia a pergunta do porquê da sua existência, e ela ficava feliz até aquele emaranhado envolver aquele pensamento, pois o pensamento nu, sem aquele emaranhado à sua volta, seria insuportável. Em seguida, ela era acometida pelo cansaço devido ao esforço para enfrentar os ruídos; era como se os estridores e gritos da clínica Nido estivessem se afastando dela, como se viessem de longe, vozes que não eram mais humanas, mas apenas sons provocados pela dor humana transformada em ira depois do gongo do destino. Naquela noite, ouvi aqueles sons na minha imaginação, até Klara começar a falar no sono para enfrentar aquelas vozes que a atormentavam na realidade, as vozes que não a deixavam dormir e com as quais estava tão acostumada que não podia ficar sem elas no escuro. Dormia feliz. De manhã, quando acordou, disse:

— Como se dorme bem no seu travesseiro!

Estávamos deitadas na cama em que, antigamente, dormiam os meus pais e nos olhávamos. Klara falava dos filhos do irmão, dizia que os pequenos Gustav, que ela ainda chamava de "pequenos", embora já fossem adultos, iam visitá-la na Nido, falava de suas mulheres e filhos.

— Quando iam com os filhos, parecia que o mundo inteiro estava ali. Um tinha começado a falar havia pouco tempo, outro estava pondo dentes, outro havia caído e esfolado um joelho, outro ainda havia ensinado os dragões a voar, e ficávamos sentados a tarde inteira no parque, olhando o céu — disse e olhou para o céu através da janela. Depois se virou para mim. — Eu gostaria muito que você fosse mais uma vez à Nido. E que dormíssemos juntas só por uma noite no nosso quarto — pediu e pôs as minhas mãos entre as suas. — Agora, vou embora, volto para a Nido. Aquele é o meu lugar. É o que os médicos sempre dizem quando peço para ir embora. Dessa vez, fugi. Mas o meu lugar é lá. Por isso, vou voltar.

Acariciou-me e, enquanto sua mão esquerda ainda estava na minha cabeça, levantou a direita e a passou sobre os cabelos ralos, acariciando sozinha. Eu a abracei.

— Vou fugir novamente para visitar você — sussurrou-me na altura do pescoço. Foi até a porta, girou a chave e a abriu. Depois se virou. — Agora, vou embora. Meu lugar é lá — disse e, antes de sair, lembrou-se de alguma coisa e parou. — Posso pegar o seu travesseiro? — perguntou. — Dorme-se muito bem nele.

Muito tempo se passou antes que eu fosse visitar Klara. Quando entrei no seu quarto, no nosso quarto, ela estava sentada na cama com o travesseiro entre as mãos.

— Vamos para o quarto da morte — disse.

O quarto da morte: lembrei que era assim que chamávamos o quarto ao qual levavam os pacientes da Nido que se aproximavam da morte. Klara deu-me o braço, com a outra mão segurava o travesseiro, e saímos do quarto.

— Almaboa morreu — revelou Klara enquanto percorria o corredor.

No quarto da morte, havia cheiro de morte. O cheiro da carne viva que se desfaz, o cheiro das fezes, o cheiro do suor e, no meio daquele fedor, alguns corpos se reviravam diante da ideia da morte e outros a esperavam rijos. Alguns, jogados sobre colchões colocados no chão, estavam atormentados por um último respiro. Fazia frio, mas eu achava que algo estivesse evaporando naquele quarto escuro.

— Ali está Daniel — disse Klara, indicando um jovem que eu não conhecia. Ele mordia o lençol e esticou a mão na nossa direção. — E ali está Helmut — falou e apontou um velho deitado, imóvel.

Lembrei que, muito tempo antes, Klara havia dito que todas as pessoas normais são normais da mesma maneira e que cada louco é louco a seu modo. E pensei, como quando entrei pela primeira vez no quarto da morte na Nido, que, ao morrer, todos são diferentes e todos são semelhantes: todos morrem exalando o último respiro, mas cada um o exala a seu modo.

Klara parou e indicou um corpo.

— Aí está Almaboa — disse.

Aproximei-me do colchão no meio do aposento. Inclinei-me e afastei o lençol que cobria o seu rosto. Almaboa olhava para algum lugar de lado. Estava completamente ressecada, como se a pele estivesse pendurada nos ossos. Os seus lábios estavam tão endurecidos a ponto de ela ter dificuldade para compor as palavras; continuava a sussurrar alguma coisa a Max. Só os seus olhos ainda estavam vivos, embora não tivessem mais a vitalidade de quando nos conhecemos. Agora, estavam vivos como os de uma pessoa que viu tudo, que viveu tudo, mas que deseja viver pelo menos mais um dia. O desejo de continuar a olhar para o vazio e ver aquele que não existe mais há muitos anos. Olhei a vitalidade daqueles olhos, daqueles bulbos já secos e retraídos para as profundezas das suas cavidades.

Quando afastei o lençol do seu rosto, ela não se mexeu; então, toquei a sua mão. Ela ficou na mesma posição, imóvel, virou só as pupilas na minha direção.

— Você precisa de alguma coisa? — perguntou.

Balancei a cabeça. Eu não sabia o que dizer e perguntei a única coisa que não fazia sentido perguntar, porque eu podia ver por mim mesma:

— Como você está se sentindo?

— Não se preocupe — respondeu. — Vai ficar tudo bem.

Ao ouvir essas palavras, senti um sobressalto, algo dentro de mim me arranhava, como arranhava e tremia a sua voz.

— Você se lembra de mim?

— Lembro, só não consigo lembrar o seu nome — disse, pegou a minha mão e a apoiou sobre o seio, em cima do coração. — Você precisa de alguma coisa?

— Não. E você?

— Não se preocupe. Vai ficar tudo bem.

— Sim, eu sei. Sei que vai ficar tudo bem.

— Beije-me — disse, e apertou ainda mais a minha mão sobre o seu coração. Era como se, naquele momento, estivesse tocando o meu coração com a mão, porque, na Nido, todos carregávamos aquelas palavras dentro de nós e as escondíamos de nós mesmos, assim como escondíamos também a razão, ou talvez aquelas palavras é que se escondiam de nós, mas nós as buscávamos e, em vez delas, encontrávamos a loucura. E, agora, reapareciam ali, depois de tantos anos, pronunciadas de maneira simples, como acontece quando alguém com sede pede água. — Beije-me — repetiu Almaboa, e fechou os olhos.

Abaixei-me e beijei sua testa suada. Depois, disse:

— Agora, tenho de ir embora.

— Se precisar de alguma coisa, volte — disse Almaboa, olhando-me enquanto eu me afastava rumo à porta.

— Voltarei.

— E não se preocupe. Vai ficar tudo bem.

Almaboa ainda falou durante alguns dias com o vazio e com as pessoas que chegavam no quarto da morte, perto do seu leito. Perguntava se precisavam de alguma coisa e as convencia de que tudo ficaria bem.

Naquele dia, depois do encontro, repeti para mim mesma as palavras de Almaboa: "Vai ficar tudo bem." Mas elas empalideciam diante da minha pergunta: "Por que ela precisava sofrer, logo ela que nunca havia feito mal a ninguém?" Eu repetia as suas palavras, mas elas não me consolavam; "Vai ficar tudo bem", essas palavras voltavam para mim como um eco insidioso e zombeteiro. Ela ficava ali e, dentro de si, acreditava que o tempo não era apenas uma infinita autodestruição, acreditava que o universo e todo aquele espaço que se estende à nossa volta até um ponto para nós inimaginável não eram apenas um enorme caos. Alguma coisa dentro de Almaboa fazia com que ela acreditasse que era assim, eu o percebia por um fio no meio do esgotamento que estava urdido em sua voz, pelo raio invisível emitido pela dor nos seus olhos; mas aquelas palavras, que eu pronunciava nos meus pensamentos com a sua voz, voltavam para mim com um eco insidioso e zombeteiro.

Alguns dias mais tarde, o sol pálido de fevereiro começou a derreter a neve. Fui até a varanda e vi que a neve sobre a cadeira da minha mãe havia se transformado em água. Ainda não era a estação certa para ficar sentada na varanda, porém coloquei a minha cadeira ao lado da que era da minha mãe.

Quando Anna foi me visitar, a neve ainda não havia derretido totalmente. Na época, tinha 38 anos; dois decênios antes, pedira ao pai para deixá-la estudar medicina, mas Sigmund achava que o estudo não era apropriado para as moças, e ela, como Mathilde e Sophie, não se inscreveu na universidade. A proibição de estudar não a afastou dele; aliás, uniu-os mais ainda. Ela odiava todas as mulheres que estavam à sua volta: odiava as irmãs, odiava a tia Mina porque costumava viajar com meu irmão, odiava as senhoritas que estudavam psicanálise graças ao meu irmão, e só com uma delas, Lou Salomé, estabeleceu uma relação de amizade, algo que talvez se transmutasse em uma grande paixão se o pai não tivesse prometido o seu coração a um homem. Sigmund costumava dizer às filhas:

— Os jovens inteligentes sabem muito bem o que as mulheres precisam ter: gentileza, alegria e capacidade de tornar suas vidas mais bonitas e fáceis.

E, muitas vezes, vendo minha sobrinha junto daquela mulher corajosa, Lou Salomé, tive a sensação de que Anna havia encontrado nela aquela gentileza, aquela alegria, aquela capacidade de tornar a sua vida mais bonita e feliz (embora ninguém mais achasse Lou gentil, alegre ou capaz de tornar a vida de alguém mais bonita e feliz), e talvez a própria Anna quisesse que Lou tornasse a sua vida mais bonita e feliz, mas fosse bloqueada pelo fato de viver através da vida do seu pai e pela certeza de que o sentido da sua existência, após a morte de Sigmund, seria ocupar-se da sua obra. A sua obra imortal. Desde a infância, decidiu dedicar a ele a sua vida; o seu cotidiano era reduzido à releitura do que o doutor Freud havia escrito, às consultorias aos pacientes, à organização das viagens de trabalho, à ajuda no tratamento das doenças. Tratava-o como um pai; algumas vezes, como um marido; outras, como uma criança; na maior parte do tempo, como um cientista. Todavia, por trás da sua alegria e da sua loquacidade, por trás da grande ideia de servir o grande pai, escondia-se um nada mudo. Havia tempo, desde a sua infância, que o pai preparava o terreno, conscientemente ou não, para aquele nada, fazendo de Anna a sua companheira, a sua interlocutora, a sua fiduciária, a sua confessora. Com ela, rompera a regra férrea que havia estabelecido para todos os analistas: dentre os pacientes, não deve haver entes queridos, sejam eles pais, maridos, irmãos e irmãs ou filhos, pois isso abriria a possibilidade de uma interferência da vida cotidiana, e a análise seria ineficaz. Contudo, sua filha era sua paciente; ela confessava ao pai os seus segredos, esperanças, sonhos e desejos, queimando-os antes que se tornassem um desejo autêntico a ser perseguido, através do qual se separaria dele.

Naquela manhã de inverno, quando foi me visitar, Anna me disse que eles iriam para as termas com Sigmund, mas, antes, parariam por alguns dias em Veneza. Mina deveria partir com eles, mas estava doente; então, eu podia ir no seu lugar. Sorri e titubeei balançando a cabeça. Pensei que, muitos anos antes, quando falara pela última vez com Rajner, lembrara-lhe que, um dia, sonháramos viver em Veneza.

Era meio-dia quando chegamos. Eu não estava olhando o que desejara tanto ver no passado; entre os meus olhos e Veneza, caiu aquela cortina que havia tantos anos se tornava cada vez mais impenetrável, cada vez mais escura, a cortina que nos divide de tudo o que está à nossa volta e faz com que até mesmo o que está ao nosso alcance pareça parte de outro mundo, um mundo que não nos pertence e ao qual nós não pertencemos.

Meu irmão propôs um passeio de gôndola.

— Não — respondi.

— Quando jovem, você sempre dizia que a primeira coisa que faria assim que chegasse a Veneza seria um passeio de gôndola.

— Quando eu era jovem — argumentei.

Anna disse que ia passear sozinha pelos canais. Sigmund respondeu que a esperaríamos a uma certa hora embaixo da torre do relógio na praça São Marcos. Olhei o gondoleiro ajudando Anna a embarcar; ela nos cumprimentava enquanto se afastava no canal e dizia ao pai que contaria como havia sido a navegação. O sentido da sua existência era existir para o pai, até mesmo o passeio de gôndola só fazia sentido se ela pudesse contá-lo ao pai.

Sigmund propôs que fôssemos ao Palácio Ducal, à igreja de São Lázaro ou ao museu Querini Stampalia. Eu disse que o melhor seria ir à praça São Marcos pelo caminho mais curto e aguardar Anna ali.

— Por que você não quer ver nada?

— Não posso ver mais nada — respondi.

— Você fala como se estivesse morta.

— Não. Falo como se estivesse entre a vida e a morte. Nem de um lado nem de outro. Acho que as coisas, naquilo que se define como morte, são muito mais vivas do que eu as vejo agora, pois, quando eu estiver morta, estarei muito mais viva na alma do que neste momento. Agora, estou em transição entre dois estados, entre a vida e a morte, nem vida nem morte.

Meu irmão levantou a mão e a passou sobre o rosto como se estivesse espantando mosquitos. Fazia sempre assim quando achava que havia ouvido algo que não merecia resposta.

Passamos pelas estreitas ruelas e pelas pequenas pontes sobre os canais; à minha volta, estava um dos sonhos da minha vida, Veneza, mas eu mantinha o olhar fixo no chão, a cabeça abaixada. Meu irmão, como se tivesse espantado com as mãos as minhas palavras, não conseguiu refrear a própria decepção e, alguns minutos depois, enquanto caminhávamos, disse:

— Sabe que, tempos atrás, escrevi que as religiões nasceram da necessidade de consolação. Consolação de todos os sofrimentos causados pela vida. Consolação de todos os prazeres que a vida não nos deu. Consolação porque a morte é separação dos entes queridos e de si mesmos. Consolação porque, à breve estadia na Terra, segue-se a inexistência. E essa minha explicação sobre a gênese das crenças religiosas como resultado da busca de consolação sobreviverá por mais tempo do que qualquer crença religiosa.

— Essa é a sua consolação? A ideia de que você viverá eternamente através de suas obras? A certeza de que as suas interpretações dos sonhos, do inconsciente humano, do instinto para a vida e do instinto para a morte serão lembrados eternamente? É essa a consolação com a qual você espera vencer a morte?

Então, debaixo de uma ponte que estávamos atravessando, ouvimos uma canção e, pela primeira vez naquele passeio, desviei o olhar dos meus pés e observei o canal, no qual, em uma gôndola, estavam passando jovens que cantavam. Tropecei e caí. Meu irmão se curvou e me ajudou a levantar.

— Você está bem? — perguntou.

— Estou — respondi. Estava sentindo dor no joelho. Tirei o pó das roupas. Depois, continuamos a passear. Eu mancava.

— Sua perna está doendo? — perguntou meu irmão.

— Um pouco — respondi. — O joelho.

— Pronto, viramos naquela esquina e vamos chegar à praça.

Quando chegamos, a primeira coisa que vi foi a torre do relógio; ainda faltava uma hora para o nosso encontro com Anna.

— Vamos entrar na basílica — sugeriu meu irmão.

— Aqui, em algum lugar, deve ficar o museu Correr. Lembra-se de quando duas pinturas de Giovanni Bellini, justamente desse museu, foram expostas em Viena? E nós ficamos horas a observá-las.

Meu irmão me levou até um dos palácios da praça. Passamos pelas salas sem nos deter, até que chegamos à sala de Bellini. Meu irmão indicou imediatamente o quadro no qual a Virgem Maria segurava nos braços o pequeno Jesus. De novo, depois de tantos anos, encontrei aquela tristeza no rosto do menino; os olhos semicerrados não possuíam a expressão de uma criança, mas a de alguém que tinha visto muito mais do que a infância; era um olhar que não estava direcionado para a frente, mas para uma grande dor, para uma perda excepcional, como se aquele menino percebesse o próprio destino e a separação daquela que, naquele momento, o acudia e o protegia tão tranquilamente, e que, muitos anos mais tarde, embaixo da cruz, se desesperaria porque não podia fazer nada contra a separação e a perda. Aquela dor se manifestava também nos lábios do menino e nos gestos das suas mãos, uma mantida sobre o peito, sobre o coração, enquanto, com os dedos da outra, ele se agarrava ao polegar da mãe, quase apontando para baixo com o indicador. A mãe não podia ver a perturbação do filho, mas talvez a intuísse de qualquer maneira, talvez ela também soubesse o que aconteceria com ele, mas não sabia que seria assim, sabia que devia acontecer e permanecia tranquila. Aquele seu olhar voltado para o horizonte fora do quadro talvez fosse o olhar de outra realidade, ali onde tudo se encontra e tudo já foi, é e será, aquele olhar dava o verdadeiro sentido ao quadro.

— É isso que as pessoas esperam da religião, a proteção dos pais — disse Sigmund, indicando o quadro.

— Proteção — sussurrei, mas meu irmão interpretou minha fala como decepção.

— Exatamente isto: proteção! Esperam que a religião as proteja como os pais as protegeram na infância. A religião é uma série de imagens surgidas da necessidade de tornar suportável a impotência humana, criadas pelo material das recordações da nossa infância e da infância do gênero humano. Assim, o homem, com essas representações, está protegido em duas direções: dos perigos da natureza e do destino, e também dos danos causados pela comunidade humana. A essência desses ensinamentos reside na ideia de que a vida deste mundo serve a um objetivo mais alto, que não pode ser adivinhado facilmente, mas que, sem dúvida, leva a um aprimoramento da natureza humana. Provavelmente, a parte espiritual do homem, a alma, deve ser o objeto dessa elevação e nobilitação. Acima de todos nós vela a boa intenção, uma rigorosa Providência apenas na aparência, que não nos deixa à mercê do jogo das forças poderosas e impiedosas da natureza; até a própria morte não é destruição, não é uma volta à inércia inorgânica, mas apenas o início de uma nova vida, no caminho do desenvolvimento rumo a algo mais elevado. No final, cada bem é premiado, cada mal é punido; se não nesta vida, na vida que iniciará após a morte. De alguma maneira, todos os horrores, sofrimentos e pesos da vida estão destinados a ser apagados; a vida depois da morte, que é a sequência da nossa vida terrena, traz para todos nós a perfeição que não tivemos — disse e tossiu por um instante. — Precisamos, por acaso, acreditar nessas imagens infantis? Precisamos por acaso nos enganar para suportar melhor a vida? Ou existe um modo melhor para suportar a própria existência? Saber que estamos limitados às nossas forças já significa alguma coisa. Aprendemos pelo menos a usá-las da maneira certa. O homem não é totalmente impotente. Desde as épocas primordiais, a ciência já lhe ensinou muitas coisas e a sua inteligência aumentou. E, no que diz respeito ao grande desejo do destino, contra ele nada podemos; o homem aprenderá a aceitá-lo. Parando de esperar algo da vida ultraterrena e concentrando todas as forças liberadas na vida terrena, o homem provavelmente conseguirá tornar a vida de todos suportável. E este é o objetivo mais inteligente, mais elevado: que cada homem viva sem desconforto.

— Você sabe muito bem que isso é uma utopia e não vai se realizar.

— E é uma consolação procurar uma confirmação de que a morte não é o fim da existência? Precisamos aceitar que a morte não é a passagem de um tipo de existência a outro, mas apenas a interrupção da existência. Simplesmente inexistência. A morte é uma consolação repugnante, o homem espera que ela lhe dê tudo o que a vida lhe negou.

— Você tem mais medo da morte do que aqueles que buscam consolação na ideia de imortalidade — afirmei.

— Mas isso não me leva a criar ilusões para fugir do medo.

— Você não tem medo. Fala da insensatez da imortalidade com a indiferença de quem está totalmente convencido da própria imortalidade.

— Não entendo o que você quer dizer.

— Quero dizer que você fala do fim da existência como se, dessa maneira, julgasse todos nós, ao passo que você está isento dela. Na sua voz há algo que diz: "Sim, não existe imortalidade, todos são mortais, exceto eu." Pela frieza com que você sentencia o fim da existência, é possível entender que você está convencido de que, de qualquer maneira, continuará a viver.

— Sempre tive uma posição coerente e fortemente negativa sobre a imortalidade da alma.

— Você não promete a si mesmo uma imortalidade através da eternidade da alma. Mas promete a si mesmo uma imortalidade diferente. Quem não acredita que a alma é eterna pode esperar que algo de si sobreviva de alguma maneira, que alguma coisa em si supere a morte: aquilo que criou. Pode criar obras ou filhos. Os filhos, mesmo sendo o sangue do sangue dos pais, são diferentes dos pais. Muitas vezes, a sua negação é uma anulação tão aterradora quanto a morte. Você escolheu o melhor caminho, meu querido irmão: acredita que vai continuar a viver através das suas obras. Você sabe que a humanidade as lerá e relerá, falará do que você disse sobre o ser humano, os seus sonhos e a sua realidade, o consciente e o inconsciente, o totem e o tabu, o parricídio e o incesto, Eros e Tânatos. É isto que você espera depois da morte: ser o profeta dos profetas, não apenas um daqueles que disseram o que acontecerá ao homem na Terra e embaixo da terra, mas alguém que disse o que há nele e o que dele pode derivar, e o que ele pode se tornar com base no que tem dentro de si, sem saber. Desde agora, enquanto ainda vivo, você se alimenta dessa imortalidade, orgulhoso, arrogante, como se condenasse à morte nós, mortais. Como se merecêssemos que, de nós, não reste sequer um pequeno raio. Sim, apenas aquele que acredita piamente que sobreviverá à morte pode falar com tanta arrogância da morte com os outros, aos quais garante a inexistência. Mas só me permita garantir também uma coisa a você. Todos aqueles que acreditam que serão imortais através de suas criações — sejam eles os filhos que puseram no mundo e que, através do próprio sangue, carregarão também o sangue deles, ou então obras científicas e de pesquisa — se enganam terrivelmente ao achar que garantiram assim a própria imortalidade. Saiba que tudo isso é feito de matéria e, um dia, toda a matéria será destruída, desaparecerá. Saiba que até as suas obras, que serão lidas e interpretadas até que não haja mais homens, um dia vão morrer e, com elas, morrerá também a sua imortalidade, pois, um dia, também morrerá o último homem. Você precisa saber que até mesmo você é mortal. E que a imortalidade na qual você acredita não é imortalidade, mas apenas um longo adiamento da sua morte.

— Tomara que seja assim — retrucou meu irmão. — E mesmo que seja, ao me acusar de afastar o medo da morte com a esperança da imortalidade das minhas obras, você não demonstra que a alma é realmente imortal.

— A questão não é se alguma coisa do homem — vamos chamá-la de alma — continua a existir depois da morte. A pergunta é: a existência aqui embaixo, se não tem um sentido mais elevado, é totalmente insensata?

Enquanto eu falava, passeávamos em círculo pela sala, ao longo da paredes, sem olhar as pinturas expostas; caminhávamos assim, em círculo, e pensei no ciclo da existência e no contínuo encadeamento de nascimentos, mortes, nascimentos, mortes, nascimentos, mortes, nascimentos...

— O conceito de sentido da vida é apenas uma necessidade dissimulada de felicidade perpétua — disse meu irmão. — Ou então, talvez mais precisamente, a necessidade da busca de um sentido para a vida é acarretada pela impossibilidade de realizar a felicidade perpétua. O que definimos como felicidade, no sentido estrito do termo, é uma surpreendente satisfação das necessidades há muito tempo acumuladas e, pela sua natureza, só é possível como fenômeno episódico.

— A sua definição de felicidade nem se aproxima da felicidade. Fora isso, um sentido mais elevado subentende que tudo está cheio de significado, e não apenas a felicidade. Toda a tristeza do universo é apenas um erro ou acaso? E onde fica a tristeza, junto com todo o passado, com tudo o que aconteceu ao longo do tempo? Onde ficam os pensamentos, os sentimentos, onde ficam todos os gestos realizados e as palavras pronunciadas desde o início dos tempos até hoje? Se sumissem como se nunca tivessem existido, por que existiram então? Por que existiram todos os impulsos de felicidade e os abismos de desespero do coração, por que foram ditas as verdades e as mentiras, por que todas as esperanças e amarguras, por que os pensamentos sábios e os pensamentos estúpidos, por que a felicidade e a tristeza, por que as maldades e as boas ações? Se o tempo não se preserva, se cada momento não é preservado de alguma forma, então o próprio tempo é insensato, tudo o que acontece no tempo (e tudo o que acontece está no tempo) é insensato e tudo o que já foi, o que é e o que será é completamente insensato. Uma total insensatez na qual o tempo é uma categoria autodestrutiva que se estende em direção ao Nada, o Nada que engole tudo o que foi e que será. Mas há outra possibilidade: que todo o tempo existe "em algum lugar" em uma presença eterna, em outra dimensão; há a possibilidade de que, em uma pulsação paralela e síncrona, existam todos os tempos, tudo o que foi, e que, para essa outra dimensão, seja "transferido" tudo o que é agora e tudo o que um dia será; e só ali, e só assim, no encontro de todas as camadas temporais e de todas as existências, tudo dará lugar ao sentido próprio, ao que nos é inimaginável nesta existência efêmera. Ali, onde nunca cairá o que uma vez já caiu, tudo será protegido e conservado eternamente. Ali, onde, através de infinitas interseções, cada gesto e cada palavra, cada sorriso e cada lágrima, cada entusiasmo e cada desespero têm a sua motivação e o seu sentido, um sentido que hoje nos é incompreensível. Toda a existência talvez seja apenas um enigma que será revelado quando a existência, assim como nós a conhecemos, acabará e atingirá o sentido pleno.

— No lugar das suas ideias infantis, deveríamos fazer uma pergunta mais modesta: o que podemos saber do sentido da vida com base no nosso comportamento, o que procuramos na vida e o que queremos atingir? Não há dúvida: procuramos a felicidade, queremos nos tornar felizes e assim permanecer. E quem se atormenta com perguntas sobre o sentido da vida são, sobretudo, aqueles que, nessa busca por felicidade, ficaram mais distantes do objetivo.

— Sem dúvida, é assim: buscam um sentido mais elevado, "celeste", aqueles aos quais é negado o sentido "terrestre", o sentido do cotidiano. Que pelo menos isso seja uma consolação, que seja concedido um pouco de consolação àqueles que lutam com a insensatez todos os dias — retruquei. — Mas eu sei que não é apenas consolação. No tempo cósmico, tudo é insensato, pois tudo acabará e perderá o próprio sentido. Mas, na eternidade, tudo o que acabou no tempo cósmico vai readquirir o próprio sentido, que nós não podemos entender, e, assim, continuamos a viver, pois nós também estamos dentro do tempo.

Naquele instante, Sigmund levantou a mão como se quisesse passá-la sobre o rosto e espantar mosquitos. Fazia sempre assim quando achava que havia ouvido algo que não merecia resposta. Levantou a mão, mas não a passou sobre o rosto, deteve-a diante do rosto, não porque teve uma ideia acerca do sentido e da insensatez, mas apenas porque queria olhar o relógio.

— Anna já está nos esperando — afirmou.

E se virou para a parede. Estávamos diante da *Crucificação*; não continha nenhuma promessa: no rosto de Jesus havia apenas beatitude e horror; no rosto da sua mãe, um terrível desespero. Beatitude e desespero, como naquela outra pintura que retratava a Mãe com o Filho, só que a beatitude agora estava cheia de horror, a beatitude de Jesus no momento do último respiro, e sua mãe, ajoelhada junto da cruz, estava desesperada, com as mãos unidas, a testa inclinada, o olhar cego voltado para todas as coisas à sua frente, exceto a dor da alma, os olhos como se tivessem secado nas órbitas e, em seu lugar, só tivesse sobrado o desespero.

—Vamos — disse meu irmão, e eu o segui, apoiada no seu braço, mancando, virando-me para trás na direção da Mãe e do Filho, na direção da sua separação.

Passei aqueles dias no hotel. Anna e Sigmund suplicavam para que eu fosse passear com eles pela cidade, mas eu me queixava da dor no joelho. Estava realmente mancando. Eu ficava sentada no quarto e pensava novamente na conversa com meu irmão. Pensava nas palavras humanas que ele havia pronunciado entre a Virgem Maria ao lado de Jesus crucificado e a Virgem Maria com o Menino Jesus: o objetivo mais elevado ao qual deve propender o gênero humano é dar a possibilidade a cada um de viver a vida com a menor dificuldade possível e fazer com que cada homem contribua para a realização desse ideal. Naquele dia de fevereiro de 1933, Sigmund realmente acreditava naquilo, mas uma sequência diferente de eventos já havia sido iniciada: o novo senhor da Alemanha conquistaria também a Áustria e meu irmão partiria para Londres com as pessoas cuja vida decidiria salvar; nós, as suas irmãs, seríamos deportadas primeiro para um e, depois, para outro campo de concentração. Nos momentos de dificuldade que eu e minhas irmãs vivemos, os seus discursos sobre o fato de que cada homem precisa empenhar-se para que todos tenham menos dificuldades neste mundo me pareceram uma brincadeira.

Na última manhã em Veneza, depois de Anna e Sigmund terem partido para a sua volta pela cidade, o meu desejo de ver mais uma vez as duas pinturas com a Virgem Maria e Jesus prevaleceu sobre a dor no joelho, e, assim, saí do hotel. Encaminhei-me para a praça e, em uma ruela, encontrei uma aglomeração de pessoas, como aquelas aglomerações que eu avistaria através das janelas do nosso apartamento em Viena nos anos seguintes, mas aquela aglomeração não era composta por pessoas uniformizadas, mas mascaradas: era o período do carnaval veneziano e, ao meu lado, corriam todos os tipos de criaturas, princesas e mendigos, soberanos e escravos, homens-peixe e homens-pássaro. Íamos na mesma direção, mas eles caminhavam depressa, enquanto eu me amparava. Apoiei-me no muro de uma casa. Observei seus rostos e corpos, as penas, as escamas, os bicos, as barbatanas, as asas que os recobriam. Entre eles, divisei uma pessoa mascarada de bufão, com a calça justa, uma camisa multicolorida e um chapéu com guizos. Afastei-me do muro e a segui. As pessoas andavam rápido, empurraram-me e caí no chão. Fiquei ali, protegendo a cabeça com as mãos, e olhei as dezenas de pernas que passavam ao meu lado, ouvi vozes alegres, canções e risadas. Quando a multidão se dispersou, levantei-me lentamente e tirei a poeira das roupas. Olhei na direção seguida pela multidão, ou seja, rumo à praça São Marcos. Na entrada da praça, uma mulher estava sentada na calçada; tinha a mão estendida para pedir esmola e, com a outra, segurava uma criança. Olhei e a vi levantar a mão e me cumprimentar. Eu também levantei a mão para cumprimentá-la. Ela abaixou o braço e entendi que, certamente, a mulher havia se confundido ou então estava cumprimentando alguma outra pessoa, e não a mim. Talvez não estivesse cumprimentando ninguém e aquele fosse o gesto com o qual seguia os próprios pensamentos e lutava consigo mesma para não se contradizer. Depois, descobriu um seio para amamentar a criança.

Daquele momento até o fim da minha vida, passaram-se dez anos e eu esqueci aquela mulher sentada no chão que amamentava a criança. Naqueles dez anos, um novo governante chegou à Alemanha e as minhas irmãs Pauline e Marie puderam deixar Berlim e voltar a viver na casa que deixaram quando se casaram. Depois que o governante conquistou também a Áustria, Rosa retornou para a nossa casa. Meu irmão preparou a lista das pessoas que podiam deixar Viena com ele e nós achávamos que, mesmo em Londres, ele conseguiria nos tirar da nossa cidade. Acreditávamos em tudo até a sua morte. Vivíamos na miséria e com medo, e, então, um dia, nos puseram em um trem e nos levaram primeiro para um campo de concentração e, em seguida, para outro. E, no momento em que nos levaram ao aposento no qual ouvimos o sibilo do gás e entendemos que estávamos cara a cara com a morte, lembrei-me daquela mulher que estava sentada na praça e amamentava o filho.

# SÉTIMA PARTE

Eu estava deslizando para a morte e dizia a mim mesma que a morte nada mais é do que o esquecimento. Eu deslizava para a morte e dizia a mim mesma que o ser humano nada mais é do que lembrança. Eu deslizava para a morte e repetia para mim mesma que a morte é o esquecimento e nada mais.

Eu deslizava para a morte e repetia para mim mesma que esqueceria tudo. Eu deslizava para a morte e repetia para mim mesma essas coisas.

Esquecerei que nos trouxeram para esse aposento. Esquecerei esse cheiro pungente. Esquecerei os velhinhos à minha volta que gritam assustados pela morte. Gritam ou rezam. Esquecerei que estou apertando a mão da minha irmã e que minha irmã está apertando a minha mão. Essa será a morte. Esquecimento.

Esquecerei também Eva e sua filhinha, à qual dei o nome da minha mãe. Esquecerei Ottla, morta junto a centenas de crianças.

Esquecerei os anos de medo. Os anos em que tínhamos medo de que as pessoas uniformizadas pudessem bater em qualquer momento à nossa porta para nos levar para os campos da morte. Ou que simplesmente dessem um tiro nas nossas velhas testas. Esquecerei de quando esperávamos que nosso irmão conseguisse nos tirar de Viena. Esquecerei o dia em que soube que meu irmão estava morto.

Esquecerei também aquela mulher que amamentava o filho sentada na calçada da praça São Marcos.

Essa será a morte. Esquecimento. Esquecerei.

Esquecerei como morreu Almaboa, que me disse: "Beije-me."

Esquecerei que minha mãe, antes de morrer, me chamou de "mamãe". Esquecerei que, naquele momento, pela primeira vez, alguém me chamou de mamãe.

Esquecerei Heinerle e a nossa conversa sobre os efemerópteros. Esquecerei de quando Heinerle enfiou a mão na boneca que eu havia feito e, depois, a usou para cobrir a boca, sujando-a de sangue.

Esquecerei que encontrei Cäcilie com os cabelos espalhados sobre o travesseiro.

Essa será a morte. Esquecimento. Esquecerei.

Esquecerei que fui embora de casa. Esquecerei os anos passados na Nido.

Esquecerei as palavras da minha mãe. Esquecerei todas as palavras da minha mãe.

Esquecerei ter amaldiçoado o sêmen do meu pai e o útero da minha mãe.

Esquecerei aquela mancha de sangue na parede do meu quarto. A mancha de sangue. A única lembrança do meu filho não parido. Esquecerei.

Esquecerei você também, meu filho não nascido. Esquecerei quanto e por quão pouco tempo você me tornou feliz. Essa é a vida. Essa é a morte. Esquecerei.

Esquecerei que disse a meu irmão: "A beleza é a única consolação neste mundo."

Esquecerei aquela doce dor e aquele amargo desejo de pôr no mundo uma nova vida. Esquecerei ter sentido que o coração, o ventre e a virilha pulsavam juntos. Pulsavam como uma só coisa.

Essa será a morte. Esquecimento. Esquecerei.

Esquecerei você também, Rajner. Esquecerei a água que o levou embora. Esquecerei o seu olhar cheio de vazio. Esquecerei a minha esperança de que aquele vazio se tornasse vida. Esquecerei que o seu olhar, antes de ser vazio, era um olhar que chorava por dentro, enquanto as lágrimas caíam dentro de você. Esquecerei que, entre os períodos nos quais você tinha esses dois olhares, havia também um olhar diferente. Esquecerei aquele olhar cru. Esquecerei Rajner. Tanto a ternura quanto a crueldade. Esquecerei também a sua resposta: "Eu sou o nada." Esquecerei que, por sua causa, senti que eu era o nada. Esquecerei a felicidade de quando descobri que estava carregando no ventre o seu filho. Esquecerei quando, na nossa infância, brincávamos com as sombras. Esquecerei que arranquei o bolsinho vermelho da minha saia para dá-lo a você como recordação.

Essa será a morte. Esquecimento. Esquecerei.

Esquecerei a vida silenciosa e a morte silenciosa de papai.

Esquecerei Sara e os seus dedos que seguravam o dente-de-leão. Esquecerei Sara e as nuvens de borboletas à sua volta. Esquecerei Sara e esquecerei o tímido desejo com o qual ela olhava para Sigmund. Esquecerei Sara e o seu pedido: "Por favor, não se esqueça de Klara, e ajude-a se puder." Esquecerei também Klara. Esquecerei que ela se ocupava dos 14 pequenos Gustav. A sua preocupação com os carentes, eu esquecerei. Esquecerei a sua força transmutada em fragilidade. Esquecerei que ela se parecia com um pássaro amedrontado.

Esquecerei a minha vulnerabilidade.

Essa será a morte. Esquecimento. Esquecerei.

Esquecerei você, Sigmund. Esquecerei tudo a seu respeito. Esquecerei tudo, até as lembranças mais distantes da idade em que, para mim, muitas coisas ainda não tinham um nome e você, dando-me um objeto pontiagudo, disse: "Faca."

Esquecerei que, no início da minha vida, havia amor e dor. Esquecerei a primeira dor. Esquecerei aquele silencioso gotejar de sangue da ferida oculta. Esquecerei a primeira dor e as primeiras palavras de que me lembro. As palavras da minha mãe: "Teria sido melhor se eu não tivesse parido você."

Esquecerei que nasci.

Era o que eu repetia enquanto esperava a morte. Repetia que a morte é apenas esquecimento e repetia o que eu esqueceria.

Esquecerei.